娑萨朗

I

星光中的力士

雪漠 —— 著

作家出版社

图书在版编目（CIP）数据

娑萨朗：全八卷 / 雪漠著 . -- 北京：作家出版社，2024.4
（2024.7 重印）
ISBN 978 - 7 - 5212 - 2532 - 7

Ⅰ. ①娑… Ⅱ. ①雪… Ⅲ. ①叙事诗 - 中国 - 当代
Ⅳ. ①I227.3

中国国家版本馆 CIP 数据核字（2023）第 187849 号

娑萨朗（全八卷）

作　　者：雪　漠
策划编辑：陈彦瑾
责任编辑：田小爽
装帧设计：李　一
封面绘制：庸　白
出版发行：作家出版社有限公司
社　　址：北京农展馆南里 10 号　　　邮　　编：100125
电话传真：86 - 10 - 65067186（发行中心及邮购部）
　　　　　86 - 10 - 65004079（总编室）
E - mail: zuojia@zuojia. net. cn
http: // www.ZUOJIACHUBANSHE.com
印　　刷：北京盛通印刷股份有限公司
成品尺寸：145 × 210
字　　数：1100 千
印　　张：126.25
版　　次：2024 年 4 月第 1 版
印　　次：2024 年 7 月第 2 次印刷
ISBN　978 - 7 - 5212 - 2532 - 7
定　　价：586.00 元（全八卷）

娑萨朗，娑萨朗，我生命的娑萨朗。

——作者题记

序：不合时宜的气象

1

我常自我调侃，自己没有苏轼的酒量，却有他一肚子的"不合时宜"。几十年的写作生涯，竟都没踩上潮流的节奏点。先锋小说流行时，我不合时宜地埋头二十载，磨砺"大漠三部曲"，等二十年铸就一剑时，人家早到了火箭时代；先锋文学过气二十年后，我的《西夏咒》才出版，它虽被北京大学的学子称为神品，但曲高和寡，至今也不过几万册的销量；等文学上刚赢得了一些掌声，我却又不合时宜地写了一批文化作品，在一些人眼里，分明是不务正业了。瞧，在时下流行碎片化阅读时，我又写了一部更不合时宜的大书：《娑萨朗》。

它岂止是不合时宜，还不合地宜呢！

因为，这是一部史诗。有很多次，我一边写，一边骂自己傻——这年头，谁还读史诗啊？

有朋友问，你为啥写这书？我说，写一种情怀，写一种气象。我的《大漠祭》们有生活，我的《西夏咒》们有才华，我的《空空之外》们有思想，我的《老子的心事》们有学养，我的《野狐岭》有咱"呼风唤雨"的能力，我的《娑萨朗》，则有我的气象和境界。正如一位批评家朋友所说：《娑萨朗》一出，在气象上，您真的独步文坛了，它是东方智慧的集大成。"

这话，我爱听——呵呵，这种话，谁不爱听呀？

也有朋友说，这时代，谁还有读史诗的心情呀？

于是，我说，我的《娑萨朗》不是写给你读的，而是写给你供的。有些书，你只要供了它，就能体现你的价值。呵呵，这当然是针对这位不读书的朋友的。供咱的书，总比供那欲望和铜臭好一点吧？

史诗距离人类已经太遥远了。那是人类文明童年时代的歌谣。它充满奇幻的想象，充满诗意的田园生活，充满激动人心的战斗，更少不了令人敬仰的英雄，还有荡气回肠的爱情。《吉尔伽美什》《罗摩衍那》《摩诃婆罗多》《伊利亚特》……它们是人类文明的乳汁，伴着人类，度过了奇绝或梦幻的童年。人类文明的少年飞快地长大，那些童年的歌谣，也随着耳边呼呼的风声，散落在历史的尘埃中。偶尔，那童谣还残留着些许气息，若有似无地萦绕，形成几个间断的旋律——《罗兰之歌》《格萨尔王》《神曲》《失乐园》……

长大的成人们不再唱响那儿时的童谣，他们甚至会羞于自己曾喜欢过它们，将那儿时的诗意当成幼稚。儿时的人类相信在生活之外，还有一个奇幻的世界，相信有超越肉体的高贵精神，相信英雄，相信对永恒的追寻。而长大的他们开始怀疑梦想，开始觉得滑稽，开始嗤之以鼻，便弃之如敝屣了。

对史诗的遗忘，某种意义上，正是对梦想的遗忘。就像是对童谣的遗忘，某种意义上，正是对童真的遗忘。

于是，童真在成人世界便不合时宜，史诗在如今的时代——甚至在过去的很多个时代——更是不合时宜。

不合时宜的我，写不合时宜的作品，倒也算是很合宜。

2

黑格尔在《美学》中说，中国人没有民族史诗。这就像是说中国文明的童年时代没有童谣，令人一下子生起情感上的凉意和心酸。没有童谣的童年多么不温馨！我们怎么可能是童年不幸福的孩子呢？我们当然有民族史诗，我们有蒙古族的《江格尔》、藏族的《格萨尔王》、柯尔克孜族的《玛纳斯》，但汉民族有没有史诗？有人认为汉民族没有史诗，不但没有史诗，就连大部头长诗，在汉民族文化中都一向稀罕。也有人认为，《诗经》《楚辞》便是汉民族的史诗，后来发掘的明代流传下来的《黑暗传》，也算是一部史诗。

不管人们怎么争议，我自己，却不知不觉走到了一个想唱童谣的年岁了。

对，唱一首远古的童谣，写一部生命中的史诗。

这个决定一做出，我自己先把自己嘲笑了一顿：现在，谁还会读史诗？何况人类文明的童谣可不是好唱的。它确实单纯，可也气魄宏大；它确实质朴，可也极其丰富；它确实明了，却也蕴含至高的智慧。最关键的是，它还足够长篇，这意味着够我写好几部小说的时间，却只够写这一部史诗。回想这部书的写作和打磨过程，仿佛是经过了漫长的远征。一百多万字，每修改一遍，八个月的时间便倏然而逝，前前后后已有不下六七遍，这还是以我"喷涌"的方式完成的。不然，还不知要磨秃多少笔头。

在五十多岁的黄金生命里，咋想，这都是一掷千金般的挥霍。

值得吗？每次，我都会这样问。

每改一遍时，我也会笑问一句：现在，还有人读史诗吗？

但我也只是一问而已，那答案根本不重要。因为，我不在乎。

我写了，读不读是别人的事。

3

如果说史诗对应的是文明的童年时代，那么神话就是文明的婴儿时代。史诗中从来不乏神话，因为那些神话正是史诗的发源。如果说神话像是一颗颗天然的珍珠，那么史诗便是那光彩熠熠、巧夺天工的珍珠衫，并且这珍珠衫上还点缀了其他的各色珍宝。

正因为此，当有人说我写了部长篇神话时，我没有刻意纠正说是史诗。因为他们看到了这部史诗中的神话元素，比如生活在天界的天帝、天女、天兵天将；有各种神通能为的魔王和总是死了又复活的巫师；不老女神的彩虹般身体和娑萨朗秘境；奶格玛一个念头便可穿越任何时空；幻化郎用神奇幻身施展各种本领；一颗蕴藏无穷能量的空行石和神秘空行人；还有传统神话中的战神刑天留下的宝藏……

这些神话元素随处可见。

又或者说，在我的世界中，这些被认为是神话的东西，恰恰是另一种真实。也许，我写出的世界，才是至高的真实呢。当然，你可以当成一种文化的真实。

史诗《娑萨朗》讲了一个并不复杂的故事。

一个因沉迷享乐、过度开发而濒临毁灭的星球上，有五位背负拯救家园重任的力士，投入地球的红尘中，在觉醒与迷失中挣扎，在升华和欲望中纠斗。一个勇敢智慧的小女神，为了母亲和家园，深入红尘唤醒迷失的五位力士。五力士遭遇了各种各样的磨难——情关、生死关、名利关、魔王的考验、恶势力的破坏，最终找到了他们要找的永恒。

故事很简单，剧情很精彩，因为精彩的剧情，永远来自人物的内心，那里有坚定的向往和永不放弃的倔强。

在这部史诗中，我注入了广大深厚的文化内容，贯穿整部史诗的中心人物便是五位力士，他们代表着东方古老哲学认为的五种能量；那娑萨朗秘境、天界、修罗道，是东方文化对宇宙世界的另一种解读；世界的成住坏空如何演变，以及时间的极长与极短的相对，给我们展示了一个更宏阔的观察空间，也让我们从造物的视角观看了无常的变化；书中对多维时空进行了前所未有的详尽描述，当然不是为了渲染字里行间的某种气氛；欢喜郎、威德郎和密集郎对于建功立业、青史留名的渴望，这不正是儒家积极入世的折射吗？

尤为珍贵的是，本书中还呈现了另一种难得一见的文化，它不仅体现在了义的智慧之中，还体现在具体的方法论上。我相信，一定有人能够识别出，那是多么珍稀的宝藏，它是关于生命的真相。

4

很小的时候，我就很爱听各种各样的神话。长大后，我才明白，我对神话的喜欢，表面上看是因为它们的故事很奇幻，真实世界里不可能看到——夸父追日、精卫填海、刑天舞干戚，多么不可思议！实际上，我喜欢它们，是因为它们隐含了一种我很喜欢的精神特质——追寻，永不放弃的追寻。夸父追寻着太阳的光明，精卫和刑天追寻着自己所认为的一种精神，他们都有一种想要在最不可能中达成可能的勇气和心力。这种强大的心力，某种程度上打动了我，因为不合时宜的人，总是做不合时宜的事，难道不也需要一些勇气和心力吗？

《娑萨朗》史诗的主题便是追寻。

它寻找的东西，是永恒。

这可谓是最不可能达成的寻觅。世间万事万物皆不能永恒。

也许，自从有人类开始，就有了对于永恒的寻觅。有的人在寻觅永恒的不死肉身，于是滥用权力，不惜劳民伤财，最终还是灰飞烟灭；有的人在寻觅永恒的事功，可不过数十载，事功就成了风尘中的黄叶；有的人在寻觅永恒的声名，希望能永远留在历史长河中，可一眨眼，就被历史长河的浪花淹没；有的人在寻觅永恒的爱情，想要它活到天荒地老、海枯石烂，它却往往活不过一个春去秋来。

在对永恒的寻觅上，人类落败得很彻底，就像是生来就是要被打败的那样。好在人类的记性普遍不怎么好，所以倒也没有觉得尊严荡然无存，依旧在孜孜不倦地寻觅各自想要的永恒。

我当然不会笑话上面的那些追寻者。尽管我知道，他们追寻的物事无法永恒，但他们有他们追寻的乐趣，那体验何尝不是一种财富？更何况，我不也在做着同样的事情么——我也在追寻永恒呀！只是，我追寻的是另一种永恒。

5

史诗的另一大重要元素，是悲剧。以西方史诗的文学审美眼光看，没有悲剧色彩的史诗，简直就像没有绚丽颜色的世界，只剩下灰扑扑的一片。

这部书中，同样不乏悲剧色彩。

不过，与一些刻意安排悲剧的创作者不同，我无须刻意安排角色的悲剧，就已经发现了这个世界太多的悲剧。最令很多读者牵心的一出悲剧，便是欢喜郎的爱情。本是一个充满和平理想的善良青年，只想与爱人过平淡的日子，可他还是一个王子，并且有一个尚武的父亲。他的懦弱平和与父亲对他的期待，产生了强烈的冲突，冲突最终引爆，将一个幸福的婚礼，变成了一个血腥的悲剧。从此以后，他蜕变为嗜杀的恶魔。而另一出赚人眼泪的悲剧，主人公是华曼公主，她原本是一个高贵纯洁的女神，可以为了信仰而拒绝婚姻，然而，却遭遇恶徒沦落风尘。

一个最不愿杀戮的人，却成了嗜好杀戮者；一个最不愿亲近男性的人，却被迫人尽可夫。多么戏剧化的反转，但我并不是有意如此安排。尽管有人说，悲剧的真谛就是把美好的东西毁灭给人看，还有人说，只有悲剧才能激发人的崇高情感。

这些，都不是我的意图。准确地说，我没有任何意图。我只是真实地呈现了那必然会发生的真实，而它们却被人们名之为"悲剧"。在还未实现超越的二元世界中，极端地追求某一端，必然会落到它相对的另一端。这不是我的安排，而是二元世界的规律。也许，这才是悲剧的真正原因。

但悲剧显然并非一无是处，自我纠结善恶缠斗的欢喜郎，最终走上了寻觅光明之路；体验过最纯洁，也经历过最肮脏的华曼公主，最终也找到了自己的中道智慧。

那么，对永恒不断追求却不断落败，算不算悲剧？

我觉得它不算真正的悲剧，比起寻觅的失败，也许错误的寻觅才更像是悲剧。譬如，在沙漠中寻觅绿洲的人，苦苦追寻，耗尽一切，最后却发现追寻的只是一片海市蜃楼。无数的人这样追寻过，整个人类都这样追寻过，或者说，依然在追寻着。

如果非要我给悲剧一个定义，那就是这样吧。但实际上，无论悲剧，还是喜剧，都不是这部史诗的主题。

它的主题依然是寻觅，寻觅一种永恒的光明。

6

不知在什么时候，我突然发现一个有趣的现象：在整个人类历史中，追寻本身比追寻的对象更加恒久。一代代人的功名利禄、恩怨情仇，被时光的朔风吹散，零落成泥，但一代代人对功名利禄、恩怨情仇的追寻，却生生不息——执着的另一面，何尝不是坚忍不拔？

既然人类的天性如此执着于追寻，如此地坚忍不拔，为何不去追寻某些真正值得追寻的东西？值不值得，各有各的评判标准，但至少我们都很清楚，海市蜃楼总是会令人失望的。

《娑萨朗》史诗中的奶格玛，正是一个苦苦追寻者。她虽然是天人，有着彩虹般的身体，还有无想定的心灵功夫，但她依然是个苦苦追寻者。在这一点上，她和普通的地球追梦人，很是相似。唯一不同的是，她要寻觅的不是千秋功业，不是喧天声势，不是诱人的爱情，而是永恒。据说，只有找到永恒，才能拯救她垂老的母亲和濒临毁灭的家园；据说，那永恒在地球人的心中；又据说，地球人自己却并不知道。因为，他们从来不向心内追寻，永远都在向外追寻。方向错了，于是南辕北辙，徒劳无功。

奶格玛最终找到了永恒。她发现，那永恒原来是一种智慧，它更像是一种自我发现和觉醒。这是一种究竟真理的净光。找到它，就找到了永恒。而在找到它的同时，她也成了光明本身。光明的本能是照耀，它既不追寻，也不遁藏，它只是在那里照耀。

也许，真正能完成追寻的，是无须追寻，它一直在那儿。它不是发明，它只需要发现。

这部史诗的故事，是整个人类的故事，也是我的故事。

我也一直在追寻。

路漫漫其修远兮，吾将上下而求索。从我发现无常的时候起，我就开始寻找永恒。我像啼血的杜鹃，一口口血，出自寻觅之心。

我是那个唱着童谣的人，也是那个听着人类文明童谣长大的孩子。

人类文明的童谣，总是有着自己独特的风味。有的像是在寻根，有的像是作某种预言，还有的就是为了歌颂英雄。

史诗中多的是英雄，也许是因为英雄最喜欢做不可能的事，做成了，便成了英雄。所以英雄也有可能是傻子。《娑萨朗》史诗中，也有一个憨憨傻傻的人——流浪汉——身藏大力却不自知，待人率真实诚，甚至是太好骗。几乎谁都可以骗他，可以欺负他，因为他什么都相信，你待他好三分，他恨不能待你好百分，甚至牺牲自己的生命。巫师用傀儡变出的那个慈眉善目的老太太，用一碗面条就让他如同见到了母亲；恐怖凶恶的夜叉女，变成了一个美丽温柔的女子，那点点羞怯与柔情，瞬间便灼热了他的心，即便是暴露了夜叉的真面目，也无法将他从痴情中震醒；好兄弟为了自己的利益，要他做出生命的付出，他也甘之如饴；每一次众人陷入艰险的困境，总是他豁出命来启用空行石的能量，众人才能化险为夷，他却数次挣扎在生死的边缘，直到最终真的逝去……还有一个关于他的、令人感到不公平的秘密，他至死都不知道。

他真的是书中最傻最傻的人。

有个看过书稿的朋友说，作为角色的塑造者，我对流浪汉有欠公平。我说，流浪汉就连公平不公平的概念都没有，他根本不计较这些。他完成了他自己。书中我最喜欢的英雄就是他。说真的，那也是我自己。

其实，《娑萨朗》史诗中，每一个战胜了自己的人，都是我。当然，也是每一个人。

7

在我眼中，永恒也可以换成另一个词：意义。

对意义的追求，伴随了我的一生。随着我对追求意义的拓宽，我的生命也在变化。

从我还是小孩子的时候起，我就在寻找一种死亡后消失不了的东西。后来，我发现，它也是艺术的价值。因为人死去之后，他创造的艺术世界能相对地实现不朽。

有二十多年的时光，我在关房的书桌上，一直放着两张照片：一张是雷达老师，代表文学；另一张代表信仰。它们伴我度过了二十多年的闭关岁月。

这两张照片都有意义，但代表的意义不一样：一种是形而下的意义，一种是形而上的意义。所以，在很长一段时间里，我的灵魂总是在纠结，忽而文学占上风，忽而信仰占上风。当文学占上风时，我就喷出一些文学作品；当信仰占上风时，我就喷出一些文化作品。这就是两种力量纠斗的结果。在我五十多岁的时候，这两种东西却神秘地相遇了，这便是史诗《娑萨朗》，它完美地整合了二者，成为我生命的另一个纪念碑，也是我一生的标志性建筑。

不同的人，会看到不同的《娑萨朗》。

《娑萨朗》的另一个缘起，就是死亡。

从很小的时候起，我就经常会想到死亡，总拿死亡做生命的参照物。这在西部，已成集体无意识了。雷达老师生前也这样。每次，我谈出版他文集的事，他就拿死亡说事。一谈死亡，许多意义便仿佛消解了。于是，我对他说："雷老师，意义不在于你个体生命的消失与否，不在于作品有没有人读，而在于你是不是把这种精神传递开来。你曾经帮助过雪漠，你点亮雪漠之后，雪漠可以点亮其他人，这就是你的意义。"所以，作品的意义是可以传承的。当一部作品影响了一个读者，影响了一个作家，影响了一个家庭时，它就有了精神的传承性，这种精神会传播开来，或传承下去，这就是意义。

不过，话虽如此说，雷老师去世后，我却忽然不想写作了，觉得失去意义了。时不时地，我就会像祥林嫂谈阿毛那样说，雷老师都不在了，我的写作有啥意思？心头总是会涌上浓浓的沧桑。为啥？知音没了，所有的演奏都像是失去了意义。

师母杨秀清却说："雪漠，你还年轻，还是要写下去，雷老师在天有灵，还是希望你能写出更好的作品。再说，你还有那么多读者。"

她这一说，我才觉得又有了写作的理由。

当然，《娑萨朗》的写作，还有一个理由，我想保留一些不应该消失的东西。因为这世上有它，就定然会有人获益。对于一些读者，它是有意义的。当然，一个人觉得有意义的东西，另一个人却不一定觉得有意义。所以，意义只存在于跟你有关系的人之间，于没有关系的人是没有意义的。在老祖宗的说法里，这就叫缘。

对于文学，我也一直在寻找一种缘。我的第一部小说《大漠祭》出版，就与西部那块土地有了关系。所以，二十世纪八十年代的西部，很多东西已经消失了，但因为有了《大漠祭》，那个时代就被定格了。所以，直到今天，还有很多人在谈《大漠祭》。而我的作品意义之一，就是定格一个时代。

第二个意义是生活的意义。

首先，文学让我感到快乐。写《娑萨朗》时，我很快乐。死神总在远处发着笑声——从我有生之日起，它就笑个不停——一进入写作时，死神的笑就远了，我的生命诞生了超越死亡的东西。我创造的艺术世界，定然是超越死神的。一想到这，我就感到幸福。这就是写作对我个体生命的意义。

接下来，要是读了我的书，能给读者带来快乐，那么，对读者来说，我的写作也就有了意义。无论世界也罢，读者也罢，要是因为我的存在，有了一种不一样的变化，那么我就写。没有这个意义，我就不写。

你可以看出，这意义的确定，其实也是我存在的价值。什么是意义？什么是价值？我追求的意义是：我的追求在我的肉体消失之后，还有存在的价值。如果那价值随死亡消失，意义也就消失了。

从这一点上看，《娑萨朗》是有意义的。无论对于中国文学，还是东方文化，它都有创造性的价值。读者读了之后，会明显感到一种升华。

北京大学中文系的陈晓明教授说，雪漠的作品很奇怪。很多作家的作品，一看就是"他"的，变来变去，本质难变。但雪漠的每一部作品都不一样，都是另一个东西。

为什么？因为，我自己在变，我在追求一种升华。我时时在打碎过去的自己，时时在创造一个新的自己。体现在雪漠作品里的，总是新的雪漠。我跟我的作品一起成长。就是说，我总在成长，我必须成长，我必须打碎自己，所以我的作品也必然变化。这部《娑萨朗》，也是我打碎自己后的产物。

当我发现自己在某方面非常成熟时，我就一定要打碎它。当我发现待在凉州能很好地生活时，我就离开它，走向一个新的地方。当我发现岭南很好，我可以很滋润地生活时，我就一定要走向一个新的陌生。当沂山书院已经建好，我又会选择到更远的地方去。所以，我一直在走，一直在打碎自己，让生命有一种新的可能。这也是一种意义。它会让我变得大气，因为我可以接触任何一个世界，可以融入任何一个群体，可以面对任何一种境遇，可以创造出不一样的东西。

此外，我还在追问更高的意义。我一直在追问，我的作品对人类有什么意义？因为人类终究会消亡——恐龙都消亡了——那么，我们的作品，我们的写作，对人类有什么意义？我一直在追问，所以，我对我的作品有两个要求：第一，世上有它比没它好；第二，人们读它比不读好。做到这两点，我就写，做不到，我就不写了。

《娑萨朗》做到了这两点。

此外，《娑萨朗》还做到了另一点：为往圣继绝学。

西部有个全真派老道长，八十多岁了，叫冯宗夷。前些时，他在临死前，打电话给我说："雪漠，你赶紧过来，我有东西传给你，我今天晚上就要走了。"我说，你不能走，等着我。于是，他就等着。等我过去时，他便将他一生积累的东西传给了我。然后，他了无牵挂地走了。冯道长有几大绝学：邵子神数的心传钥匙、道医、祝由科、内丹等等。几十年中，求者无数，他就是不教。临终时，他只想教给我。为什么？因为他知道，我会传承下去。所以，文化传承很重要。

在《娑萨朗》中，有无数这样的绝学。有一些，像风中之烛那样传承了千年，到我这儿，才形成了文字。

不管是文化还是文学，一定要有一种精神的传承。复旦大学陈思和教授说："在中国作家中，雪漠和张承志是最具有精神性的。"的确，对精神性的追求，是我作品的重要基调。这一点，在《娑萨朗》中，表现得更为明显。

雷达老师也是这样，他虽然走了，雷达精神却传递给了很多人。我们现在还在缅怀他，我们会像他那样做人，会像他那样面对这个世界，会像他那样利于这个世界，这时候雷达精神也就有了传承。

这《娑萨朗》，同样也是诸多文化传承的载体。

我的作品很多，各种版本共计八十多部。每一类读者都能找到一个入口，找到我想创造的那个意义。因为，我所有的文学作品、文化作品，都想给世界带来一种光，都想照亮有缘的你。

当你是萤火虫时，你就先照亮自己；当你是火把时，你就能照亮身边的人；你慢慢长大时，你的光明会越来越亮，就能照亮更多的人。等到有一天，你能照亮世界，拥有整个世界时，你就是太阳。这也是《娑萨朗》中诸多人物的命运轨迹。

我之所以能走到今天，写了那么多书，秘密只有四个字：战胜自己。所以，在任何时候，我都在做一件事情：战胜自己。很小的时候，就是这样，越是长大，战胜自己越麻烦，但我一直在战胜自己——战胜欲望，战胜愚痴，战胜仇恨，战胜来战胜去，自己也越来越强大了，作品也就多了。

《娑萨朗》中，同样也充满了灵魂的纠斗：灵与肉的纠斗、个体与社会的纠斗、生存与命运的纠斗、自我与他人的纠斗……这类无量无尽的纠斗，同样充满了人类的天空。

我的人生中，也充满了纠斗，充满跟自己的战争——我天生是一个作家，有着各种欲望和纠结，但我又想超越一切，于是就免不了纠斗。我的生命，就是在这种纠结中成长的。直到有一天，哗的一声，我的世界一片光明。

《娑萨朗》写的，同样也是我的纠斗和升华。因为它探入灵魂深处，就有了与时下的文学不一样的气象，虽然不合时宜，但日照江河，气象万千，滚滚滔滔，源远流长。

《娑萨朗》中所有的人物，也跟我一样，都在追求永恒和不朽。这是一个几乎不可能实现的梦。因为，世界是无常的。在无常和永恒中间，有一种不可调和的东西。这种一言难尽的纠结，构成了作品异乎寻常的复杂和博大。

直到今天，我仍然在寻找永恒。明明知道，永恒不可能，世上哪有什么永恒？除了一种永恒的精神之外，个体生命的永恒是很难实现的，但我总想实现。我总想在肉体消失之后，留下一些不朽。这也是我一直在努力的原因，就像堂吉诃德斗风车一样。于是，我献身艺术，献身信仰，其目的，就是想在无常中建立永恒。

我的智慧告诉我，世界总会变化，一切总会过去。一切都在变化、变化、变化，消失、消失、消失。而我的向往却让我总想在消失之前，留一点消失不了的东西。我选择了艺术。我需要一种与世界沟通的方式，需要一种能被这个时代接受的叙述方式，需要在个体生命的丰富与世界的丰富之间建立一座桥梁。

我一直在努力，《娑萨朗》就是努力后的成果。

《娑萨朗》是一个契机，它能够把艺术世界与世俗世界、信仰世界与现实世界结合起来。有了这个契机，我们会多一种可能性。

我追求的成功，其实还是战胜自己。就是将自己彻底打碎，融入一个巨大的存在，或者成为一个巨大的存在。这就是我自己的追求。

当然，与世界沟通时，我有我的方式。我先是吸纳。跟几乎所有人的相遇中，我都能学到东西。一个人低到极致时，只要你足够大，你就能成为大海。人低为王，水低为海。三人行必有我师，不要有成见，完全地包容，完全地接受，完全地汲纳，不懈地学习。然后，把学到的东西化为营养，创造价值，分享出去——用世界能够接受的方式分享出去。我的行为就构成了我的作品。随着我的成长，作品就越来越丰富了。

《娑萨朗》也是学习的产物。它用一个作家的方式，向人类历史上的那些伟大史诗致敬。

8

很小的时候，我就逃离了家庭，一个人待着，尽量与世隔绝。我永远逃离人群，留给自己一个灵魂的空间。直到有一天，我不用再逃了，因为我在人声喧嚣之中，也如处旷野，没人再能影响得了我，一若《娑萨朗》中的胜乐郎。

写《娑萨朗》之前，没有"娑萨朗"，我只有让自己成长，到最后，我成了它的时候，就让它从心里流出来。所以，我不是在创造它，而是我成为它。这需要时间。我用了二十年，让自己成了"大漠祭"们；用了三十多年，才让自己成了"娑萨朗"。

在书中，我找到了永恒。

还有人问我，《娑萨朗》史诗故事的时间背景是什么时候？

我说，任何时候。

无始以来的追寻，依然在继续；无数人的寻觅，定然还会有无穷尽的续集。时间只是一个幻觉，空间只是狭隘的秩序规则。在《娑萨朗》中，空间有很多重。人类的心灵有多丰富，世界就有多少层空间。当你不再习惯性地，试图将故事钉在某个确定的时间坐标点上时，你能得到的，反而更多。

更何况，我说的原本也不是某个时间点、某个空间点的故事。

之前写很多书时，特别是写"大漠三部曲"时，我的意图是定格，将特定的历史时期、特定的地域、特定的人群和生活，像定格画面一样定格下来，为的是在飞速逝去的时光中，抢回一点历史的碎屑。

但动与静，定格与流淌，何必只执其一？

我既可以定格特定的历史横剖面，也可以流淌经久不息的历史歌谣——过去、现在、未来，哪个不是历史？《娑萨朗》就是这样流淌着的歌谣，它是过去，是现在，也是未来，或者说，无所谓过去、现在还是未来。

如果你喜欢，就跟我一起唱这首关于永恒的娑萨朗之歌吧。

2019 年 4 月 14 日初稿于尼泊尔雪漠图书中心
2019 年 5 月 1 日定稿于甘肃凉州雪漠书院

总 目 录

VI 复活的巫师

目 录

第九乐章

第十乐章

序　曲

拿起三弦子定好了音，
唱一曲娑萨朗这个秘境，
这故事本是法界秘密，
说疯话惊醒了梦中之人。
那旋律来自灵魂深处，
从亘古飘来阵阵空灵。

娑萨朗当然不是传说，
它是不老女神的梦境，
如梦如幻构成了万物，
那大千世界由此诞生。

这天地本是一个戏台，
那日月原是两盏明灯，
你你我我已演了千年，
谁解其中的玄妙神通。

娑萨朗山上汪一眼清泉，
蜿蜿蜒蜒有无数个千年，
人人都饮这泉中之水，
苦的苦来哟甜的又甜。

秘密都藏在本书之中，

它是法界的空谷足音，
美玉躲进了粗粝顽石，
雪漠的疯话里却有真经。

这纷纷扰扰的花花世界，
不过是雁渡寒潭的掠影；
那生老病死的人生百态，
也只是风过竹林的嘘声；
那万千人追求的终极真理，
究竟看何曾有永恒的实体？
因为有虔诚的光道相连，
我们才到达自由的幻城。

娑萨朗虽然寿命无尽，
也躲不过成住坏空的宿命，
要是不老女神生出了白发，
这世界就渐渐化为泡影。

我的故事里全是梦话，
梦话却常常泄露了真心，
有缘的你听了这呓语，
便能走入漫天的光明……

在古老的神话传说中，
宇宙是一个被上古大神盘古劈开的巨蛋，
那利利的一斧之后，
天地生成，万物各归其位。

后来佛陀有了另一种说法，
他说宇宙有三千大千世界，
每个世界的形态基本相同，
都有须弥山顶天立地，
都有七重金山与香水海，
并有那四大部洲。
而人类，便生活在其中的南瞻部洲。

在人类自身的无尽探索中，
宇宙则充满着神秘的未知，
无论将求知的脚步踏出多远，
肉眼所见，仍不及宇宙之纤毫，
那绝大部分的虚空，
蕴藏了无穷无尽的秘密。
而那秘密，也叫秘境，
意思是未知的领域。

北俱芦洲的娑萨朗便是秘境之一，
很久很久以前，
那秘境中住着娑萨朗天人。
他们无想亦无忧，
他们以为这天人的快乐，
会永无止境，能存在恒久。
唯有娑萨朗天人的统领者，
那个被称为不老女神的美丽女子，
嗅到了快乐背后的忧患——
她发现自己正渐渐老去，
这意味着娑萨朗秘境将要毁灭。

因为，只有她知道，
那个看起来美丽的世界，
其实是她的梦境。
造梦者一旦衰老死亡，
那梦中的世界就会化为泡影。
于是，陷入忧虑的她，
决心要找到永恒，
拯救娑萨朗人和他们的家园。

关于永恒，
远古的智者留下了信息——
那秘密藏在一个蔚蓝色的星球上，
那个星球位于南瞻部洲，
它有个简单的名字，叫作地球，属于娑婆世界。

智者们说，
去娑婆世界吧，去找那永恒。
于是女神派出了诸多的寻觅勇士，
他们雄赳赳气昂昂，
发誓要完成任务如约凯旋，
却一个个泥牛入海，杳无踪影。

没有人知道，
他们经历过怎样的故事；
也没有人知道，
他们后来去了何处。
他们就这样被时光和世界遗忘了，
他们同样遗忘了使命。

但这也怪不得他们，
因为那不是一次简单的旅行，
而是在探索一条寻觅与救赎的路。

他们的前方有无数的阻力，
不仅来自外在，也来自内在——
他们的寻觅代表了另一种信仰，
天帝和魔王都不会放过他们。
天帝会用宇宙秩序的名义制约他们，
魔王也会用黑暗力量进行阻挠与破坏。
还有红尘中名利情执的干扰与诱惑，
更有那深重的自我迷失
与惨烈的自我缠斗……
无数因素都在消解他们的追问，
稍不留神，就此去经年了。
许多人正是在这样的纠斗中败下阵来，
最后成为一个庸碌的细胞。

只可怜那等待的女神，
她日复一日地期盼，
却盼不来一点永恒的消息，
回应她的，只有那与日俱增的白发和皱纹……
谁能在黑暗中开出光明的莲花，
谁能终结娑萨朗的哀乐，
谁能奏响新一曲娑萨朗之歌，
那美妙的音符，那永恒的寻觅，
谁能再次开启——

第一乐章

一根刺目的白发将不老女神惊醒，也将整个娑萨朗从享乐的醉梦中惊醒，这白发牵出了毁灭的序曲。秘境的命宫地动山摇，守护命宫的五位力士慌乱不堪。末日来临，不老女神将作何抉择？

第 1 曲　奶格玛说

哦，母亲，那个可怕的时刻终于来临，
您竟然长出了白发，
刚开始一根，我不敢相信；
然后是两根，我说是梦境；
转眼已是三根，我不能再欺骗自己。
哦，母亲，我害怕——
您不是不老的女神吗？
您不是有着永恒的青春吗？

在娑萨朗徐来的清风中，
白发像流星划过夜空，
好个扎眼好个心惊。
那白发撕裂了天地的祥和，
扯出心中的阵阵剧痛。
这疼痛有一种尖锐的质感，
弥散在五脏六腑之中。
炽热的火焰在体内呼啸，
焚烧了往日的月朗风清。
纵使不再想，无常在眼前。
那根耀目的白，
撞碎了我的无忧，
撕裂的天地即刻震动。
一根白发，就是一支箭，

生生刺向我稚嫩的心。

哦，母亲，那痛感是如此尖锐，

我不想要它，却扔不掉它，

无想的人生竟成了泡影。

不是说"一切有为法，如梦幻泡影"吗？

痛为何如此真实？

不是说"如露亦如电"吗？

痛为何还不消失？

不是说"进入胜境，离苦得乐"吗？

我就在胜境中，

为何苦挥之不去？

我不想，但它一直在我眼前晃，

每一睁眼，就是一阵绞痛。

请告诉我何处是解脱，

——哦，我不要解脱，

我要美丽的母亲青春永驻。

焦虑的火焰在体内呼啸，

它烧光了所有的月朗风清。

我的喉咙像堵了块石头，

胃里也搅起阵阵抽痛。

我的心像被荆棘绑架，

脑中也荡起一阵阵眩晕。

我的心被针刺刀砍，

我的脑中茫然空洞。

……

我跌跌撞撞，如影子般飘荡，

耳边回响着一个声音。
这声音源于我的外公，
这寿星也死去了千年，
他的名字叫不朽星君。
虽名不朽还是朽了，但听说
持他的咒语可延寿百年。
他的额头布满十万条沟壑，
每一条沟壑就是一个千年。
咦呀，那皱纹都是智慧之河呀，
昼夜流淌着来自亘古的甘霖。
瞧呀，
那银河，那宇宙，那黑洞，
都在那无言的大默中，
吟唱着他智慧的歌声。

那智慧老头好个慈祥，
就是他道破了法界的秘密，
那一天，他一口吞没天宫的酒池，
那美酒的香醇骤然醉了天地。
恍兮惚兮的醺然中，
他讲了那个真相。

那究竟的真相定然也有了醉意，
总是超越了庸常之心，
宣说真相者被当成疯子，
多会被庸碌者拿来祭旗。
有谁见清明的叶儿，
能在混沌的人世间跳舞？

有谁见温暖的烛苗，
能在肆虐的狂风中闪烁？
大智者只好和光同尘了，
总显出一副常见的平庸。

外公那时也一样庸常，
他是尘埃，
他是醉汉，
他是平常人。
他融入无尽的灰里，显出
与灰一样的灰，
与醉汉一样的醉，
与平常人一样的平常。
那时，我却知道他是智者，
他有个响亮的名儿。
在他眼里，
我只是一个飘忽的影子，
总在漫不经心中追赶自己。
我好奇着他的呼噜还有他的喃喃自语，
但宿世的聪慧，
让我听出他颠倒的话里，
藏的尽是不颠倒的真理。

就是他道出了究竟的真相：
眼前的世界只是个梦境，
那梦境本是愿力所化，
他和众生只是梦中之人。
眼前的纷繁不过是梦幻，

一切都源于女神的自性。
那梦幻也是愿力的化现，
是愿力成就了娑萨朗秘境，
也是不老女神的滴滴心露，
造出了一个个鲜活的生灵，
天人们也只是梦中的幻影。
他们不知道自己在做梦，
更不知道世界只是个梦境，
众生也只是那一串串念头。

外公的话语像沧桑的梦呓，
它是天籁，亦是绝响，
恒久萦绕在我的心头，
它宛若水中摇晃的月亮，
忽明忽暗着我智慧的天空。
外公说女神的白发一旦出现，
那无常的大洞就要降临——
连不老女神都生了白发，
这世上，还有没有永恒？

母亲本是娑萨朗的女神，
拥有大心大愿，更有无尽的大能。
外公说，只要女神永远不老，
她的子民便可恒享天福胜境。
只是这世上哪有不老的事物呀，
你看那少年意气风发，
转眼之间，就是老翁；
你看那春花朝阳带露，

夕暮时分，已零落成泥；
你看那儿马旷野驰骋，
刹那之间，已是腐尸。
不老女神的白发一旦出现，
娑萨朗的四大就会失衡，
永恒的美梦就要醒来，
美轮美奂的存在刹那就成虚无——
一切的一切，都将消融。

老人的话语像沧桑的漠风，
在我的心头一阵阵拂动。
我从没想过毁灭与死亡，
我的世界正鲜衣怒马，
我的此岸正花好月圆。
死亡是河对岸狂吠的猛犬，
它的獠牙吓不倒我。
因为此岸与彼岸，
不会有交集的可能。
我们的娑萨朗星球多么安逸，
人们正在安逸中陶醉，在陶醉中昏睡，
从记忆的起始到此刻的当下，
一直幸福得波澜不惊。
不朽星君的笑声像山谷在叹息，
回声里尽是无奈的气韵——
"奶格玛，我的孩子！
你瞧这世上的纷繁万物，
盛衰相替，荣辱相随，死生相依，
娑萨朗胜境也终将消亡，

像寒冰消融于岁月的暖风。
无论那大福盈天又盈地，
到头来都会坐吃山空。"

我明白外公所说真实不虚，
我的心悲泣如雨，
问老人如果我勉力发愿，
能否拯救这美丽的家园？
老头发出无声的微笑，
带着丝丝无奈的朔风，
一阵阵拂来，又一阵阵远去——
"谁有谁的世界，
谁有谁的命运，
世上的生灵千千万，
构成的时空万万千，
你的生，开启了你的世界，
你的死，结束了你的世界。
慈悲智慧如佛陀，
能救苍生需有缘。
手足同胞如提婆，
生陷地狱徒无力。
每个人能拯救的，
只能是他自己的世界。"

那一刻，外公的声音溢满了温柔——
"天真无邪的小丫头，
你怎可担当壮士之任？
你救不了别人的世界，

你也度不了无缘之人。
再说你还小力量有限，
小女孩没有壮士之能。
你心有余而力不足啊，
小蚂蚁举不起泰山之沉。"

老头的耳语如山石滚落，
我的灵魂开始震颤，
我感到巨大的恐惧，
无奈和绝望包裹了身心。
我的灵魂第一次战栗，
感受到透心透骨的阴冷。
我的心像断了线的风筝，
在风雨中飘摇无处安顿。
仿佛独上高峰望八都，
无边的夜幕上只有寒星。

漫天的恐惧让我忘了斗转星移，
无奈和绝望是裹在我身上的湿衣，
我是寒冷中寻找妈妈的婴孩，
彻骨的冰冷正浸透我的肌肤，
无助的心儿，飘摇成断线的风筝，
它失魂，落寞，孤寂成星。

多想伸出我的双手，
抓住一根救命的稻草，
没有稻草？那就一片叶子。
没有叶子？那就一阵轻风。

没有轻风？一片云彩也好啊——
让我抓住它吧，
让我的灵魂有所依附。

哦，母亲，我怕！
我真怕无常这个黑洞，
会吞噬家园和深爱的您，
我不愿眼前这无比精彩的世界，
会真的消逝得无影无踪。
哦，母亲，
我宁愿接受痛楚的存在，
也不敢想象死寂的虚无，
我宁愿自己疼痛地死去，
也不愿母亲在瞬间消失。
哦，母亲！
您给了我生，我又怎能看着您死？
……

"灾难未至别悲切，再振旗鼓创新业——"
沧桑的声音再度响起，
抬头的瞬间，
我看到老头万象的沟壑之中，
有熟悉的东西在萦绕，
它一直在不远处萦绕。
我想追上那萦绕的脚步，
可我迈不开腿；
我想问询那萦绕的熟悉，
可我张不了嘴；

我不甘于糊涂却又追不上变幻的脚步，
母亲，您告诉我——
为什么，为什么？
在这份熟悉里，
我却只想哭泣？

我问有没有挽回的可能，
不朽星君微眯了布满皱纹的眼皮，
他的眼里盈满慈爱与期望，
难道他也在等待奇迹发生？
他说这法界有一种真言，
隐藏于娑婆世界的人类心里。
它不是符号却胜似符号，
找到它就可以拯救苍生。
有人称它是一种净光，
有人说它本质是无为，
有人说它是道体永恒。
若人能找到那解脱的密钥，
一滴水就能融入大海。
外公的声音深邃无比，
如清泉流动如古琴吟咏。
我感到了一丝光明，
正点亮了我茫然的心。

老人说完话已过去千年，
千年后沧海已变成桑田。
娑萨朗的一天是人间的半年，
红尘中流淌过无数的生灵。

冰川也融化了一次次轮回，
大水成了人类的梦魇，
在各民族远古的神话中，
都有关于滔滔洪水的记忆。

在漫长的时间河流里，
娑萨朗也经历了无量的劫火。
无量劫里送走了无量的星君，
那一个个星君本有无量的寿命。
无量的寿命也终为泡影。
那无量原是个美丽的童话，
麻醉着醉生梦死的芸芸众生。
于是不老女神也生了白发，
为娑萨朗敲响它最后的丧钟。
这消息不胫而走传遍每个角落，
昏惨惨好似那灯油渐尽。

我在静室一隅默默流泪，
泪水中洇出丝丝血红，
亲爱的有缘人，
你可懂那种蚀骨的伤痛？
我虽精通北俱芦洲的无相瑜伽，
这瑜伽本可以按压苦痛。
不承想此刻却六神无主，
那瑜伽亦不能解除苦因。
那伤痛遂成了纷飞的箭矢，
把无相瑜伽也射为碎尘。

一想到这胜境寿命将尽，
一想到自己会失去母亲，
一想到美好终将消散，
填入那个叫死亡的黑洞，
我便恨那无常无情又无义。
我愿舍此生的玉容金颜，
我愿碎骨粉身，
只要能换取母亲永驻的青春，
换取家园的永恒，
可谁能应允？

痛一回，思一回，
思一回，痛一回。
我像被扔进无底的冰窟，
彻骨之寒，寒出彻骨的绝望，
绝望至极，麻木和疼痛刺穿身心。
突然发现有弧光闪过——
它可是命定的天启？
我木木然起了身，
向着那光亮走去。

第2曲 命宫

奶格玛远远地看到了命宫，
仍觉得自己在梦中。
那命宫是娑萨朗的心脏，
它维系着天国的安宁。

近了，近了，
琉璃瓦，黄金顶，飞檐斗拱，
那幢辉煌的建筑溢彩流光，
两个大字，镶嵌在顶端正中：
命宫。
它是如此堂皇又如此神圣，
它稳稳地映入我的眼睛。

什么毁灭？什么虚无？
在真实的辉煌里，
那根白发，也许只是幻象。
但愿它只是一个幻觉，
仅仅出现在噩梦之中。

此命宫也是女神建造，
是娑萨朗的系魂之宫，
五座灯塔如擎天之柱，
由五个力士日夜守护。

五力士着五色衣，
五色衣呈黄蓝红绿白，
据说代表地水火风空。
他们伴我长大，
他们的使命就是守护这命宫。

看啊，那巍峨的地塔是黄金打造，
金灿灿发出太阳的光明，
守护它的是地使者，
地使者名叫胜乐。
地大本是固体的存在，
地使者也敦厚诚实，宽大为怀。
他坚固如磐石，位于命宫的中心，
他慈悲如太阳，
用大乐光明照耀众生。

水大蔚蓝，透明无比，
水使者孕育无穷的活性之能，
他的名字叫欢喜星君。
他总是满脸福气和安宁，
像水那样聪慧灵动，
都说他散漫任性又善变，
不具备常性，
只有粼粼的波光是他恒久的容颜，
那里藏着无上的清凉。
泛动的湛蓝之波，
将一阵阵清凉晃入天心，
息灭无边的热恼，

发出安详的美妙之声，
他滋养万物、泽润世界绵延无终，
却从不居功也永远不争，
因为低调是他永恒的秉性。

火力士人称威德尊神，
骑一头水牛超越红尘。
他周身怒燃着滚滚烈焰，
烈焰中生起了威德之能。
他总是演绎愤怒的角色，
但他的愤怒是另一种慈悲。
他每一发怒便生起无穷大火，
能把贪嗔痴烧为灰烬。
他性情虽躁却恭和无我，
法界的负能量被清扫一空。

风大总让人心旷神怡，
它每一拂袖，就能吹散无边的乌云，
有它的地方，就是一片锦绣，就有朗朗晴空，
清风能吹散无边的乌云，
绿色的清幽能沁入人心。
风力士名叫密集星君，
他的目光如炬如剑，
总能戳破世上的假象。
他有无碍的智慧箴言，
能拂去无边的热恼，
能调伏无量无边的众生。

空塔不空，不空的塔也是空，
你的眼睛看得见它，
你的手臂却触不到它，
它触之无物，视之有形。
它时而如水晶通透无比，
时而是宝珠彩光盈盈。
它的主尊是幻化郎，智慧无上，
常常会隐匿了身形，
顽皮地，让你也做一回捉迷藏的顽童。

五座灯塔光明万丈，
五个力士目光炯炯。
他们的智慧洞悉于秋毫，
日夜守护着娑萨朗胜境。

空中有雁飞过，声声悲鸣，
悲鸣的雁声里，
有母亲的白发，
奶格玛的双眼有泪，泪里有颗凝珠——
它掉到海里便是珍珠，
它飞到天空变成星星，
它埋到地下化作水晶，
它滴在心头，成为烙印。
一千个烙印里有一千个故事，
一千个故事里，
流溢着无尽的深情。
山川、河流、草木、鲜花，
美景、家园、亲人、众生……

哦，这一切，一切——
都将要陷入那消亡的黑洞。

多想化为一块顽石啊，
没有心跳也没有知觉，
在窒息中永恒地定格，
让世界在麻木中麻木。

地塔旁边有矿坑深达千丈，
地精灵正在开采奇珍异宝。
他们疯狂地挖掘、填充，疯狂地收集，
疯狂地截断河流，再拉上巨网，
他们疯狂地焊接、打眼，
一路下来都是熟悉的流程，
他们叫它财富的流水线，
虽然这世界只是幻化，
但贪婪的习性已成了本能，
他们控制不了欲望，
那灵魂深处的贪欲总能伤害主人。

奶格玛却看到汩汩而出的鲜血。
这命宫之基虽也有宝矿，
但影响风水不能动用。
奈何千年来为生机日夜开采，
已严重动摇了命宫的根本。

她听到响彻天地的轰隆声，
她看到了那矿坑皱起的娥眉，

这所在常叫她爱恨交加，
面对欲望的黑洞，
矿坑大张着失语的巨口，
诸精灵喊着动听的口号，
只为满足那阴暗的贪心。
祖宗的警告太过苍白，
抵不过沉甸甸的珍宝。

天人狭隘偏执，冥顽不化，
多少艳丽的花朵、丰硕的果，
都被他们洗劫一空，
多少尘世的繁华被他们折断，
种下无可救药的毒瘤。
矿洞变成了巨大的墓穴，
高耸的旗帜分明是墓碑。
那忙碌的身影正拼了命，
给自己挖掘死亡的寝陵。

矿坑里诸精灵正在劳作，
只见空塔琥珀光忽然失明，
那灯纷纷碎裂掉落地上，
化作了满天散碎的星星。
地精王惊慌失措连叫不妙，
连忙叫传讯员奔向命宫。

传讯员入命宫哇哇大叫，
叫一声诸力士不要心惊，
那灯塔之光忽然失色，

这种事千万年未曾发生。

地力士闻讯骑上坐骑，
遍天的黄尘中不见了踪影，
状若山崩地裂其声震天，
一串串闷雷移向水宫。

水使者在水宫享受歌舞，
无数的水妖游曳在水中。
巧笑倩兮，美目盼兮，
早已迷醉了水宫的主人。
地力士大吼一声破门而入，
撞出满屋的落英缤纷。
见塔顶的珍珠已生出裂纹，
两使者如闪电急往风宫。

风塔里却只见小小旋风，
风使者烂醉如泥躺在宫中。
风塔的风势也渐渐停息，
盘盏酒菜狼藉了天宫。
土神举凉水兜头浇下，
惊醒风力士告知那噩讯。

三官急匆匆赶往火塔，
塔中不见了火之真君，
火塔中诸火也已失控，
岩浆喷上了半虚空中，
遍地燎原着无明之火，

诸火焚烧中不见主人。

只有那空使者神志清醒，
找到了火力士控制灾情。
四星官见此状相顾失色，
呼天地唤爹娘泣血捶胸。
五力士一起前往神宫，
一脸惭然去面见女神。

观诸象奶格玛心生疑惑，
这到底是现实还是梦境？
她仿佛只是恍惚了一下，
瞬息间却似变换了时空。
岁月静好已成昨日黄昏，
安详和美好烟消云散，
遍地充斥着狼藉和凋零，
世界呈现出末日情景。
啊，世界末日！
五力士叫喊着失去理智，
绝望和恐惧卷走了冷静，
狂奔中全然忘记方向，
他们往东，又往西，
想上，却在下。
我想问你们要去往何处？
能否摆脱你们的宿命？
奶格玛摇摇头长叹一声，
无助地走向母亲的神宫。
她的脚步很是沉重，

每一步都像踩入泥泞。

幸好仅存了那份愿力，
支撑着她如尸的躯体。
哦，我的母亲！
我凭的仅是那份愿力，
而这愿力，也是您的赐予！

第二乐章

姿萨朗的先知揭开了一个秘密：遥远的地球上，有拯救家园的良方。五位力士慨然前往，却不知何故，如泥牛入海，全无消息。不老女神心急如焚，他们到底发生了什么不测？

第 3 曲　女神

五力士入神宫心中忐忑,
惶恐的脸上布满了汗水。
水力士平日擅于智谋,
聪明人往往懂得自保。
自保其实是单薄的躯壳,
总是庇护着狭小的灵魂。
他先把责任丢给地使,
说矿坑失控殃及他人。
地力士闻言大怒反击:
"你整日沉迷于花前月下,
一直太过放逸不守职能。"
诸力士纷纷发声附和,
争吵声像极了乌鸦的聒噪。
往日的睿智已荡然无存,
也许这才是他们的真实嘴脸。

奶格玛喝断那鼓噪之声——
"你们哪像什么真君天尊!
地力士先失职殃及他人,
水力士太放逸不守职能,
火力士性太野需要自律,
风力士太贪杯不成体统,
空力士有若无飘忽不定,

还有诸眷属尸位素餐。
诸位且收敛气息宁神肃静，
切勿惊扰我的女神母亲！"

五人闻言脸呈愧色，
随奶格玛进入女神密宫，
见不老女神正昏昏沉沉，
神采奕奕的母亲今已黯然。
皱纹淹没了她素洁的容颜，
混浊覆盖了她清亮的眼睛。
女神的头上有白发一缕，
摇曳出女儿满心的伤痛。

母亲啊，我多想这只是一场噩梦，
只要醒来，一切安好如昨日。
您那白发像勾魂的白绫，
总能绞得我灵魂窒息。
这窒息化作漫天的雾霾，
吞了天地，让我无处逃遁。
母亲啊，
虽然您已衰老，
女儿却还年轻。
哦，母亲，您不要悲伤，
您还有我，我要去寻找希望，
我怀揣梦想，我就是您的希望，
我要用您给的爱，
撑起您渐倾的天空。

五力士见此状相顾无言，
呼吸像天边闷雷声声，
一声比一声急促，阵阵闹耳，
他们是否也生起对末日的恐惧？

火使者首先打破了沉默：
"请女神息怒静养安心。
我等洗心革面再调五大，
诸乱象就会复归于安宁。"

女神笑一笑长叹一声，
笑声牵来了落寞的黄昏，
缓缓碾过秋叶的话语，
此刻听来却句句扎心——
"孩子，这怎能怪你们？
福祉少消耗多无常降临，
这是亘古而存的真理，
蚂蚁都能吞噬须弥山的福报，
这胜境也难逃成住坏空。"
奶格玛闻此言再次垂泪，
一阵阵疼痛发自心底。
母亲的虚弱更令她揪心。

哦，母亲，我无上的母亲，
这境况如何面对，
能否拯救这娑萨朗胜境？
能否拯救美好的家园？
可有神药让您回春？

哦，母亲，我无上的母亲，
是孩儿不孝，是孩儿顽劣，
此刻的您已憔悴万分，
却还要您忧心不止，
可孩儿实在不知，
如今的局面要如何挽回？
要如何拯救大厦于将倾？

只见母亲面如土色，
她久久不语，久久闭目，
瞬息间又添了白发数根。
时间已停止，空间在凝固，
一声叹息好个扎心，
它是那样无力却又锋锐无比。
良久，女神复又叹息缓缓而道："为时已晚，
只怕那无常之网早已降临。
平日里我常说要多发大愿，
生大愿发大心时运恒久。
无数个千年里只有无想，
在无想无思中空耗光阴，
便是你修了无穷的寿命，
富贵如天也会坐吃山空。

"我嘱咐又嘱咐，
叮咛复叮咛，
却不见有几人信受奉行，
到如今有漏果将要成熟，

共业是浩劫须大家承受。
见一处霉点果子已腐，
一腐之后百腐便生。
一日复一日终将烂朽，
天大的神通也回天乏力。"

时钟的指针滴滴答答，
它转了一圈又是一圈，
圈与圈无异却又非同，
奈何我母亲白发已生。
白发是撩动哀歌的琴弦，
白发是驱逐命运的皮鞭，
白发是世界毁灭的预言，
白发是不可触碰的痛点。
母亲的眼角分明在颤抖，
叹息滑出她翕动的齿唇。
它像来自阴暗了千年的洞窟，
挟着瑟瑟入骨的阴冷。

原来那无想定并未破执，
烦恼如皮球被按在水中。
按力消失烦恼便会反弹，
按力越大那反弹也越凶。
即便是女神也热恼涌动，
此刻的纷乱和不安，
此刻的希望和绝望，
不只是染白了更多的青丝，
更是划出了一道道皱纹。

母亲啊，我的母亲，
我多想用我的手掌，
熨去您额头的不平；
我多想用手中的神笔，
精心绘出您青丝如昔；
我多想撕下我青春的容颜，
去点缀您的银白发梢。
但此时此刻我如此无力。
在无常的面前，
我们都是待宰的羔羊。

话未出口泪水先迷了眼睛。
母女本是一体啊，
母亲每条皱纹都是扎心的针。
女儿心中如万剑在搅割，
又不敢流露这刺骨的痛楚，
唯恐增加母亲的忧心。

时间停滞，空间凝固，
不知过了多久，
母亲抬起她沉重的眼帘，
奶格玛看到她眼里的自己。
那婷婷的身形，
正溢满母亲慈爱的瞳孔，
一丝华彩灵光，
开始点亮黯淡的眼眸。

女神说倒有个救世的良方，

就在娑婆世界的人心当中。
只是这秘密实在难寻。
女神叹了口气,
"那红尘如密林, 处处有陷阱,
过去的无量时光中,
我撒下一批又一批的良种,
派出一个又一个的才俊,
送出一位又一位的使者,
却都是泥牛入海, 了无音讯,
仿佛那是个巨大的泥潭,
丢进棵大树都无踪影。

"都说那儿五毒俱全欲望丛生,
便是圣者也难以自律。
我抛入无数洁白的哈达,
却捞不回一块带泥的丝巾。
好个可怕的所在呀,
不知那儿有怎样的情形?
如今已是非常时令,
必须要五力士亲自前往,
当上下求索不迷心性,
才能找到那救赎的秘密。

"若是你五人愿赴此行,
先需要在红尘中历练毕生。
经过了盐水煮血水再蒸,
经过了五毒烤五欲再熏,
经过了寻觅经过了跋涉,

经过了向往经过了自省。
再经过自律和自强，
走出一个个痛苦的迷城。
捡起再放下，放下再守候，
风雨不动，不忘初心。
经过那九九八十一难的打磨，
才能取得救赎真经。"

女神说罢已气喘吁吁，
眼神儿不移看着五人，
充满希冀又充满心疼。
不知他们能否堪当大任？
也罢也罢，尽人事听天命，
到如今已别无出路，
这是娑萨朗最后的希望。

四力士闻言都表心迹，
愿前往娑婆寻求真经。
只有水君默默不语，
他放不下如水的曼妙宫伶，
那意绵绵情深深你侬我侬，
早已缠缚了勇士的雄心。

女神知其意暗暗发笑，
提出好主意让其安心：
"你五人若有意中之人，
可携她们同入红尘。
天人自会有天人之福，

有爱人相伴不再孤独。
只是再生时无法相认，
常相知不相疑才能相亲。
那人是你们生命的另一半，
阴阳合璧才是圆满人生。
不过有情爱必然有情执，
有幸福便有烦恼痛苦。
爱别离会让你痛苦不堪，
惨痛追忆中孤独一生。
派你等前往并无他意，
只因你们有累世的修为。
定与慧也都出类拔萃，
既有大力也有大能。
事关娑萨朗生死存亡，
愿诸位星君不虚此行。"

水使者闻言心头大喜，
立刻拜请女神放心，
水力士愿赴汤蹈火，
为娑萨朗胜境定不顾性命。

母亲为五人装了心咒，
安好了种子字以便相认。
每月二十五日勾其神识，
齐来相会于兜率天中。
在梦境中相会讲其经历，
心清净便发出相应光明。
五个人五种色一一对应，

祈请心生于无想天中。
即便受污染掩蔽心光，
也能借日月食显露心声。
有了心中的智慧光道，
就与娑萨朗有了联通。

却说那水使者倒也痴情，
回到水宫便忧心忡忡。
他想即便此去两人同行，
毕竟要重入生死胎宫。
此去相忘不相识，
不知何日再重逢？
摘片花瓣题写心中寄语，
以期他日相会不忘初衷：

"心头的摩尼珠，我的女人，
虽然你流光溢彩，
却让我满心伤痛，
那就做心中的一滴泪吧，
带着你，
去遥远的人间——飘零。"

第 4 曲　失联

五力士化作了五道彩光，
那天女便是光中的流萤。
母体的子宫太过湿热，
能否忆起前世的宿命？

五使者撒落凡间已有数旬，
竟是泥牛入海毫无音信。
即便按约定在兜率天相会，
也成了一个虚应的故事，
虽有模糊不清的身影，
却成了哑子不言不语，
如泥胎如木偶如盲如聋。
只有密集郎有一次表白，
但思维混乱不知所云。
五力士下凡非同儿戏，
没有音讯我如何安心？
奶格玛心中阵阵焦急，
她心慌意乱去询问女神。

女神的微笑意味深长，
说种子开花自有它的时辰。
五星君下凡间还要入胎，
入胎后就有了隔胎之昏。

母血冲迷了清明的宿慧，
欲望会变成遮日的乌云。
待到那痛苦唤醒了觉悟，
智慧的星光才会现身。

只是奶格玛总不能安心，
娑萨朗的衰败步步逼近。
那末日气象是心头的刺啊，
还有母亲的白发与皱纹。
我修来的定力此刻在何处？
为何我总是方寸大乱？
我的母亲，我的家园，
我的山川，我五彩的衣裙……

如今河流干涸，青山塌陷，
可怖的沙漠在步步逼近，
母亲的白发与日俱增。
历经风雨看淡世事的母亲，
在无人处叹息。
那声音虽小却清晰，
如万千只蝼蚁正钻进我心里。
细小的爪牙噬咬灵魂，
伤口渗出的却是焦虑。

奶格玛时不时便查看进程，
祈祷能尽快得到回音。
她一次次于定中观境，
一次次用脉气沟通。

她的心间有八个脉道，
每个脉道有三个分支。
二十四脉射向十方，
一一搜寻着五位星君。
其情形犹如蝙蝠的声波，
也好似雷达在探测搜寻——
是的，许久了，
我搜寻的目光一直在娑婆世界流连，
从喜马拉雅转到昆仑山，
又从天池折回秦岭。
我蹚过九曲黄河水，
我越过黑戈壁八万里。
我一次次打坐，一遍遍搜寻，
只想找到那五个星君。
他们的命运里藏着娑萨朗的命运，
娑萨朗的命运里藏着母亲的命运，
母亲的命运也是我的命运，
我爱他们，远胜于爱我自己。

这一日忽有信息反应，
奶格玛感到心血突涌。
那一刻她没了形体，也忘了自己，
沉浸在一种巨大的悲悯里。
不知那悲从何来，又散向何处，
但它带来了一些影像，
那些影像虽然模糊，
但渗透着她熟悉的气韵。

是的，我终于发现了幻化力士，
瞧！他睁开了一双惺忪的眼，
动了动婴儿的小手指。
呵呵，他还打了个弱弱的呵欠——声如天籁。
他在母亲怀里香甜地入睡了。
一滴凝露从我眼睑滴出，
我喜极而泣！
有缘人，
你可否感到我此刻的幸福？

哦，
不要打扰我，
让我眨眨眼，好看得更清晰；
不要影响我，
让我竖起耳，好听清他在唱什么
……

一声巨响，声震如雷。
骤然之间，尘土飞扬。
我揉揉眼：
温暖的产房，嗷嗷待哺的婴儿瞬间不见——
他们去了哪里？
紧接着，烟尘弥漫，乱象滋生，
光明境中的世界，一片混沌……

不知过了多久，
无常再次以无常的方式，
向我呈现，

我再次失去了他们的消息。
僵住的躯体里有声音在呐喊——
去找他们！去找真理！
因——为——你——是——
奶——格——玛——公主！

是的。我叫奶格玛。
我是娑萨朗的传人。
我是不老女神的女儿。
我有女神的基因。
它是我今生的宿命。
我有着义不容辞的责任，
而这责任，出生时早已注定。
都说人生是一场戏，
就让我去这可怕的红尘
演一出轰轰烈烈的剧情。

奶格玛决定前往地球，
寻找五人更寻找永恒。
母亲的微笑总是神秘，
一如既往地悠远空灵。

绯红的门，金黄的顶，
五彩的纱幔，辉煌无比的宫门，
在白云之上，我徘徊在母亲的门前。
多少往事涌上心头，
多少深情难以割离，
儿时的身影在眼前忽闪，

儿时的欢笑响在耳边。

哦，母亲，多少时光都滔滔地奔向身后，

您怀中的味道，

却永远是我枕边的温馨。

记得您刚生下我，

您就说，我会成为您的骄傲，

因为我是睁着眼睛来到这世界的。

您说，我会有洞悉世相的智慧，

那是我对众生无私的眷顾，

所以，您总是苛刻严厉——

当别的孩子在母亲怀里撒娇的时候，

您狠心地把我送到无相寺打坐；

当别的孩子在玩蝴蝶过家家的时候，

您带我随您巡山观海、体察民情；

当别的孩子在画娥眉涂红唇的时候，

您却要求我素颜如雪，斋心做人。

您说，外表的美只是乍现的昙花，

心灵的美，才是最美的风景。

而当我病了，母亲——

您会拒绝一切事务，只为陪我，

给我讲您过去的故事，

讲您的女神梦，

甚至讲您的——爱情。

那时，您慈爱的声音回荡在房间的每一处，

凡所听闻，连蚊虫，

都欢喜雀跃。

在人前，您总是安详，

您把幸福送给别人，

您把快乐带给别人，

但我知道，您是孤独的。

母亲！您的孤独，

尽天下的爱情都无法治愈，

那是无可救药的大孤独，

那是老子的千年默然，释迦的亘古无言。

您说——

西牛贺洲魔师横行，

众生不在水深之处就在火热之所；

您说——诸天人爱欲心重，道德沦丧，

已越来越分不清何为爱何为欲了；

您说——

由于生活的安逸，娑萨朗的人口剧增，

资源已越来越少了；

您说，资源越来越少，可人却越来越贪了

……

哦，母亲，不要说了，

我清楚地看到，您快要白发胜雪了。

我不要白发三千丈的长寿女巫，

我只要青丝如瀑的女神。

哦，不，我不要女神，

我只要母亲，

母亲——您是我的母亲。

我如鲠在喉，泪眼婆娑，

我看到您把汹涌作势的泪水，硬生生逼退，

我听到您，把不舍还给不舍——

把大爱交给大爱：

"孩子，

所有奶格家族的人，

从一出生，就注定了不能只为自己活。

在这个世界，总得有人奉献，

那奉献，才是真正的获得。

母亲老了，现在我把奶格之星交付于你，

你要精心呵护，耐心培育，

你要让它发出万丈光芒，

照亮这个苦难的红尘。

"我的女儿，

是雏鹰总要翱翔天空，

是儿马终将驰骋疆场，

此去经年，你要好好照顾自己。

你在妈妈身边时，

你要像妈妈不在身边；

妈妈不在身边时，

你要如在妈妈身边一样。"

一遍遍地叮咛嘱托，

一次次地故作轻松。

"众人眼中我是个女神，

但我更是个母亲。

怕女儿被红尘染污，

怕女儿迷了心性。

怕女儿苦，

怕女儿疼。
不知凡间的饭菜是否可口？
不知那粗糙的衣物能否抵御寒冬？"
多少次背过身偷偷垂泪，
回过身又目光坚定。

母亲仍在说着，空空洞洞的声音
游丝一样：
"去吧，我的女儿。
妈妈相信你！支持你远行。
虽然远行的路上有风有雨，
虽然你去的途中有险有惊，
虽然你还是个幼小的孩子，
还不曾承受山岳之沉。
我不愿将那众生之业力，
压上你娇嫩的肩峰。
更不愿那所谓的使命，
增加你心头的沉重。
你就当是一次旅行吧，
我的孩子。
那异域的风景是你的营养，
那旅途的风霜是你的甘霖，
还有那风尘中的刀剑，
还有那花园中的温馨，
还有那情山欲海的波涛，
还有那无尽河旁的相思，
还有那明空月下的开悟，
还有那金刚座下的微笑，

还有那魔王狞笑的痛苦，
还有那遥远国度的陌生，
还有那明月楼中的无私，
还有那地中海上的游轮，
还有那风中远去的汽笛，
还有那男子神秘的笑意，
还有那神秘笑中的觉悟，
还有醋意的大爱，
还有折腾的温馨，
还有刀光中的血腥，
还有战马嘶鸣的远征，
还有诽谤里的荣光，
还有诋毁中的真心，
还有庄严后的琐屑，
还有著作等身的辛苦，
还有相爱中的纠结，
还有风尘中的伴侣，
还有觉悟中的大爱，
还有宁静中的躁动，
还有无执中的执着，
还有难舍中的放弃，
还有痛哭中的释然，
还有微笑中的相知，
还有远山上的杜鹃，
还有深海中的珊瑚，
还有一切陌生中的熟悉，
还有一切熟悉中的陌生，
它们都将滋养你的心灵。

只要你活出最好的自己，

无论你成功与否，

你都是我最好的孩子。"

临行的那天飘着细雨，

细雨是母亲无尽的思念，

不老的女神偏偏老去，

无想的心里也生起牵挂。

一次次检查远去的行囊，

一次次重复说过的叮咛，

一次次拉住她的小手，捏了又捏，

一次次捧着她的脸蛋，端详了又端详，

一次次给她做爱吃的食物，看她吃得开心……

心头总晃着她小时候的样子，

早知如今要分别，

当初就该多珍惜。

不该没收她心爱的玩具，

不该拒绝她期盼的笑意，

不该埋怨她太多的调皮，

不该打她小小的屁股……

那一幕幕的成长影像，

已遮蔽她晴朗的天空，

化为母亲心中的云雾。

母亲将奶格之星交给了女儿，

这是娑萨朗的镇殿之宝。

它能发出母亲的讯息，

也能传递女儿的心。

这是一柄看似普通的天杖，只有它
才能连起母女跨越时空的心。

她与女儿互吻了额头，
四目相对融入万千言语，
泪水打湿美丽的眼睛，
化为心中璀璨的钻石。

再来一次深深的拥抱吧，
四目相对，执手不语，
但这不语里，却有着千言万语。
欲出的泪水再生生地咽下，
化作此行的坚定。
它，不可摧——
那是坚如金刚的誓约，
那是刻骨铭心的深情。
这时没有使命和意义，
只有别离中的大爱，
还有大爱中的别离。

母亲姗姗出宫为女儿送行，
那纤秀的背影渐行渐远。
大雨倾盆伴着电闪雷鸣，
闪电之外又升起一弯彩虹。
女神观缘起心头暗喜，
骨肉分离的痛苦却未曾冲淡。
明知那缘起十分殊胜，
她却只想注视女儿的身影。

只求时间就此定格，
再多看一眼那面容。
弥天的大雨是心头的泪啊，
那滚滚的闷雷是压抑的痛。
千言万语汇成一句话：
"去吧，我的孩子。"
母亲转过苍老的身子，
留下一个孤独的背影。

第三乐章

不老女神的女儿奶格玛，虽年纪幼小，
却胆识过人，主动要求前往地球，寻找五位
力士。奶格玛经过天界时，发现它并非想象
中单纯美好，天人与修罗残酷厮杀，天界中
也有各种微妙的规则，她会有怎样的奇遇？

第 5 曲　天斗

奶格玛临行前走遍神宫，
捡拾起那一段段失落的记忆，
她像捡拾脚印的幽灵，
凭吊着今生今世的风景。

真的要离开了吗？
让我再看一眼波光万里锦绣天池，
让我再听一曲袅袅仙乐绕梁不绝，
让我在记忆中埋藏这一生的悲欢，
让我凭吊全部的爱与恨，欢喜与眼泪，
让我拾尽遗落的脚印，
让我卸下执着的一切，
让我的行囊，不再沉重。

那些风景早已远去，
化为心中的一缕缕温馨，
虽然它们只是心头的幻影，
但也是心头照路的炬灯。
来路迢迢，去路茫茫，
茫茫黑夜中可有明灯？
不知途中会有怎样的风霜？
不知途中会有怎样的陌生？
想到此行的未知，

我心绪难抑，潮起潮涌。
母亲，再见！
我跌跌撞撞，踉踉跄跄，
我一步三回首——家乡渐远……

毕竟是又一次离家远行，
毕竟是又一次面对陌生，
一想与母亲漫长的离别，
泪水便时时迷住了眼睛……

奶格玛离开娑萨朗不久，
忽听到轰轰隆隆声震天地，
刹那之间，
前方腾起无数的烟尘，
尖叫、呐喊、战马的嘶鸣
响彻云霄，
一直传到她的耳中。

火，火，火！她看到火在燃烧；
血，血，血！她看到血在沸腾。
她看到无数的人们，
正在刀尖上旋转。
哦，他们在旋转，
他们是演员，
他们是舞者，
他们假戏真做。
在刀与刀之间、剑与剑之间，
他们赌博着生命。

精彩吗？看吧！

一边是五彩的天衣，

一边是嗔怒的容颜，

一边是轻盈的躯体，

一边是疯狂的攻击。

好玩！是吗？

你砍断我的胳膊，我刺中你的心脏，

即使如折翼的天使，

也要挣扎着向对方挥舞刀剑……

多么疯狂的一群疯子啊！他们是疯子。

其实，他们有着好听的名字：

他们是天人，是阿修罗。

你看——

遍天的乌云伴着雷鸣，

厮杀的怒吼震碎了天空。

那一道道闪电是索命箭矢，

那一声声霹雳石破天惊。

那一排排流星雨正是飞矛，

那一场场地震是杀心溅动。

那一次次海啸是怒火激荡，

那一场场风暴是战鼓之声。

那一道道彩虹是天女在助威，

那一阵阵龙卷风撕裂了创痛。

仙女踩着虹桥，也来凑热闹；

十万天兵化为乌云，齐齐助威。

天地都在战栗，

哦，这一群疯子！

还有那无法比拟的残暴，
还有那令人战栗的血腥。
还有那遮天蔽日的雾霾，
更有诸多的瘟疫和病菌。
那是天与非天相斗的结果，
城门失火涂炭了池中生灵。

好累！看着他们演戏，
我周身乏力，我喉咙干燥，
我心跳加速，我血液轰鸣。
哦，我的小心脏里
有万千根银针在搅动……

奶格玛看到了一些天人，
虽然在交战但并不奋勇。
他们舞着武器却无杀意，
看得出血腥未淹其善心。
阿修罗中似也有厌战之神，
他们无奈地被洪流裹挟。
虽然也示现愤怒之相，
但心中仍渴望和平之音。

看得出战争非子民所愿，
它只源于修罗王的野心。
魔王把魔理灌输给百姓，
孕育出一个个魔子魔孙。
那罪恶的文化之水，
便浇灌出罪恶之心。

它异化了一个个健康的细胞，
把世界也搅得千疮百孔。

那遍天的血雨加上腥风，
宇宙间顿时啸卷着阴云。
于是四大失调不再和谐，
人间灾难也将频频发生。
人们把犁都铸成了剑，
把同类刺得血肉模糊，
母亲的眼泪流成了河，
孩子的哭声响彻天庭。

阿修罗的武器便是愤怒，
那杀心化作遍天的吼声。
他们还从人间吸取能量，
这能量来自人类的嗔恨。
那嗔恨之火化成了杀气，
这杀气就是阿修罗的大能。
还有那诸多的抱怨，
还有怒火中烧时的冲动。
还有恶毒的贪欲之火，
以及邪命的诅咒之风。
总之人间所有负面能量，
都令阿修罗的斗心增盛。
于是那诸天渐露败象，
天人粉身碎骨如落英缤纷。

奶格玛见此状心生不忍，

声声呼唤来自虚空，又归于虚空。
借一片乌云做蒲团，
我跏趺坐于半虚空，
抬头是无垠的蓝，清澈的蓝，
那是一碧万里的蓝啊！
乌云之下，是逐鹿的群雄，
是厮杀铮鸣！是血流汪洋！
哦，母亲，这是怎样的世界啊？
为什么彼处春暖的时候，
此处却是沁骨严冬？
为什么人与人之间、族与族之间，
总不能好好地相处，深深地相爱？
为什么要争斗，要掠夺，要杀戮？
女神啊，发起您无量无边的悲心吧，
消解他们正烈的怒火，燃烧的欲，
请您收摄他们！

她静坐于空中发起无量悲心，
以少女纯真善良加以专注力，
还有那奶格之星的异能。
渐渐地，有虹光从她的心间散出，
一晕晕光水波般荡漾——
凭借奶格之星的神力，
我把我的赤子心与处女身完全融入虚空，
我无限大地变幻着自己，放大着自己。
我变——
我以五彩的天衣、轻盈的气息包容这一切……
虚空之中一晕晕虹光散出，

光中带着无尽的爱与包容。
仿佛炙热的岩浆遇到清泉，
瞬间息灭了一切烦恼嗔恨。
"咕——咕——"
一只鸽子飞来，
"咕——咕——"
一群鸽子飞来了，
它们飞过他们的头顶，
悠长的鸽音，回荡在空中。
这是多么悦耳的声音呀，
在这吱哇乱喊的嘈杂中，
它是来自灵魂深处的声音。
那是亘古大荒里不变的梵音。
一个天人听见了，他望向虚空，
他的对手看见了，停止了进攻。
这是来自奶格之星的咒语！
多么悠扬啊——
这恰如其分的鸽音，
这来得正当其时的鸽音，
这人间天上的鸽音。
谁不想安稳，谁不想和平，
为何总要争得头破血流、两败俱伤、鱼死网破
才肯甘休，
一切的苦因不过是一个个忽闪的念头，
一如这场厮杀——
酒足饭饱的修罗王听说那天上的仙女很美，
天人过着锦衣玉食的生活，
于是他就没了快乐，他恨得要命！

他日思夜想着天上的仙女，

于是，集结，吹号；

于是，掠夺，杀戮！

于是，所到之处横尸遍野、血流成河……

听到悠长清凉的鸽音，

阿修罗顿时失去斗志，

不再对天兵轮番进攻。

双方都斗得筋疲力尽，

这一战终于鸣金收兵。

但奶格玛心中明了，

这清凉的鸽音也只能暂时起效，

因她毕竟力量尚小，

那善心如何强烈广大，

也还不足以与那铺天盖地的恶相抗衡。

天与非天战后横尸遍野，

有谁听到了母亲的哭声？

双方虽有无边的神威，

可以发动啸天的战争，

但壮怀激烈总伴随悲凄，

为何总在重复这悲剧？

天地还是那个天地，

星辰还是那些星辰。

可是，有多少妻子没了丈夫，

有多少孩子失去亲人？

……

第 6 曲　寂天

天色渐暗，转眼已至黄昏，
战后的天空，
仍是那样空，那样静，
只是半边西天成了红色，
不知道那是血染的风采，
还是霞光的妩媚。

奶格玛收起了奶格之星，
这宝物隐去了道道光明，
看起来像寻常的天杖，
只是那杖尖上有一颗水晶，
可大可小变化随心。
这水晶非是寻常之物，
它有点像狼的眼睛，
能在白昼间吸取光能，
到了夜间再放出光来，
仿佛点亮了一盏盏灯。
也能瞬间汲取异能，
放出无量的光明。

奶格之星吸取法界大能，
随愿力施于祈请之人。
无论是日光还是月光，

无论是黑洞还是星星，
无论是白昼还是黑夜，
无论是真心还是妄心，
无论是六道还是涅槃，
无论是穷人还是富翁，
无论是少女还是力士，
无论是侠客还是书生，
无论有着怎样的名相，
只要有一颗良善之心，
只要安住于无执中祈请，
只要相遇时有无量的悲心，
奶格之星便会与其心性相应，
于刹那之间大放光明。

它是娑萨朗的镇殿之宝，
从遥远的亘古传承至今。
它有着无穷的妙用，
全赖行者有怎样的心性。
它可以做能量的传送，
也可以做信息的沟通，
还可以做观察的工具，
更可以做智慧的化身。

可惜世间并无太多的良善，
奶格玛也不曾发大悲之心。
那茶杯的心量盛不下大海之水啊，
那无想功力破不了执着的牢笼。
更有对娑萨朗家园的牵挂，

还有那对母亲的担忧之情。
这一切都限制了奶格之星，
使它的能量不能无穷无尽。
它本是娑萨朗的能量之源，
于冥冥之中输送宇宙异能。
只是娑萨朗的生灵天性懒惰，
让奶格之星久久蒙尘。

临行前，母亲将它赐给了我，
它便是比万金还贵重的慈母心，
那水晶流动的七彩宝光，
分明是母亲慈祥的眼睛。
纵使前方有千难万险，
只因这份血脉相连，
我也会心无畏惧奋然前行。

一只小鸟在前面带路，
风儿拂过，
捎来一个苍老的声音——
"奶格玛！奶格玛！"
——哦，多么仙的老头啊！
白须白发飘散于风中。
他说，他叫寂天。
他夸我是个好孩子，
有一颗至善的心。

寂天看到奶格玛的行为，
知她用纯善之心平息了战争。

更看到奶格玛身上的光明，
那净光虽微弱却单纯干净。

寂天仙翁已阅尽红尘，
因历尽沧桑而波澜不惊。
眼前那莹润的少女之心，
仿佛遍洒天空的甘霖，
滋润了风化万劫的干枯。
他说，在人心混浊的时候，
他欣喜地看到悬崖的小树上，
开出一朵粉色的木芙蓉，
哦，一只可爱的木芙蓉，
这是何等美丽的风景！

老人道出了战争原委，
说那阿修罗嗔心不息，
时不时便会兴起刀兵。
天人有天福也有天德，
阿修罗有天福却无德行。
修罗王老想抢天帝之位，
常鼓动诸修罗进犯天庭。
当人间恶业多负能量增盛，
阿修罗就会气势汹汹。
这时的相斗天人吃亏，
宇宙间也会血雨腥风。
人世间于是充满大战，
那战争魔王也四处横行。

要是人间行善者日多，
正能量也会助战天兵。
此刻阿修罗就会大败，
天兵获胜而四方清明。
人世间就会风调雨顺，
盛世接踵并君主英明。

以是故天帝总喜欢行善，
派下诸多天人教化世人。
行五善行十善善行天下，
戒五恶戒十恶恶迹不生。
行善者命终时化为天人，
在天宫享受那仙福美景。

修罗王也会派修罗下凡，
在人间传播那邪说歪理。
恨不得人间作恶者泛滥，
修罗王得滋养便生恶能。
这一正一邪老是对立，
此盛彼衰或此衰彼盛。

这个老头，看似漫不经心，
絮叨中却尽显究竟大智。
他问奶格玛将行何处，
看到他慈悲的双眼，
奶格玛成了世上最委屈的少女。
语未出，泪先流，
她的悲伤像决堤的汪洋。

她喃喃自语——"我的娑萨朗，我的母亲。"
然后她讲了不老女神，
以及娑萨朗胜境的命运。

寂天叹一声善哉善哉，
说成驻坏灭本是宿命。
尽人事听天命不可执着，
处无为之心却积极用功。

哦，母亲，我恨！
母亲是永恒的，怎可"坏灭"？
家园是实在的，怎能"坏灭"？
这个老头，好可恶！
她无法将美丽的母亲和家园，
归入那坏灭的注定结果。
她还分不清爱与执着的区别，
她只期盼母亲不老家园永恒。

寂天又谈到第三种力量，
那便是人间的大成就者。
天帝虽喜善厌恶鼓励善行，
但他只喜欢天道法门。
宣导诸恶莫作众善奉行，
因行善死后能进入天宫。
善业本是天道之因，
多善业天人便势力大盛。
若是继续升华彻证空性，
超越二元对立解脱遂生。

到这时天帝会失去控制，
第三种力量便蓬勃而生。

阿修罗同样不喜欢成就者，
因为成就者总宣导善行。
正是有了那些圣贤人师，
人类才离恶趋善得安宁。
以是故天魔会制造障碍，
总是用魔境来障蔽光明。
总想让修道者丧失信心，
总想让世上多一种恶行。
恶行可增盛阿修罗势力，
愤怒更是引燃雷管的火星。
以前有魔王危害世界时，
成就师也曾跟天帝联盟。
二者的关系很是微妙，
要掌握好尺度谨言慎行。
当谨慎再谨慎警觉再警觉，
千万别大意落入陷阱。
那五个力士突然出现，
以是原因打破了平衡。
天帝和魔王都想制约他们，
遂制造诸麻烦迷了其本性。
要知道解脱是天帝的禁区，
魔王也孜孜不倦封杀真理。

所以无论天人还是修罗，
均会给修行者制造障碍。

想方设法进行干预破坏，
使其或善或恶成为友军。
阻挠其解脱跳出三界，
以免脱离自己的手掌心。
于是乎道高一尺魔高一丈，
成道者总是会历尽艰辛。

这就像一些有为的君主，
只希望百姓惯战能征，
而不愿大量的精壮青年，
去遁入空门弃世修行。
于是他们一次次灭佛，
将寺院化为残垣断壁。
天帝和修罗也是这样，
他们只想多一些斗士。
行者当知此法界秘密，
切记切记！慎重慎重！

奶格玛问寂天成就之后，
是否就可以达成永恒？
自己的发心是拯救家园，
对其他的事物不想分心。

寂天对奶格玛笑而不语，
他知道还不能开示心性，
那境界如哑尝味无法言诠，
一出口就落入边见的牢笼。
佛言不可说不可说一说就错，

只能在空寂朗然中品味光明。
寂天说："那寻觅的过程，
其实也就是成就的开始。
成就是自然而然的结果，
真正的意义在于寻觅本身。
当知未来的旅途十分艰险，
你定要隐异藏能秘密用功。
那五个力士便遭遇了干扰，
干扰或来自修罗或来自天庭，
当然还有人间欲望的迷惑，
欲望的本质源于自心。
这自心如大海也像接收器，
在风暴中波起浪涌，
也能接收另一个时空的讯息。
每一个个体看起来独立，
究其实质都不离本体指引。
告诉你这秘密务必慎重，
那战争双方都机心太深。
无论你帮助任何一方，
都有可能会引火焚身。
你当远离纷争洁身自爱，
去将你的使命默默完成。

"你会找到你命运的师尊，
从他那儿领受殊胜传承。
然后你会完成你的大愿，
成长为不朽的一代宗师。
你的传承未来会非常辉煌，

五个力士均会得到升华，
成为法界的栋梁之材。
你的大弟子世寿一百五十岁，
他会创立一个光照千古的学派，
千年间一直会暗流涌动，
千年后才会照彻乾坤。
因那时节你的一位传承者
将会大放光明，
他拥有伟大而隐秘的命运。
他是有真实智慧的在家人。
他会以隐秘的方式修行。
他行止无拘无束，没有伪善，
他拥有大力大愿更有大能，
只是他的能力不能显露，
以免成为第二个耶稣。
无论是谁持守他的传承，
都会在一生中证得智慧。
其学生最后一世的转世，
多会示现为瑜伽士身份。

"你的求索之路虽充满危险，
但黑暗的尽头定然有光明。
前路漫漫你务必善自珍重，
我会默默地助你成功。"

奶格玛很感激尊者授记，
心却惶惶然无法安稳。
虽然未来有辉煌的事业，

但眼前却容易卷入陷阱。
践行自己宿命也就罢了，
还要卷入各方势力的纷争，
那复杂的关系实在麻烦。
她的心如水晶一样透明，
从未接触过勾心斗角，
更不会在漩涡中博弈平衡。
一个孩子要进入成人的世界，
你想会有怎样的惶恐？

第7曲　兜率天

告别了寂天继续前行，
重重的思虑堆满心中——
小鸟向我欢呼，我木然无语。
风儿拉我彩衣，我无心顾及。
一方面忧虑母亲的健康，
一方面牵挂娑萨朗胜境。
母亲的白发是心头的利刺，
早已成为不可治愈的顽疾，
不经意之间稍稍触碰一下，
便惹来一阵阵钻心的疼痛。
再一次提醒自己担忧无益，
那唯一的良药便是寻觅。
寻觅是此生唯一的出路，
诸多忧虑不如坦然前行。
奶格玛抹去泪水澄心洁虑，
遵约定前往兜率天宫。
兜率天本是欲界第四天，
这所在其实是平行的宇宙。
人间的所有心念和行为，
在天界均有种种相应。

五力士曾是兜率天人，
留下了对应的信息命根。

奶格玛进入兜率秘宫，
选取了五力士的密钥。
再提取种子字收摄于心，
以方便往后的相应沟通。

在兜率天的胜境里，
有无量无数的良辰美景，
奶格玛心被担忧填满，
对诸种美丽毫不动心。
很多人也因为有太多牵挂，
才感受不到咫尺的天宫。

奶格玛一遍遍给自己鼓气，
一遍遍默念此行的使命。
她记得母亲所说，
很多人沉迷于贪欲，
最终忘掉了使命，失去了踪迹。
她宁愿自己死去，也不愿重蹈覆辙，
使命对她有天大的意义。
她知道自己还很渺小，路途还很遥远，
但她也知道自己是一粒种子，
给她雨露，她就能发芽；
给她阳光，她就能开花。
虽然要经历无数的风雨，
只要怀揣奶格之星，
纵使天崩地裂她也不怕！

善良单纯的奶格玛啊，

你无量的信心不是毫无原因，
虽然此刻你还是一粒种子，
但希望的幼芽已经破土，
纵然要经历诸般艰险，坎坷不断，
但只要你沐浴太阳的光明，
你就会长成参天的绿荫。

你要在无执中学习放松，
松啊松啊松成一朵白云。
伤心了你可以滴几滴泪，
高兴了你可以做个美梦，
只要活着，就要自由自在——
自由地呼吸，自在地行走，
在轻松自在中向往那真理。

坚定地走下去吧，
女神的孩子，使命的载体，
用向往的热情鼓动风帆，
就能自然而然走向光明。

第四乐章

奶格玛开始了寻找五力士的艰辛历程，她首先探寻到了胜乐郎的讯息。他生于国师之家，一切无忧，除了心头牵挂着的那轮明月——美丽的华曼公主。令少年惆怅不已的是，公主即将嫁人。谁知天降不测，公主突然罹患恐怖的麻风病，从天堂跌落深渊，婚事取消，家人离弃，她孑然一身，拖着孤清的身影去向沙漠，等待她的是末路还是真心人？

第 8 曲　胜乐郎

又到农历的二十五。老地方。
奶格玛在无想天的河岸边，
继续做那个打捞的游戏——
她打捞着五力士在人间的讯息，
她屏气敛息，澄心洁虑，
绝不放过任何蛛丝马迹——

我把自己植入虚空，
让自己不断稀释，
直到成为无边的空气，
或者轻风。
我的脚在天山以北，
我的手臂伸向彩云之南，
而我茂密的头发，则成了黄岗的丛林。
当我没有了我，就进入一片光明，
那是我想去的秘境，
那是一个殊胜的所在，
五彩光道连接多重时空。
而此刻，我正在赶往那儿的路上，
赴一个千古不变的约定。

忽然，一声呵斥自虚空传来，
紧接着，我感到一股怒气，

正冲冲地挡住我的去路。
我不说话，我安住在自己的境界里，
我只是定定地望着她，
于是，我立刻就感受到她满面的春风了。
我知道她是新来的智慧女神，
她原为夜叉，被收摄为护法后，
交命咒立誓约要护持行人，
但她夜叉的习气并未剔除。
她是个有着暴脾气的女子，
对于那些入侵圣地的小鬼，
她还是雷管，是炸药。
一阵香气扑鼻而来，
紧接着，又是一阵，
它袅袅不绝地包围了我。
此刻，我是欢喜的。
我看到数不尽的美味，
艳艳的鲜花，一颗颗清净的心。
智慧女神唱着亘古的歌谣，
她们祝福，她们祈祷，她们颂扬。

她们把一粒粒心光融入太阳，
让光明遍布无尽的时空，
那多重宇宙也无比和谐，
显现出无碍的智慧光明。

我悄无声息地融入其中，
于城内最深处凝神观心，
净境之中渐有莲花显现，

起初是模糊的一点，
而后逐渐清晰了——
一朵，两朵，三四朵……
一朵花就是一盏灯，
一盏灯就是一个高贵的精魂。
它们是行者向往圣地的信心之灯。
它们忽闪着，变幻着，
有时明，有时暗；
忽而大，忽而小；
一会儿清晰，一会儿模糊……

在数不清的莲灯中，
我目光炯炯。
我小心翼翼地寻着，找着，看着，
我选取了对应的密钥，
持心咒勾来了五力士的精魂。
那是五朵莲花，
更是名副其实的睡莲，
三月的阳光唤不醒他们，
四月的春风也唤不醒他们，
这都五月了，他们仍在熟睡。
我有些焦急了，但我还得耐着性子，
我不能急功近利，也不能揠苗助长，
我轻声，低语，一遍遍呼唤——
我怕我的声音吓着他们，
我怕我没有身子的身子吓着他们，
我一遍遍地呼喊，我不厌其烦：
"胜乐——

欢喜——

密集——

威德——

幻化——

……"

首先听到我声音的是胜乐，

他轻轻地闪了一下，

但这光亮，足以照亮他的一生：

他的家族历代显赫，

有声名远扬的国师父亲，

有温柔贤淑深爱他的母亲，

两个哥哥博学多闻、智慧如海。

他是幸福的，快乐的，

他的哥哥也是幸福的，快乐的。

他们一家都是幸福的，快乐的。

他们是人间这个苦海中最幸福的难民。

——直到那天，他们在国王组织的祈福法会中，

见到那个可人的小公主。

那公主可真是个可爱的人儿呢——

她的容貌像天上的月亮，

端庄之中不失秀美；

她的肌肤温润如玉，状若凝脂；

她的性情平静温和，清凉安详；

她的声音婉转动听，

如百灵鸟儿鸣叫；

她的心灵清净无垢，

是隐藏在人间的最后一颗水晶。

自见了她后，两个兄长常常以歌咏志，
向公主表达浓浓的爱意。
那歌声饱含的炽热与销魂，
可以让冰山融化，让河水倒流，
让孤独旅客在荒漠养鱼。
他们向她表白心迹，毫无保留；
他们坚韧不拔地给她写情书，
书信中的妙语像黑夜里的繁星。
他们一厢情愿，百般殷勤；
他们争先恐后，明争暗斗。
为了获取她的芳心，
他们争当谁能与共的英雄。

只有胜乐，默然无语。
他总是静静地躲在远处，
向着她的美丽身影望了又望，
或者，看着她走近，又轻轻地走远，
那袅娜的身影里，
贮满他少年的忧伤……

而那个叫华曼的公主呢，
空有了一个浪漫的名字，
她是止水，是顽石，
她是冬夜的白月光，
她是千年不化的雪岭，
任凭再炽热的表白也激不起她一点涟漪，

她的心总在他处——

那个路边的乞丐，

那个生病的女子，

那个丢了孩子的妈妈，

那个白发苍苍又孤独的老人……

她关心的是他有没有饭吃?

她有没有恢复健康?

她有没有找到她的孩子?

他有没有子女孝养?

她总是把财物布施给他们，

她的快乐，

在与她接触的每一个人的快乐当中。

她相信佛陀说过的每一句话，

她相信因果轮回，真实不虚，

她相信诸恶莫作，众善奉行，

她相信一切事物是因缘的聚合，

她相信人必须要有一种精神，

高于生存高于当下。

她还相信在这个世界上，

确确实实有那么一种爱，

可以更久远，可以更纯粹，

可以更让人感到温暖而踏实。

她总是沉浸在佛陀的世界中，

翻动经书，或是念念有词。

她小小的心里住着一个大大的梦想。

她早已发大愿欲寻求解脱，

视那红尘为荆棘之林。

她总是捧着经文陶醉其中，
还布施钱米给城中百姓。
她无伪的善心像透明水晶，
赞誉者多如天上的繁星。

父王的心中很是纠结，
既高兴又担忧烦恼遂生。
高兴他女儿常行正业，
行为无染污心地清净。
担忧她长此以往不贪俗爱，
怕失信于邻国招来祸星——
华曼与邻国王子本有婚约，
不承想这公主喜欢梵行。
每次谈到婚嫁之事，
她便说情爱是草上的露水，
她只想追求那恒常的清净。
她宁愿风餐露宿修苦行，
也不去当那王后贵人。

就是这样一份决绝，
让老父心生忧虑，
怕公主这样做弃义背信。
自家是小国身单力弱，
国小民寡要靠大国遮阴。
要是这丫头宁死不嫁，
惹怒了对方就会兴起刀兵。
这种事世上常常发生，
有许多小国便化为烟尘。

有时候婚姻也是政治，
和亲的诸多细软绸缎，
能化解刀斧的冰冷无情。
若是逼公主也不妥当，
这女子虽弱却有刚烈之心。
如果执意强行许配，
怕掌上明珠会玉石俱焚。
左思思右想想心神不宁，
老国王于是渐生心病。

其实华曼同样忧虑忐忑，
她懂得父母的心——
懂他们心底深处的爱，
懂他们的期待与希望，
懂他们的忧虑与顾忌，
懂他们的每一声叹息，
懂他们的每一个眼神，
懂他们欲言又止的踌躇，
也懂他们苦口婆心的软硬兼施。
父母时时跟自己谈心，
或直接或婉转都不离主题，
总会是那桩约定的婚姻。
自己每次都严词拒绝，
不愿让世俗生活污染梵行。
但父母的愁眉和叹气，
也成为内心不安的火星。
于是每次谈话都成了战争，
有时对手是爱着她的父王或是母后，

有时是她自己。
她时时将一把把利刃刺向自己，
在一次又一次的博弈中，
她伤痕累累，体无完肤……

此时公主的追求者日多，
国中的青年都爱慕美人。
时时在宫门外赛歌赛舞，
其中就有那大兄二兄。

看呀，那些英俊的男子汉，
多像雄孔雀正在开屏，
抖出了喧天的风流之心。
那舞蹈像跳跃的火焰，
那情歌唱破了炽热的喉咙。
大兄二兄的光芒像日月，
盖过了满天的星星。
只是那日月很难同辉，
兄弟俩也在暗斗明争。
满腹经纶变成求偶的羽毛，
争先恐后都想赢得芳心。

有一次国王组织祈福法会，
胜乐郎的父亲带三个儿子入宫。
华曼公主常修梵行也来参加，
那两个兄长于是抖擞精神。
公主向大哥请教问题，
二哥立刻抢过了风头。

大哥说二弟见地不妥，
二哥说大哥理论有漏洞。
两兄长争得面红耳赤，
美人面前岂可甘居下风？
公主见此状觉得有趣，
掩口而笑如百灵鸟啾鸣。

胜乐郎年纪虽小春心已动，
瞬息间像被闪电击中。
他完全没听到哥哥的辩论，
也没留意法会的恢宏。
只见那公主秋波一转，
他的魂儿就飞上了天空。
那心啊像要跳出胸膛，
那火啊就快烧破喉咙。

他没有勇气与公主对视，
只是默默调动了神经。
他搜寻着公主的气息，
极力聆听她的动静。
那笑声撩动着他的心弦，
分明是人间最美的风景，
那淡淡的幽香沁入肺腑，
勾出自己青涩的魂灵。
他所有心念都聚在公主身上，
即便低下他害羞的头颅，
也清楚公主的一举一动。

他忘了那一天如何回家，
只记得有种神秘的眩晕。
此后常梦到婀娜的影子，
常常思念那清秀的面容。
她的眼发出致命的波光，
已吸走了少年的心。

第 9 曲　迎娶

梦儿随风，红尘几度春秋。
转眼之间，已是婚期将至。
她悲伤，她流泪，
她愤愤不平，她不再沉默地抗拒。
当左耳响起父王冠冕堂皇的理由：
"你若悔婚约惹来祸事，
咱国中百姓哪有安宁？
血流成河是常有之事，
小小念头触发起杀心。
杀心起便会有杀业相伴，
两国间便会动起刀兵。
不顾及老父名声扫地，
你也要为百姓生悲心。"
右耳就会响起自己的哭诉：
"父亲啊莫要逼死女儿，
我的生命如草头之露，
转瞬之间便蒸发无踪，
为何不叫我决定一次，
让我的人生开开心心？
我明知那王权如同梦幻，
那世间的爱情也是泡影。
世上一切皆变化无常，
梵行才能得永恒的清净。

平时您对我无微不至，
此刻为何要误我慧命？"

她知道，纵使，
有一千个遵从命运的理由，
也有一千零一个不甘心的怒吼。
她一遍遍告诫自己，
不能妥协，不能放弃，
不能做命运的玩偶。
就像她对父王说的，
那王权如同梦幻，
那世俗的情爱，也不过是泡影，
除了梵行得到的心灵安宁，
一切了不可得。
她在心里无数次地重复着一句话：
生亦生过，死便死了，
为了心中的坚守，
与全世界对峙又能如何？

国王闻此言老泪纵横，
说："黄牛尚有舐犊之情。
掌上明珠要为政治牺牲，
做父母的也异常沉重。
你单纯善良不通世事，
怎知国务之险如履薄冰。
邻国强大总是征伐，
扩充版图建业立功。
我们这接壤小邦最是危险，

只好和亲以表臣服恭顺。
若是毁了婚约招来祸事，
国中百姓又如何安宁。
那时节国破家亡任人宰割，
就会生灵涂炭民不聊生。
传说中那观音为度魔王，
也曾化身美女嫁给强盗，
你老说修行要生起慈悲，
却为何不怜悯受苦众生？"

奶格玛呆呆地看着，
华曼的泪在她的眼中汪洋恣肆，
华曼的痛在她的心里暗流涌动——
华曼是谁？华曼是我！
华曼是母亲！华曼是姐姐是妹妹！
华曼是天下千千万万的女儿！
那种大悲再次漫上心头。
她不仅牵挂那华曼公主，
也开始为百姓悬起了心。
她一把擦去眼中泪水，
心中发起了利众大愿：
"我要让世上再无征战，
我要让众生再无苦痛，
我要化去所有的杀心，
我要创造灵魂的净境！"
胜乐的记忆仍在继续，
华曼的剧情越来越让她疼痛。
父亲的肺腑之言如同暴雨，

熄灭了华曼心中的火星。
自古小国形势危如累卵，
只能在大国鼻息下求生。
丛林法则向来弱肉强食，
大暴力总是会战胜文明。
虽然眼下未发生祸事，
但小心再小心还是会担心。
毕竟在他人的卧榻之侧，
很难入自己的春秋之梦。
就在父亲永不休止的"大爱"言辞中，
那些理由成了疾雨，成了骤风，
成了射向她内心的一个个弹丸，
成了她心中那个"我"的敌人，
她感到她内心坚守的堡垒，
正一点点瓦解！
众生！众生！
众生是生生世世的自己，
众生是生生世世的母亲。
为了生生世世的母亲和生生世世的自己，
放弃一生又如何？
一声炸雷从心中响起，
她终于遵从了父亲。
哪怕男方是一个魔王，
她也愿舍身饲虎救度众生。

在她不尽的泪水中——
国中上下皆大欢喜，
无数百姓雀跃欢呼；

胜乐郎两兄长伤心远走，
到尸林之中勤修梵行。

奶格玛还看到大哥书信，
由白鸽送入华曼手中：
"在举国欢庆中，
我步入无边的黑夜。
心爱的姑娘将要嫁人，
那圣洁的白莲花啊，
终究没能抵御世俗的狂风。
纵然明知你是迫不得已，
我心中仍有凄凄寒风。
前路漫漫，只愿你多多珍重。
罢了，万念俱灰中只好放下，
去那充满死亡的污臭里，
破除贪执，专心修行。"

二哥也开始醒悟——
本是卧龙岗隐居的散淡人，
争什么公主？奢望什么爱情？
他也由悲伤中生起出离，
于疼痛之后放下了红尘。

那一天终于来了。
英俊的王子，鲜花，美酒，
浩浩荡荡的迎亲队伍——
一头头大象挂满缨络，
一匹匹骏马威武齐整，

一列列战士威风凛凛，
一辆辆彩车富丽堂皇，
一个个宫女顾盼流萤。

是梦吗？
如果是梦为何会痛？
不是梦吗？
若不是梦为何身不由己？
绵绵细雨，如泣如诉。
在众人的祝福声中，
她缓缓地告别，缓缓地上轿。
她的心碎了一地，
她的泪流了一路。
在起轿的那一瞬间，
她用尽了所有的力量，
无语直问苍天——
命运到底是什么？
女子的命运又是什么？
千百年来上演的，为何总是相同的戏码？
到底是谁，主宰这一切？

象轿上坐着美貌佳人，
笑语声虽像那醉人的微风，
却吹不开公主眉间的乌云。
她的泪水总打湿眼睑，
梨花带雨般让人揪心。

挥挥手告别这熟悉的土地，

她孤独的影子将要远行。
多想做一只自由的白鸽，
飞向那无边无际的天空。
一直飞向那天边的太阳，
融入那一片耀眼的光明！

欢快的吹鼓手仍在演奏，
声声悠扬，直入云霄。
本尊啊，若有来生，
我绝不生在帝王门中。
那是黄金打成的镣铐，
权谋总锁住自由之心。
富丽堂皇的宫殿里，
我觅遍了每一个角落，
却找不到一处能安详容身。

第 10 曲　麻风

一番风雨路三千，
路三千上泪涟涟。
别了，我的家园！
别了，我的爹娘！
别了，我清凌凌的岁月！
别了，我向往的永恒大梦。

公主一路上心事重重，
忧虑伤透了女儿之心——
一忧虑不能再清修梵行，
二忧虑不能孝养慈亲，
三忧虑远离了熟悉的家园，
四忧虑命运中出现的陌生。

那些记忆中的欢乐越来越淡，
故乡也越来越远，
公主只觉恍如隔世。
她泪眼婆娑，只是不敢滂沱。
她的心情越来越糟，精神也越来越差，
望着花车外不断变换的陌生，
她的皮肤也出现了异样，
首先是手背，其次是手臂，
紧接着，它开始扩散，

胳膊，脖颈，美丽的脸庞……

公主叫断了车马的行程，
请熟悉的老人前来相见，
老人一见大惊失色，
又叫来医生也同样吃惊。
两人说这定是麻风无疑，
问王子贡保可曾有肌肤之亲？
两个老人如临猛兽。
是的，麻风是猛兽，
它不可接触。
它是人间的魔王。
那时候国中多有患者，
时不时就有人被隔离出城。
众百姓谈这病都会变色，
谁若是沾上那一点病水，
这便是人间的魔王显形。

贡保王子一听也大惊失色，
后怕中生起悔婚之心。
命迎亲人马停在林中，
再请来附近高明的良医。
众医会诊后结论统一，
证实了公主已患麻风。

公主得了麻风！
——多么绝望的消息！
天上的鸟儿听见了，

不住地低声哀鸣；
地上的花儿听见了，
流下晶莹的露珠；
一切生灵都知道了，
都涌出悲伤的叹息。
只有她的同类，
传递着惊慌失措，
骤然之间，连天地也变了颜色——
首先是那个俊美的贡保王子，
他昨日还信誓旦旦，"爱你一万年"；
其次是那个满脸堆笑的奶妈，
她心肝儿心肝儿地叫了多年；
还有那个丹凤眼的婢女，
曾把她照顾得无微不至，
怕她热了，怕她凉了，
怕她郁闷了，怕她孤独了。
而此刻，他们统统不见了……

公主痛苦之余暗暗侥幸，
幸好没给他人带去灾星。
伤心中洒泪大哭一场，
告别了娶亲队伍踏上归程。
这是她无伪的良善之心。
很多善良的人都是这样，
明明自己已站在火中，
却关心别人是否烧伤。

这恶疾必然会被隔离，

公主一路上痛不欲生，
想去那沙漠里自生自灭，
此生再无法见到亲人。
"麻风""麻风"……
就在她一遍遍的念叨中，
她看到了自己的未来——
样貌丑陋，四肢不全，
被隔离，被遗弃，
无边的沙漠里，只有她自己。
或躲在阴暗的屋子里，
与一堆破布垃圾为伴。
虽知这皮囊总会坏灭，
但事到临头依旧苦痛。
心儿已碎，泪已流干，
那么，就一个人上路吧！
这多像是在梦里啊！
在离开之前，
请不要再望我，好么——
不要给我那恐惧的、躲闪的眼神……

痛苦中公主辞去伴侣，
在夕阳之中踏上归程。
身边虽有送她的车子，
但没人再与她同车前行。
一路上孤零零泪水相伴，
生怕那病菌传染他人。

奶格玛这时也流出泪水，

公主的命运让她心疼。
恨不能代替公主受难，
有一种感同身受的疼痛。
故事虽源自胜乐郎记忆，
却又像自己是故事主人。
她总是在别人的故事里，
止不住疼烂自己的心。

我不可救药地入了华曼的戏，
我如此真切地感受到，
她就是我，我即是她，
在她的故事里，
我簌簌流下的泪，
再次淹了自己。

从风光无限地出宫远嫁，
到黯然心碎地孤身回来，
流逝的，不仅仅是光阴。
在戒备森严的宫城门前，
一声呵斥让华曼颤抖不已，
"国王有令，麻风病人严禁入内，
王公平民，同等视之！"
说罢递过了衣物食物，
叫她前往那荒漠之中。

多么冰冷的话语！
多么严酷的王令！
多么，多么要命的一句！

比起麻风的可怖，
这王令才是最致命的一击！
支撑她从边境回来的那口气，
在此刻，终于泄了。

她瘫软在地，久久不能起身，
许久……许久……
抬头，她看到纷纷攘攘的城门之上，
栖着一只寒鸦。
"我不能倒下，
不能，不能！"她喃喃道，
那就去修行吧！去圆自己的梦。
世事悲凉，莫过于此！
福祸相依，不过如此！
她忽然觉得自己明白了什么。
她颤颤巍巍地起身，
擦去了眼角的泪水——
是的。在命运的荒漠里，
她要做坚忍的芨芨草，
即使被残酷吃掉，
也绝不落荒而逃。
老天给了她这一生，
她就要顺其自然地生，
然后，顺其自然地死。

在又一阵号啕大哭之后，
公主也理解了父亲的苦衷。
她知道那麻风是个魔鬼，

沾上一点便会腐烂丧生。
荒漠终老是病人的归宿，
你看，那荒漠间尽是孤寂的白骨。
白骨应笑我，这本是人的命运。
谁来到世间不是走进了荒漠，
又有谁最终不是一堆白骨？
遇到这魔王，
只能在生不如死中了此残生。
父王的命令又有何错？
可怜的父亲啊，
还以为美丽的女儿能换来和平，
谁承想丢了女儿也折了兵。
他此刻应该也正伤心。
骨肉分离是世间最苦，
隔离实属无奈的选择。

公主怀抱衣食离开城门，
边前行边回头阵阵悲恸。
这一去就是永别啊，
我将在沙漠里独了此生。
亲人父母再不能相见，
与那生死之隔又有何异？
她暗想父母会前来相送，
哪怕远远地看上一眼，
也能慰藉彼此伤痛之心。
哪想到他们并未露面，
城墙上只有孤独的鸦鸣。
她也知道自己身份已变，

从公主异化为麻风病人。
却又想哪怕是真要隔离，
也不妨见一面安慰几声。
母亲啊，女儿是你的骨肉，
怎至于这般绝情冰冷？
难道这人间亲情如此薄寡，
一场糟病就吓退双亲？
即便这麻风犹如恶魔，
不触摸只说话并不会伤人。
难道那父王也畏病如虎，
难道那慈母也如此绝情？
还有那诸多唱歌的少年，
此刻也都如惊鸟四散。

罢罢罢，且前行，
我不该自私怪他们。
父亲身担一国之任，
凡事必定小心谨慎。
江山社稷放在眼前，
儿女情长只能放在心中。
哪怕风险是万分之一，
也应小心再加上小心。

便是我真的见到父母，
也会立刻远远地逃遁。
我怕那病菌乘了空气，
溜入他们尊贵的身体。
他们此刻也必定难过吧，

他们其实和我没什么两样，
也失去了选择的权利。
那国王看起来无所不能，
其实却是最大的傀儡。

罢罢罢，再前行，
白发人不送黑发人，
扭过头不再盼亲人，
心中当有感恩意，
不用埋怨对慈亲。
她想起年幼时父母的爱，
心中泛起了一阵阵暖意。
且把这份爱收进心里吧，
它足以抵御沙漠的孤冷。

好吧，好吧，
行走在依旧熟悉的风景里，
面对所有的熟悉，
她不敢抬头，不敢张望，
她小心翼翼，她像惊弓的小鸟，
向城外走去。
那里有一片荒漠，
她知道，那才是属于她的地方，
她知道，只有那里——
不会拒绝她，不会嫌弃她。
此刻，她的"母亲"在那里。

她跌跌撞撞地走着，

心绪澎湃——

多久了，她一直在战斗，

为了走一条自己想走的路，

她陷入一场又一场战斗。

她的对手一直在变化，

有时是爱她的人，

有时是恨她的人，

有时是些不相干的人，

更多时候，是些看不见的人——

他们是观念，是规矩，是约定俗成。

他们合力编织出一张张网，想齐力罩住她，

把她罩在那轮回之中。

不甘心被罩的她，只好左冲右突。

多久了，这种战斗——

对手很多，而她，孤军一人。

她不想应战，可那些战书，

像雪片般纷纷而至。

她不想纠缠，可那些梦里的好人，

他们好多啊——他们给她砒霜，

给她不需要的糖果，

他们集体消磨着她的锐气，

而现在，终于要结束了。

从此后，她就是自由本身。

一步一步，往前走，莫回头。

往日的一切都成了远逝的风……

曾几何时，

她是父王掌心中的宝，

是母后心里的小棉袄，
是父王的开心果，
是母后的小心肝。
那时候，上朝归来的父王，
总是把她举过头顶，
举得高高的，举到他手臂最高的位置，
然后，在她咯咯的笑声中松手，
下落的她，仍在咯咯——
她知道父王会接住她——
她是安全的，她的内心是踏实的，
她从来都不怕；
或者，父王用硬硬的胡子故意扎她，
每当那时，她总会送上稚嫩的小脸，
总是迎合着父亲那浓密的胡须，
她知道，这是父王爱她独有的方式。
那时候，她不懂什么是爱，
但她享受着这份待遇。
而母亲呢——
睡觉前，母后总会给她讲故事，
很多时候，讲得母后都睡着了，
她却仍是兴致勃勃，
霸道地闹醒母后，
霸道地继续听另一个故事；
她爱吃蛋卷，母后总是亲自下厨去做；
春天来了，她把御花园最美的花儿摘下，
母后就给她编最美的花环。
那时，她比所有的公主都公主。
哦，那是多么奢侈的时光！

多么——多么锦绣的年华!

她走着，想着，回忆着——

她知道，如今的那一切，已浸满了毒。

她告诉自己，别再想了。

她知道，命运已给了她太多，

这一切是多么珍贵。

老人说，如果不珍惜老天的馈赠，

老天就会把一切收回。

如今，他真的收回了，

难道是她不够珍惜?

但她不怪他们，真的!

她能理解他们，真的。

不怪!

再见，父王!

再见，母后!

公主一路上黯然泣血，

士兵一路上断鬼喝神。

骂一声小丫头别再妄想，

骂一声小贱人莫扯哭声，

你难道不懂人间的无常，

你难道不清楚自己的病情?

老子摊上天大的霉运，

要押这麻风倒霉的病人。

公主想找个熟人相伴，

怕自己难抵荒漠的孤冷。

可是这世间天大地大，

昔日的花团锦簇，转眼便消散一空。

亲人世人都爱锦上之花，
又有几个能患难与共？
如此想来又是一阵绝望，
罢了罢了，我从此认命。

于是公主坦然了许多，
虽然那痛苦依旧沉重，
但放下的释然仿佛朝阳，
只要透出一线光亮，
便能驱散浸骨的寒冷。

只是眼泪一直在流，
难耐那些士兵的辱骂。
曾经高贵的公主，
已成他们嘴里的"贱人"。
他们骂我妄想，
他们嫌我哭泣。
他们有足够的理由愤怒，
他们也无法抗拒命令。
他们只能把怨气发泄在我身上。
如果不是为养家糊口，
谁又愿押送麻风病人？

现实的世界并不重要，
重要的世界其实在心中。
公主宽恕了所有人。
就像有人说过的——
宽恕了这个世界，

也就宽恕了自己。

再说那父王与母后，
此刻也在宫中发出哀声。
国王连连叹息来回踱步，
王后边哭边骂国王绝情：
"为何不能去送一送女儿，
可知这一别便隔离终生！
女儿是我心头的血肉啊，
国王你心太硬也过于冰冷！"

国王自我申辩："我也无奈，
谁都难忍骨肉分离的痛。
我对女儿的爱不比你少，
但律法规定决不可违背。
国中已有诸多麻风病人，
如果这送别形成了风气，
必然会增加传染之机。
一旦蔓延后果不堪设想，
巨大的病魔就会肆虐国中。
作为父母当然舍不得女儿，
作为国王必须顾及苍生！
你可知此时我也心如刀绞，
你可知我恨不得替代女儿！"

王后闻言又大哭一阵，
她也理解国王的处境。
只怪这权力的枷锁太过沉重，

连人间的亲情也囚禁其中。
帝王的宝座看起来金光灿灿,
只有坐上去才懂其中甘苦。
她时常想不如做个普通百姓,
能自由自在地决定人生。

第 11 曲　诺言

胜乐郎闻消息如遭雷殛，
一阵阵木然后泣血椎心。
美丽的公主你好个命苦，
这狗天难道没长眼睛。
少年心中暗暗发下大愿，
为真爱赴汤蹈火在所不辞。
他年龄虽小却有担当，
发愿为公主奉献一生——

"苦命的公主我的月亮，
我的眼中你超越了美丑，
我的眼中你就是美神。
我的灵魂早被你吸走，
我的心总是为你悸动。
无论你有怎样的外相，
都阻不断心与心的连通。
我不忍你受一丝伤害，
我只要你快乐一生。
我要为你化为一座城堡，
为你遮风挡雨，
把你小心地珍藏其中。"

公主正黯然前行融入暗夜，

一声清脆的呼唤远远传来。
她看到一个隐约的身影，
渐渐从黄沙中越来越近——
一个少年向这里奔跑着，
身后留下了长长的脚印。

那少年流泪中发出呼唤：
"尊贵的公主请等一等！"
华曼停下了脚步，
等那少年跌跌撞撞地接近。
少年跪在公主的面前，
青涩的面庞未脱稚气。
他的眼神清透明亮，
似有晕晕波动，
向公主诉说着某种讯息。
公主觉出了一丝熟悉，
但脑中仅存模糊的身影。
少年为何不惧麻风赶来见她，
公主更是没有头绪。
可少年似乎下定了决心，
瘦薄的身躯透着金刚般的坚定。

这少年便是胜乐郎，
他听闻消息就一路追奔。
漠风吹裂了他的嘴唇，
鞋子洇出血泡的鲜红。
他终于直视了公主的眼睛，
对心上人吐露自己的心愿。

但他有些拘谨，
他一时词穷，
他不知如何是好。

他望着她——这还是她吗？
她如此憔悴，如此——
陌——生！哦，不！
多么熟悉的气息呵！
她还是她，那熟悉的声音，
熟悉的眉眼，熟悉的身影！
公主的眼睛湿润了。
眼前的这个少年，让她温暖——
他呼她"公主"，
她仍是他眼里的"公主"，
在他眼里，她还是那个她，
——尽管，她换了模样。
是的，他温暖了她，
她明白地感受到一种久违的温馨。

她笑了，她知道她已不美，
但她笑了。他也笑了。
"公主，"他的声音很小——
"请允许我随您前行，
我想照顾您，
我想为您寻求治病的良药，
我想……我想陪着您！"

一滴泪涌上心头，

紧接着，又是一滴，
她以为自己的泪早干了，
什么人走茶凉？
什么世情薄寒？
她始终都相信，
在这个世界上——
有多荒芜就有多繁华；
有多冷漠就有多热情；
有多浅薄就有多厚重；
而这个她不曾入眼的清瘦少年，
居然在严寒时节给了她一个春天。
而她是谁？她是麻风女。

她想起曾经围绕她的那些男子，
他们是王公贵族，是翩翩公子，
他们是一群亮相开屏的雄孔雀，
他们无时不在显露着他们的轻薄与放浪，
那时，她哪怕要天上的星星，
他们也会争先恐后地去摘。
而如今，只有他——
羞涩的胜乐郎，
愿意陪她这个麻风女。
此心万金难求，
但她又有什么资格拥有？

她收起她的笑容，
平静的脸，平静的声音，
她平静地拒绝了他：

"麻风之恶，一旦沾染无可救药。"
就在她转身将走的时候，
又听到胜乐郎铿锵的声音——
"公主您切莫伤悲，
我已发愿照顾您一生。
我马上前往王宫祈求，
请大王允许我伴您前行。
一陪您度过荒漠孤单，
二为您送来衣食之用，
三为您去求治病之法，
四为您赴汤蹈火不惜性命。"

他的眼神，充满了坚定，
像一座桥梁，连通到公主心里，
那桥梁，传送着毫无保留的决心，
让真心的暖流驱走恶疾之痛，
就像炽烈阳光融化万年坚冰。
只是一句话啊，
竟有如此的作用。
曾贵为王族珍宝的她，
此刻终于感同身受。
多少人怕雪太冷，炭太黑，
只愿在锦上添花，
而他，他却像阳光般降临。
好一个青涩少年，
竟有如此悲心。

她的大脑短暂地停顿，

心中充满了感激之情，
而她的声音，仍是平静的湖水——
"回去吧，麻风没有希望，
只会害了你。
听说那黄水只要沾上一点，
便会坏透骨骼肉筋，
那时节天神也救不了你，
我可不想坏你的性命。
你回去吧——
且将好心奉双亲。
一马踏破命运路，
二目窥破无常境，
三生石上有旧约，
四方路上无故人。
且放心头牵挂意，
明白前路有人声。
我已窥破红尘事，
深入荒漠修梵行。"

胜乐郎听后却不改坚定——
"公主您大可不必为我担心。
我愿把生命交给您啊，
这是誓约不是冲动。
我不会唱动听的情歌，
我不会写绵绵的情诗，
我不会说炽热的情话，
我只想陪着您走完一生。

"麻风病也叫龙病，
据说源于龙毒的入侵。
有一个成就者曾患过此症，
后来在毒龙洲求到了法门，
请来大鹏金翅鸟降伏魔龙。
这世上一物自会降伏一物，
那金翅鸟王就是龙的克星。
我先去为您安顿生计，
再前往毒龙洲求取真经。
上刀山下火海我也不惧，
只要公主您不再伤心。
您只管放宽身心好生调养，
我定能求到妙法陪您一生。"

公主闻听后泪水又落，
叫一声："小兄弟莫要费心。
听说那毒龙洲充满瘴气，
毒虫遍地猛兽横行。
还有那无数凶猛的夜叉，
贪得无厌暴躁可怖。
更有众多食人肉的生番，
嗜血成性多如蚊蝇。
臭虫更是大如鞋底，
蝗虫遮蔽了半个天空。
蚂蟥密成了蠕动的大地，
眼镜蛇喷毒雾化作乌云。
那里遍布着可怕的瘟疫，
还有无数凶险的陌生。

那所在令人提及都会咋舌变色，
我不想你小小年纪就为我丧生。
鹿活千岁终有一死，
我早已放下了无聊的红尘。
你的心意我已领会，
但劝你回家中侍奉双亲。
别为我让家人担惊受怕，
更别提还有那性命之危。
弟弟呀，要听话，
快回程，莫担心。
天色已晚路还远，
晚霞已入檀香林。
你别管我的业障之疾，
我全然接受命运馈赠。
去去去，回回回，
若是本尊护法能庇佑，
驱散病魔净我身。
到那时我再寻小弟，
再在灯下叙友情。
去吧去吧莫回头，
生也死也随他行。
自古人生终一死，
留你真情在吾心。"

说罢华曼拔下头上金玉钗，
递到胜乐郎手中。
她说："我如今头面未染病，
且将此物赠与君。

留个信物在人间，
不信人间不识君。"
公主的话像纷飞的雨滴，
落在胜乐郎的心头。
又从心头溢出眼眶，
打湿了脚下的沙尘。

他说："尊贵的公主不要担心，
请您相信我的意志。
那毒龙虽然凶猛，
但敌不过我的愿力。
我的力量虽然单薄，
心意却坚如金刚。
我定会求得那金翅鸟法，
再来这荒凉的沙漠，
为您恢复清净之身！"

少年说罢便转身跑去，
身影模糊在烟尘之中。
公主看着那背影呆呆出神，
在晚霞之下凝成一道绝美风景。

胜乐郎回到城中备好了行囊，
向九十九个老人细细打听。
终于得到毒龙洲的线索，
他便迎着太阳踏步前行。

黄尘模糊了他的背影，

奶格玛的泪水也滴入故事，
前方的路途很远，危机四伏，
不知少年有怎样的命运？

第五乐章

其余四位力士的影像也渐次浮现于莲花灯光中，幻化郎困苦无依，是个孤儿；密集郎多闻广识，却陷于分裂的疯癫状态中；威德郎和欢喜郎皆是帝王之子，性格却迥异。可他们，都迷失了原本的自己……

第 12 曲　幻化郎的时空

奶格玛继续在莲池中搜寻，
在茫茫人海中打捞故人。
在无数的莲灯亮起的同时，
无数的莲灯也在熄灭，
就在这起起灭灭中，
时光流动着流向未知。

奶格玛捧起了奶格之星，
熟悉的氛围从心头升起，
它让她进入了那种境界，
打通过去当下与未来的时空，
让它们畅通无碍，浑然一体。
所有的一切，都像——
旋转陀螺的一个镜像，
于此镜像中融合万有，
那万有又同属一味妙境。

奶格玛净观水晶不起杂念，
于无我中提起警觉，
于专注中祈请聆听，
她的口中念念有词，
那是幻化力士的心咒，
只见一朵莲灯浮现在空中。

奶格玛启动了观察力，
专注中保持清明之心。

红色的灯光中，他来了。
惨白的面色，瘦小的身形，
走起路来，像移动的骨架，
他四处张望着，
胆怯的眼神游移不定。
他害怕着什么？
又在寻找着什么？
我不知道。我只看到整个画面
如波光闪闪的湖面，
如流动的夜岚，
它们幻化着幻化郎的故事——

幻化郎出生便遭遇战火，
他父母双亡孤孤零零，
靠人救济故而生性敏感，
多疑胆怯易受伤害，
常以戏谑面对世人，
性格固执且爱恨分明，
只是那善恶观念较为模糊，
而且总是以自我为中心。

记忆放映着幻化郎的故事：
遍地的厮杀中诞生一个婴儿，
不久刀斧便夺走了父母生命。
这孩子穿着支离破碎的衣服，

拖动着孤零零的身影。
遍地废墟的街道上毫无生机，
只有那兵刃撞击的声音。

战争的画面渐渐清晰，
像影片播放在记忆之屏。
刀光剑影，战火弥漫，
还有横七竖八的尸体，
他们是男人，是女人，是婴孩，
他们是流亡于世间的无助游魂，
在无数的尖叫与痛哭声中，
那个孩子再次走进视线。
他褴褛的衣衫被风吹着，
他的脸上布满眼泪、泥巴，
他的身上血迹斑斑。
"妈妈——""爹爹——"
"爹爹——""妈妈——"
他边走边寻，边寻边喊。
他凄厉的哭声划破了时空！

从此，他颠沛流离，居无定所，
他看惯了人间的世态炎凉。
人们都说他敏感多疑，
说他是个冷漠的孩子。
而我却懂得他的敏感，懂得他
用冷漠敏感包裹的那颗心——
他火热，慈悲，细致，
他只是一头受惊的小兽——

为了填饱肚皮，
他遭过白眼，受过咒骂，
他被人驱赶，被野狗撕咬；
为了御寒，他将自己埋入草堆，
与野狗抱团，与动物相拥……
在人的世界里，他是孤独的。
但在小动物的世界里，
他却是快乐之王。
他把他乞来的食物与它们分享，
唱歌给它们听，
在他的世界里，它们不再是动物，
它们是他的爱。

看着他们嬉戏的场景，
看着他蜷缩在乱草当中，
我的心中一阵阵发颤，
像母亲面对生病的婴儿。
多想在皎洁的月光里注入体温，
化为轻柔的羽衣披在他身上。
希望他能保存这份爱的感觉，
它能让他面对世界的所有伤害。

我再次洒下万道柔光——
安睡吧！少年。
披上这件慈悲的羽衣，
你定能感受到一份爱，
它的诗意，足以让你面对一切伤害，
一切人世的冷漠。

当你与爱融为一体时，
就会明白生命的精彩。

我看到他紧皱的眉心舒展了，
他的身体放松了，
或许他感到了母亲的气息。
他心中涌出一股暖流，
充溢了每个毛孔，
往事在爱中幻化。
他捡起那墙角的布偶，
放在胸口，嘴里默诵着什么……

我苦命的孩子，
你可记得曾经的使命，
还有那等待拯救的众生？
你的身上，
是否还有力士的印记，
你的灵魂，
还能否发出智慧的声音？
你靠寺庙救济得以养命，
因为怕受伤害而多疑，
你的神态如受惊的小兽。
于是你包起内心的伤口，
性格固执有鲜明的爱憎。
因生于战火历经磨难，
每天都看到各种暴行，
于是你时时以自我为中心，
判断着世上的诸种情形。

奶格玛心中泛起阵阵伤感。
她在净境中发起大愿——
这个苦难的人间呵，
愿再无疾病瘟疫，
愿再无战乱纷争。
愿一切众生都能离苦得乐，
愿我成为众生解脱的胜因。

奶格玛发出一声叹息，
心中生起无尽的悲凄，
这个命运多舛的孩子，
不知有过怎样的灵魂经历？
于是她勾来他的神识，
加持并启动语成就咒语，
那神识立刻就滔滔不绝，
好像早就迫切地想要倾诉。
他磁性的声音如石入波心，
在奶格玛的耳边响起——

"我总能走到时空尽头，
总能看到业力扭曲的平衡。
那轮回有点像展开的薄膜，
有无数业力大手拽它。
要是你扔出一个小球，
力度和角度都非常巧妙，
当外力和向心力达到平衡，
那小球就会一直旋转，

这便是无穷无尽的轮回。

"要是往薄膜上扔个钢球，
那钢球重量超过承受极限，
它就会撕裂六道的薄膜，
进入不同的时空隧道。
我便是那个大力的钢球，
强行进入不同时空，
在时间的尽头发现了秘密。
我常常安住那心灵的明镜，
在明镜中观察世上万物。
我喜欢进入那时空网络，
进入造物主程序的核心。

"我发现那天帝或梵天，
其实是一种创世程序，
每一次宇宙的开始，
便是那系统重新开启。
众生就此进入了游戏，
如试验室中的小白鼠。
你问在游戏中我咋不知？
你看看那些忙碌的蚂蚁，
还有那些快乐的蜜蜂，
还有那森林里的动物，
它们都沉溺其中不识外境，
更不知晓有编程之人，
才会被禁锢于程序的假象之中。

"这程序在人间亦有部分呈现，
以四柱或八字的方式表达，
还有邵子神数等诸多的演算，
都能窥破这先天的规律。
这虽然是世间法还不究竟，
但仍然揭示了部分秘密。
那八字也是一种代码，
代表了诸能量在个体生命的占位。
从人生下的某一刻起，
法界就已打上了烙印。
以是故他会有流年大运，
也暗合五行的生克关系。
这八字便是他生命的源代码，
他的一生便难逃这规律。
除非他明心见性，格式化那源代码，
再悟后起修重装系统，
才能跳出三界外不在五行中。

"这秘密只有智者洞悉，
他们被称为觉悟者。
觉悟者明白轮回的真相，
觉悟者明白造化的秘密。
他发现了那个主创程序，
正在困扰着芸芸众生。
他明白这程序造出了我们，
也明白那鸟人一直在窥视。

"在一幅古老的唐卡中，

有一个奇怪的图案。
那金刚力士的手中，
提着一攒四色的头颅。
那头颅的主人，
有人称之为大自在天，
其实他就是编程之神。
金刚力士砍了他的脑袋，
就是想打破这主创程序。
他选择了破除执着，
修炼一种离戏的智慧。
这所离之戏便是那程序，
他明白那程序只是游戏。
佛陀于是成了革命者，
来告诉我们这个秘密。
他宣说经典四十九年，
就是想带众生打破那程序。

"是的，我们不愿再当细菌，
也不想再当那实验的白鼠。
超越那程序便是解脱，
世尊于是讲了很多故事，
还说了很多复杂的道理，
他将真理隐藏在词语里。
觉悟的打破和打破的觉悟，
其目的就是突破那程序，
最终成功远离那戏论，
完成对生命的一次逆袭。

"这便是天魔为何总干扰修道者——
他们并不想叫人觉悟。
你不见佛陀刚刚成道，
就有魔王来诱他涅槃？

"只有智者明白那秘密，
他们于苦苦修行中超越自己。
那观修便是超越的方法，
等于在升级命运的程序。
这样的进化完成之后，
才能真正地超越自己。

"我于是呼吁启蒙运动，
呼吁众生的自我进化。
当众生进化到更高的文明，
弥勒佛才会降生到人间。
他将联络诸多的智者，
打倒那高高在上的编程者。
这时候众生才能真正解脱，
这时候地狱才会消失，
这时候才不再有轮回，
法界才会成为常寂光土。"

奶格之星忽然熄灭了，
一切归于寂静。
奶格玛不知出了什么问题，
念那咒语也不起作用。
正在焦急之时，

水晶又重放光明。
于是她看到了如下的画面：

幻化郎住在一个废弃的屋子里，
几块散碎的木板铺在地上，
木板上卷着一堆脏兮兮的布料。
屋子里一无所有，
散发着一股腐霉的气息。
一本古老秘笈扔在地上，
整个画面告诉奶格玛，
这是一所废弃的房子，
屋里只有一个人——幻化郎，
此外再也没有人迹。
小小的幻化郎坐在肮脏的地板上，
身上胡乱搭着一块破布。
他正抬眼呆呆望着星空，
那目光深邃可又空洞，
却不知他在想些什么。

一个士兵闯了进来，
他喷着熏天的酒气。
他连扇幻化郎几个耳光，
然后在屋里搜寻财物。
这屋子本就空空如也啊，
没有任何值钱的家当。

士兵走近了幻化郎的床铺，
用刀挑开那堆脏乱的破布。

依旧一无所有，
除了一个木盒。
那里面，是父母留下的布娃娃，
士兵却以为是金银之物，
马上露出贪婪的目光，
飞快地打开那盒子，
然后又骂骂咧咧着，
把布偶砸在墙上。
他失望地回转了身，
摇摇晃晃走出破败的空房。

少年仿佛泄了气的皮球，
瘦弱的身躯背靠着墙滑下。
他把头埋进双膝之间，
蜷成了一只蜗牛的样子。

傻孩子，
你难道以为这样就能隔离世界，
不再被冷酷所伤？
还是说，你在虚假的安宁中做梦，
梦回父母身边，
在父母给你的温暖中，
找回遗落已久的欢笑？

傻孩子，
我多想给你一个拥抱，
温暖你孤独的心。
但我知道，这只是一场过去了的戏。

在这场戏里，你只有你自己。
你只能孤零零地
活在那个毫无底线的世界里。

你可还记得娑萨朗？
可还记得那个正在等待你的，
逐渐变老的女神母亲？
还有我——
你可知道，
我一直在搜寻你的声音，
试图从流动的画面中找到你？
我一阵阵心疼，又一阵阵担心。
我多想替你承受这样的命运。
可你，
你只能坚强啊，
只有坚强地站起来，
你才是肩负重任的智慧力士，
你才有救世的大力。

日月星辰，升了又落。
胜乐和幻化的经历使我慨叹不已——
或许，每一个来这尘世的人，
都是不容易的，不同的只是，
有些人是主动发愿来到这里，
他们以柔弱的人身，
背负着沉重的使命。
更多的人却是被动，
他们是秋叶，是浮萍。

第 13 曲　一个肉体两个灵魂

前两个力士的经历，
或令人感动或令人心酸，
那心惊和担忧交织成厚重的乌云。
这乌云在奶格玛胸口盘绕着，
成为她挥不去的阴影。
她有些害怕打开第三朵莲花了，
她唯恐又看到一片凄惨的景象。
此刻她忽然发现自己的懦弱，
那懦弱或许是因为太过在乎。

然而母亲的生死刻不容缓，
还有那美丽的家园和同胞。
她必须生发打破犹豫的勇气，
虽心疼力士这一遭的自讨苦吃，
也心仪他们的英雄本色。
他们没有选择，
她也没有选择。
在夜的黑里，她的心声一晕晕扩大——
"密集——
威德——
密集——
威德——
……"

只见又亮起了一盏莲灯，
起先只是微弱白光的结集，
渐渐映出清晰的画面。
一个清秀的男子正襟安坐，
堆满书籍的房间干净整洁。
这男子是密集力士，
他有儒雅的气质和言行，
可目光却闪烁迷离。

水晶在一幕一幕地变幻着场景，
密集也在变幻着面相——
他温文尔雅，他咄咄逼人；
他冷若冰霜，他热情如火；
他自傲自大，他卑微如尘；
他辩才无碍，他沉默寡言；
他理智，他癫狂；
他是冰，他是火；
他黑白分明，他阴阳同体；
他单纯无比，他复杂至极；
他渴望被认可，他却又不屑一切……
他让我熟悉又让我陌生，
我从没见过如他这样的喜怒无常。
他像一支激射的箭镞，
从不知婉转和妥协，
于是常常得罪他人，
时时被边缘化处处遭排挤，
但他本质上还有一颗善良之心。

这许多特征交糅在一处，
莲灯中的心光便黑白交替。
这是一个奇怪的现象，
我也猜不透其中寓意，
或许是他已分裂成两个人格。

奶格之星继续运转，
放映着密集郎的人生。

密集郎上一世就十分好学，
在五力士中学问第一，
他渊博的学识如浩瀚星空，
这一世仍极爱读书。
他是五力士中唯一的记忆留存者，
还记得娑萨朗的些许特点。
只是他换了种说法，
那说法里都是未来的词语。
他总说自己来自外太空，
他总说他是绝对的四维生物，
他的部分身体是非物质形式。
他也常常谈到相应，
相应是瑜伽的常用术语。
他说只要建立了关系，
虽然远隔万里之遥，
却也能相互发生作用。
他的说法其实没有错误，
只是他不该在人间乱讲。

这本是娑萨朗的知识，
只在地球的未来才出现。
于是所有朋友都当他疯了，
因为听不懂他奇怪的话语。

他辩才无碍又沉默寡言，
他不落凡俗又心怀功利，
他既亲近又那样遥远，
我不知道他之前经历了什么。
我忐忑地启动了他的心咒，
我没想到，他一出现，
就显得口若悬河了。

那怀才不遇的痛苦，
分裂了他的灵魂。
善良和极端在体内交织，
他承受着冰与火的煎熬，
渐渐地失去了分寸和尺度。

密集郎想用思维的画笔，
把数据传向遥远的娑萨朗，
不借助任何设备和辅助，
只用自己训练后的脑波，
便可将那救赎的秘密，
回传到娑萨朗故乡。
达成一种可能的救赎。
可是某一天受到了干扰，
那干扰不知来自何处。

总觉得有种巨大的力量，
让自己不能进入专注。
平素里也能心平如镜，
但只要一想到发射数据，
就顿时杂念纷飞热恼无比。

为了进一步了解密集之心，
奶格玛进入了另一个时空，
对密集进行了深度采访，
更进行了一番心灵的沟通。
你只要听一听密集的声音，
就知道他有着怎样的思维——

"密集的意思就是'多闻'，
在每一个维次的宇宙里，
都有一个好学的密集。
我看得多，听得多，经历也多。
我是四维生物——可没人信我；
我的身体有非物质形式——可没人信我；
我清晰地记得前世经历——可没人信我；
宇宙中还有另一种时间——可没人信我；
还有一个看不见的世界——可没人信我；
还有更高级的生物——可没人信我；
每一个过去的时间，
都是一个完整的宇宙，
——可没人信我。

"这一个宇宙中你是婴儿，

那一个宇宙中你是少年，
再一个宇宙中你正年轻，
另一个宇宙中你已老去，
此一个宇宙中你已经死亡，
彼一个宇宙中你又在新生，
上一个宇宙刚开始爆炸，
下一个宇宙已经坏灭，
——可没人信我。

"还有那过去现在未来的瞬间，
它们都构成了无数个宇宙。
那无数个宇宙同时存在，
每一个宇宙都独立圆满。
只要你的速度超过光速，
你就会进入那无量的宇宙。
只要你的心性超越了时空，
那宇宙也会欢迎你的光临。
这一切都是心念的波动，
只有心光才会超越隔阂。
肉体无法超过光速与时空，
心念到达就已经踏上了彼岸，
——可没人信我。

"彻证空性便有了宿命通，
宿命通能览阅所有的世界。
法界是一个巨大的网络，
而且比现在的网络更为精密。
法界网络中只要生成了信息，

就永远不会消逝于无迹。
在无数个宇宙里有无数个奶格玛，
在无数个宇宙里有无数个五力士。
那重重叠叠无穷无尽，
每一个细胞都蕴含着全息。
只需其中的任何一粒，
便能复制一个完整的自己
——可没人信我。

"那无数的宇宙本来存在，
那无数的宇宙有无数可能。
那时间和空间只是个幻觉，
当下总存在于永恒之中，
——可没人信我。

"我来自一个叫娑萨朗的光体，
我是通过量子泡沫穿越时空的，
此泡沫不是真的泡沫，
而仅仅是一种比喻。
要知宇宙在形成后扩散，
它并不是绝对同质。
那分布也并不规则，
你可以观察宇宙中的星系。
那大的宇宙是不规则分布，
在小的维度上亦是如此。
时空同样不规则地混乱，
像一堆杂乱无章的泡沫，
——可没人信我。

"在我认知的微观世界中，
时间和空间都失去意义。
因果规律不再有意义，
那时空不再是平滑规则，
而是浮现不同的形状。
并且随机浮出又随机消失，
就像大海的波浪潮起潮落。
能量在微小世界里起起伏伏，
在能量涨落中会形成细小的缝隙，
那一个个缝隙就是时空隧道，
它能打开宇宙的隔阂，
——可没人信我。

"微观是宏观的缩影，
从微观世界也可以看透宇宙。
我说我便是从外星传输而来，
用的是一种数据压缩。
这一切用冥想来完成，
它将个人信息全部变成数据，
按照脑波编就了电子讯号，
传送给另一个时空的寄主，
然后在我脑中解码那信号，
于是就实现了超时空的传送，
我便进入这当下的世界，
——可没人信我。

"虽然我的肉体源于父母，

但我的大脑数据来自别处。
等到我完成了自己的使命，
我再把自己变成数据，
继续沿着那量子泡沫，
回到我本来的家乡。
这是一场精神的跨时空旅行，
这一切都由心光来完成。
那心光既是一种波也是一种粒子，
它同样具有全息的特性，
——可没人信我。

"我能产生一种脑波，
将信息无所凭借地传递到娑萨朗，
——可没人信我。

"不信也就罢了，他们还老是捣乱。
其实，在我眼里，人类不过是虫子，
一直在既定的轨迹上爬行。
都是从一个时段开始，
又在另一个时段结束。
他们的心智更是虫子，
没有智慧只有贪欲，
没有超越只有沉溺，
没有慈悲只有计较，
没有真爱只有执着。

"不管有没有听众，
我都要说出该说的话语：

为避免我们那个家园的毁灭，
我才来到这里。
我在寻找能永恒的秘密，
我好像发现了一些头绪。

"我开始一直在传递数据，
慢慢地就出现了干扰。
我不知那干扰来自何处，
总之它的力量无比强大。
脑波像是遭遇了无形的软墙，
无论我如何发射，
总是被弹了回来。

"更可怕的是，
那力量渐渐侵入我的肉体，
开始蚕食我的记忆。
现在我所说的内容，
也只是曾经残留的部分。
本想完成任务之后，
我便可以回到自己的家园，
却遇到了这一个麻烦，
这意外令我恐惧。

"若是我一直记得数据，
说明我现在拥有完整的记忆。
那么回传信息之后的我，
无论意识还是肉体，
依旧留在了这个世界。

若是我失去了完整的记忆，
那我就彻底变成了地球人。
这也是一种堕落，
意味着我迷失了自己。
所以无论我如何努力，
我都已被命运无情抛弃。
这便是我最大的痛苦，
这痛苦一直无法止息。"

奶格玛记起五力士刚刚下凡时，
最先收到的便是密集郎的信息。
后来一股大力忽然袭来，
带着强烈的干扰淹没了音讯。
但她还是觉得欣慰，
在派出的五个使者中，
密集郎一直记得自己的使命。
虽然他有些力不从心，
但并未迷失于混乱的红尘。

他说他一直都在看书，
他想找到救赎的方法。
他总是谈一些娑萨朗的事情，
可是那言论太过离奇。
人们只看眼前的世界，
没人信他的疯言疯语。
没人信宇宙有另一种时间，
没人信存在看不见的世界，
没人信另有更高等的生物，

没人信脑波能传递数据，
更没人信在遥远的宇宙，
还有一个光体等待他的归去。

他说从人类的爱情里，
可以看出可笑的愚痴。
人们都向往美好的爱情，
否则便只剩干枯的经历。
没有爱情的生活没滋没味，
但若是尝到了爱情的滋味，
就会立刻变得执着。
那执着引发了占有的欲望，
总想把无常化为永恒。
这注定是无法实现的痛苦，
于是便在折腾中走向毁灭。
那恶性循环已成为人类的魔咒……

想想看吧，
一个人整天喷着奇怪的术语，
说着你从未见过的世界。
逢人便迫不及待地倾诉，
遇到质疑还会反驳。
那逻辑带点颠倒重复，
那眼神更是咄咄逼人。
若是再被他喷一脸口水，
心情怎能不糟糕至极？

听着他的话，奶格玛笑了。

笑中又带着泪。
她理解他所有超出常规的言行——
他的愤愤不平,
他的滔滔不绝,
他的极端，他的偏执……

奶格玛百思不得其解,
为何密集郎没有失忆。
他的意识一直存在,
似乎并未经过入胎的清洗——
理论上，不入胎也可以,
只要找到一个合适的身体,
然后植入他的心智。
虫洞也好泡沫也罢,
总之那是一种传送的通道。
但这方法虽充满天才的创意,
只是形式太过离奇,
且很容易造成不相容现象,
便像是人格分裂一般。
为解开这一疑问,
笔者也采访了密集使者,
他的声音是一串串光波,
像一个个石子落在我心里——

"我并没有觉得自己是疯子,
虽然其他人都这么认为。
他们说我忽冷忽热，不可捉摸,
他们说我性格矛盾，两极分化,

他们说我根本不是个正常人。
甚至连我的父亲，
有时也会奇怪地看着我，
那种目光很像是研究一个精密机器，
偶尔还会喃喃自语：
怎么会变成了这样？
就好像我是不受他控制的创造品。
我当然不受他控制，
他虽然为我提供了基因，
可我毕竟是另一个完全不同的个体。
我很想对他说，
就算我有什么出乎你的意料，
也请你完全尊重我的特殊性。

"人们听不懂我的那些奇思妙想，
便说我是疯言疯语。
他们当然不可能明白，
我从小就有得天独厚的优势。
父亲的藏书楼是神秘的宝库，
经史子集、天文地理，无所不包，
更有诸多玄妙深奥的古书，
任意一本，都是通向另一个奇妙世界的大门。
人们总说我滔滔不绝、夸夸其谈，
可他们为何不认真听听我说了什么？
他们像是躲在井底的青蛙，
一听到井外的世界，
就吓得捂上耳朵。
所谓夏虫不可语冰，

这就是我时不时沉默的原因。
但我的心中始终有一股热望，
鼓动着我去说话，去宣讲，
因为我不能将那些真理和真相独自隐藏，
我必须说出来，
总得有人说出那些话，
去揭开罩在他们头上的那个盖子，
让他们去看看井外辽阔的天！

"当然，不瞒你说，
除去阅读了众多书籍的原因，
我还有一个秘密，
连父亲我都没有告诉。
那个秘密，你可以称之为神秘体验，
或者是被附体之类的什么，
总之，自那以后，我才变得更加'疯癫'。

"那还是少时的某天下午，
我和小伙伴在父亲的藏书楼里
玩得兴致勃勃。
我们发现了一本古里古怪的古书，
那里面有好多图画，
全是从未见过的奇特动物。
它们全都怪模怪样——
九个脑袋的，九条尾巴的，
鱼长着翅膀，兽只有一只脚，
还有人脸兽身的好几个。
我俩正看得啧啧称奇，

忽然莫名感到昏昏欲睡，
眼皮越来越重……
醒来时，已到傍晚。
屋子里还是我们两人，
书已掉在地上，
我捡起书，却觉得脑中一阵晕眩。

"到了夜里，我才觉出自己的异常，
只要一闭上眼，脑中立即闪过许多奇异的画面，
我好像来到了另一个星球，
那星球好个美丽，
我想看看自己的身体，
却只看到一团光。
'我'好像是我，却又不是我。
因为我明显感到了'我'对我的排斥。
我也真切感受到有另一个'我'，
他像是突然闯入的不速之客，
和我争夺同一个身体。
我以为是那本怪书的缘故——
一定是那书里藏着个幽灵，
突然进入了我的身体。

"那段时间我常常天旋地转，
时不时便抽搐了胡言乱语。
用你们那个时代的话语，
就像一台电脑装入两套系统，
并且系统之间互不相容。
它们都在争夺硬件的控制权，

所以常常程序紊乱崩溃死机。

"渐渐地，'我'和我的界限开始模糊，
像两个国家的合并。
但是牛奶和美酒的交融，
只能混合出怪异的味道。

"我并不愿像个疯子喷着唾沫，
我发现另一个'我'在寻找什么，
后来终于知道'我'在找救赎的秘密。
'我'要把那讯息带回娑萨朗，
就是经常出现在我梦中的那个星球，
它一定是'我'的家园。
融合后的'我'还记得使命，
但是我不觉得那非得是我的使命，
我有我自己的追求，
我渴望得到世界的认可，
我渴望实现大大的自我。
我知道你会说，
我的灵魂深处刻着强烈的执着。

"但是'我'也给我带来了很多好处，
我的意识突然融入了另一个记忆，
那记忆打开前所未有的世界，
潮水一样的信息汹涌而来，
这新发现带给我巨大的惊喜。
我天生喜欢鲜花和掌声，
便逢人就说自己的理论。

我还体会到自己的新身份，
原来我是一个高维生物。
可是我没有知音，
大家都把我当成怪物。
我越发地孤独，
便越发地激进。

"其实融合后我便是'我'，
我不知道另一个'我'，
究竟是怎样到了我的身体中，
但我们彼此一体，
不再存有裂痕。

"我也不知道'我'是谁，
我只感觉到'我'经历了无数的痛苦挣扎，
感觉到'我'是如此地疲惫。
我早已分不清，哪个是'我'，哪个是我。
我们成为同一个怪物，
杂交出一个奇怪的意识。
我彻底认同融入了'我'，
在默默寻找永恒的秘密，
我还宣讲着自己的理论。
我将收集到的信息回传，
我还因那质疑的眼光而愤怒。
我期待得到这个世界的认可，
我又因为无法回归而哭泣。
这些都是同一个我，
我便真成了疯子……"

说完后密集郎垂下眼帘，
像是被抽干了精力。
那是一种低落的情绪，
神色里带着绝望的黯淡。
他的滔滔不绝变成了沉默，
仿佛心头压着一座大山。
他挥挥手又摇摇头，
想让自己从痛苦中抽离。
他常常经受这样的折磨，
于是养成了喝酒的习惯。
只有在醉醺醺的恍惚中，
才能让大脑得到片刻休息。
心灵也在酒精的麻醉下，
渐渐长出白色的翅膀，
脱离了沉重的肉体，
在自由的天空里翱翔。

相较于胜乐带来的感动，
和幻化带来的疼痛，
密集的偏执和癫狂，
更让奶格玛的内心充满悲悯——
他始终记得自己的使命，
这记忆带给他太多痛苦。
世人的不解倒是其次，
关键是他清醒地知道被遗弃，
他已终生被锁进那陌生的身躯。
那是希望里的绝望，

那是喜剧中的悲伤。
当你在笑容里晶出一滴眼泪，
它就承载了整个世界的苦涩。

可爱的密集使者啊，
你又在遥望那星空。
我知道你在寻找自己的家园，
只因这世上没有你的归宿。
你那疯癫的言论太过超前，
刺破了庸碌混世者的耳膜。
你只是一个孤独的孩子，
喃喃讲述着自己的故事。
你可知这是极大的愚痴，
你何必向世人证明自己。
尊重他们的选择吧，
哪怕只是可怜的偏见。

我还关心那永恒的秘密，
线索在你的灵魂里时隐时现。
每当呼之欲出的时候，
总有阵阵狂风袭搅。
或许这就是天魔的干扰，
也是那造物的约束。
你已经尽力了，
娑萨朗的英雄。
放松紧绷的心弦，
听一曲舒缓的音乐吧，
愿你在安详的梦境里，
回到自己原本的家园。

第14曲　星光中的力士

奶格玛长叹一口气，
哦，又一个沉重的生命！
或许每一个成长的人，
都要经历风雨、眼泪和挣扎，
那痛来自身体，更来自灵魂。

她感到一丝疲惫，
净境中观察耗费她太多心力。
于是她闭上眼睛，放空了心，
抛开所有的念头，
把身体也融化了，
像一滴水进入大海般，
把自己融入这个宇宙。
片刻之后她睁开了眼，
那殆尽的精力又重新焕发。
这是母亲教给她的方法。

想到母亲心头又是一阵温暖，
同时免不了思念和焦虑。
她赶紧提起警觉抛开情绪，
专注于当下的事情，
接着召唤那威德力士。
她开启他的语成就锁钥。

威德的莲灯终于亮起，
那莲灯呈现出绿色光芒。
它先是展示着威德郎的心性，
继而演绎出他的人生。

这一世的威德郎情感脱俗，
同时具备超强的理性。
他拥有极高的智商和情商，
浑身散发令人着迷的魅力。
他很容易形成影响力，
能将一杯水晃出大海的气韵。
强大的煽动性是天生的磁场，
他吸引了很多痴迷的粉丝。
于是他像个充满气的轮胎，
越发地膨胀和自负。
只要有他出没的地方，
总会成为话题的圆心——
他是点，
他是中心，
他迷人的魅力是半径。
他可以将他的圆无限扩大。

威德郎投生于国王之家，
过去他的国家日益衰败，
因为他的出生却发生巨变，
不但颓败之势突然扭转，
国力也一天天变得强盛。

他本来也有虔诚的信仰，
他信仰长生天崇尚武力。
有一天他无意间打开窗户，
看到了院子里的大树。
那树干一面迎着阳光，
另一面洒下一片阴影。
那个瞬间阴影突然放大，
变成一块黑色的巨幕，
各种恶行轮番在幕布上演绎，
他被厌恶和仇恨所降伏。
他的心中先是白茫茫的空旷，
继而一道霹雳在脑海中炸开。
他从此脱胎换骨，
眉宇间多了股杀气。
他开始信仰黑暗崇尚暴力。
所有的墙壁都画满恶魔，
后背也刺上了阎王。
啊呀，好吓人，
金刚力士竟成了魔鬼的眷属。

奶格玛叹一口气，
威德郎的迷失让她心焦，
她赶忙开启欢喜郎的语成就锁钥，
想看看那最后的力士是否还安好。

欢喜郎的莲灯散发蔚蓝天光，
他的心光也呈现相应频率。
这心光便是他灵魂的特点，

他性情平和十分敦厚，
他崇尚和平为人忠义。
只是他生性过于懦弱，
缺乏血性好似女子。
他与威德郎刚好相反，
一个在南极一个在北极。
欢喜郎也出生于帝王之家，
度过了锦衣玉食的童年。
他的父亲南征北战励精图治，
被百姓誉为英明的君主。
母亲温婉贤淑心性宽厚，
常念"阿弥陀佛"信仰净土。

欢喜力士也喜欢读书，
尤其痴迷于世界的真相。
他遍读了天文地理医学星象，
最后渐渐迷上了宗教。
他和那威德郎一样，
也认为当下的世界充满了罪恶。
但是他没有仇恨这个世界，
而是给自己构筑了一方净土。
他在自己的净土里沉溺，
此刻正发出模糊的呓语：

"你相信命运吗？
这世上的一切都已注定。
人活着就是不断地受苦，
只有信仰才能达成救赎。

我看到一个极乐世界，
那里住着金光灿灿的诸佛。
他们说只要虔诚念诵他们的名号，
临终便可进入那片净土。
那里再也没有烦恼和痛苦，
那里只有永恒的快乐。
还有超越世间一切的享受，
更能在诸佛的教化下进步。

"若想进入那美好的世界，
只需具备虔诚的信心。
你要时时持诵那佛号，
把它融入自己的灵魂。
只要做到临终不失正念，
平时也一心不乱，
且要破除一切执着，
再加上不遇违缘，
四个条件一齐具备，
便能往生那极乐净土。

"我的梦想便是那净土，
这源于母亲从小的培养。
我不喜欢父王的征战，
虽然他公认地雄才大略，
是一代英明伟大的国王。
我只想当一个净土行者，
和我的爱人一起默默地修炼，
在时光中一起老去。

远离那权谋远离那征战，
远离那杀伐远离那血光，
远离诸多红尘的繁华，
远离人间的琐碎麻烦。
比起王权和富贵，
我更喜欢驱马在草原，
在绿地上舞出单纯和善良。"

——知道了五力士的讯息，
奶格玛的心中充满了感慨。
那九死一生地入胎，
那污垢遍地地肮脏，
那神识断灭地无奈，
那闷而窒息的宫室，
每时每刻每处，都足以
腐蚀所有的宿慧，
使一个清醒的灵魂迷失。

入胎真的是极恐怖之事，
或环境或遗传染污太深。
阿罗汉便追求出离寂灭，
他知道一入胎就身不由己。
那子宫的血污太过闷热，
腐蚀了所有的宿世智慧。
这五人如今都性情大变，
基本上已经迷失了本性。
当初的神韵也遍寻不见，
南橘北枳十分无奈。

奶格玛发出了一声慨叹。

那水晶的显像开始模糊,
只能看出大概的身容。
他们的心力还不够强大,
那信息也就不够清明。

好在五人都留下灵魂的呓语,
虽然有的现实有的飘忽,
更有那穿越时空连接未来者,
却也说出了一些线索。
还有威德郎和欢喜郎的莲灯,
连接出一种未知的因缘。
因缘里既有巨大的业力,
又有一种殊胜的净光。

就这样,在莲灯的忽闪中,
奶格玛寻找着,分辨着,
她观察着每一盏微弱的灯,
体会着每个力士的体性。
她知道了他们的一些讯息,
却不知他们身在何处。
将至子时,
灯海就逐渐熄灭了。

第六乐章

都说入胎便如入梦，而此梦最难醒。忧心的奶格玛四处寻求帮助，她遇到了慈悲的寂天仙翁、威严的帝释天和行止怪异的疯行者，终于下定决心，她也要入那迷梦，这是她无可逃避的路。她会醒来吗？

第 15 曲　天上的故事

更深夜凉，露正浓。
时间没有脚，
但它却在观察中飞快地挪移着。
子时已过，
五力士莲灯隐入虚空，
奶格玛怅然中凝坐莲轮。
二十五日一过观察无效，
五力士在何处仍不知情。

哦，母亲！哦，白发！
我的鼻子一阵酸楚——
其实，我一点也不想他们！

眼前又开始闪了。
一下，两下，
终于长成一朵莲了。
它的周围弥漫着熟悉的气息。
哦，寂天！
他说，他为我的心愿感动，
上次一别他始终牵挂。
他一张嘴，我就不好意思了。
他说我的心是雪山的甘霖。
我真的不好意思了。

他说，我可以点亮众生的心灯。

我有些羞愧了。他说：

"这浊世太过诡谲，

那凶险的漩涡此起彼伏。

你要小心谨慎，步步隐忍。"

他的声音仍是那么苍凉空旷，

慈祥无比又奇妙空灵。

他告诫我：

"千万要留意日后的行程，

那魔君已得知你入了红尘。

天帝也对你生起提防啊，

都怕你证得那智慧空性。

若是你拥有了究竟智慧，

那光明定会刺穿迷信暗夜，

他们怕火种变成火把，

更怕那火把又变成火堆。

等到烧起漫天的大火时，

六道的围城便成了灰烬。

那时节无人再膜拜天帝，

也无人会惧怕魔君。

他们的信徒就越来越少啊，

天堂地狱都日渐凋零。

于是他们默契地封杀行者，

于是他们制造一个个障碍，

于是那修道的狐仙会遭雷殛，

它们很难躲过天雷轰顶，

于是那美猴王会惹来天兵。

他们都怕别个阵营势力大增。

"你不见那人间诸多的统治者,
也害怕民间的力量太盛,
要是有力量失去了控制,
便定其为异端大加围攻。
当然有时也会招安,
诱惑其成为帮凶,
好些成就者便当了国师,
帮国王去杀那所谓的敌人。
他们用搅天的唾星造出声势,
他们用权势的枷锁禁锢自由。
他们用一切可用的手段,
试图扼杀智慧的火种。
这是一个有趣的秘密,
天帝和魔王都心照不宣。
他们在玩一个博弈游戏,
把行者变成筹码和棋子。
要明白这种统治的秘密,
要善自隐了那德能威势,
有时候更需要韬光养晦,
没必要去招惹那些蝇蚊。
要学会善于示弱和光同尘,
无论是天帝还是魔鬼,
都敬若父母不去得罪。
无论是荣誉还是诋毁,
都保持低调学会隐忍。
要明白他们都怕你势大,

必须时时保持警觉之心。
要明白忌妒者都是小人，
像阴暗里伺机偷袭的蛇虫。
世上有许多天大的祸患，
皆源于刺疼了小人的眼睛。

"但因为你的影响太大，
无人不知奶格玛的美名。
娑萨朗虽然只是个化土，
法界对不老女神亦有耳闻。
你离开娑萨朗的那天，
就已惊动了天帝和魔君。
于是他们派出了眼线，
四下里访查你的行踪。
幸好你常修那无相瑜伽，
能时时安住无念之境。
因此收摄了你的脑波，
千里眼和顺风耳难觅芳踪。

"但你在今天这会供之日，
因发愿而产生无量的超能。
这时候就可能暴露讯息，
我便是沿这讯息前来提醒。
以是故你要时时变通啊，
同时安住那无念之境。
言行的变通可以不招违缘，
多修那无想禅躲避追兵，
要时时保持那警觉之心。

若是你遇到了困厄之事，
你可以来求我寂天仙翁。
我会告诉你我的心咒，
持心咒就会跟我相应。

"按规矩你当往忉利天宫，
去朝见帝释天寻求帮助。
那儿有三十三个天王见多识广，
你或能寻得五个力士的讯息。
你此行在帝释天的管辖之内，
应该体现对他的尊重。
这也是法界应有的礼仪，
礼多人不怪三界皆通行。"

今夜无星，也无月。
今夜只有木鱼声声。
无星无月的夜色里，
寂天的声音就是明月，就是星星，
像母亲的手一样，抚过我孤寂的心。

老人的慈爱像和煦的风，
一阵阵温暖了奶格玛的心。
那善意的忠告更是珍贵，
它能让人生的帆船顺利航行。
这世上不缺赞誉也不缺诋毁，
最缺的便是真心的忠言。
这是别人一生的经验啊，
只有贴心贴肺才会提醒。

它是一份地图，
指明了寻觅的方向。
也标出了路上的陷阱。
它能让坎坷化作坦途，
它能让迷茫变为坚定。
身边若有这样的师友，
无论他有怎样的名相，
婉转也好，直接也好，
顺心也好，逆耳也好，
正确也好，错误也好，
都应该感恩。

奶格玛说："多谢仙翁点拨提醒，
令我醍醐灌顶受益无穷。
还望您多讲讲天界诸事，
小女儿见识浅薄不懂关窍。
请问这三十三天的由来如何？
我也好明了根由方便拜见。"

寂天老者笑了，
他看出奶格玛已学会谦虚，
她不再是那个生涩的姑娘，
就说："善哉善哉啊我的女神，
老头我必定言无不尽。
那三十三天在欲界第二层，
关于它的由来有多种说法。
一种传说跟迦叶佛有关，
这个故事总打动人心。

有个女人看到一座破庙，
那庙年久失修没了屋顶。
一尊佛像坐在其中孤孤零零，
任由烈日暴晒风吹雨淋。
虫蚁蛀蚀了斑驳的莲座，
雨水把那庄严的金面，
也冲刷出一道道泪痕。

"女人看到这一幕悲从心生，
她发愿重修庙宇保护金身。
于是她向众人提出了倡议，
却没有一个男人予以理会。
男人们都在忙着所谓的大事，
哪里瞧得上一间破败草棚。

"可是她那单薄的身躯，
又怎能担负起沉重的土石。
无奈之下她只好向同性求助，
得到三十二个女人回应……"
在寂天的絮叨声中，
奶格玛看到了另一幅画面——

女子，破庙，阴郁的天。
雨淋湿了庙中泥塑的菩萨。
菩萨哭了，女子也哭了。
她望着他慈悲的双眼，
语无伦次，一遍遍地，
她只说那一个字——"家！"

"我一定能给您一个家!
我一定会给您一个家!"
她变卖了自己的所有,
她召集了三十二个小女子,
这群可爱又可敬的女人啊,
她们拉着,搬着,抬着,推着。
她们用尖细的嗓音,
吼出雄壮的号子。
她们用孱瘦的臂膀,
扛起沉重的砖石。
她们用柔弱的脊背,
竖起坚实的石柱。
她们还用女人特有的细腻,
描绘出一幅幅精美的壁画。
只是女人们并不知道,
她们画壁画的时候,
一不小心,把自己也画了进去。
她们以自己的心与行,
整整创造了三十三个世界。
从此,她们与这些世界成了传奇。

庙终于修好了,
还建起一座巍巍宝塔。
初升的朝阳从山边浮起,
洒下了一片金色的圣光。
圣光照着沾满尘土的脸,
映出女人们秀丽的庄严。
因为那一滴滴辛劳汗水,

因为那一颗颗虔诚之心，
她们命终之后都成为天王，
倡议者便是帝释天君。

天色渐暗，寂天的话还没完——
"这三十三天像世俗的联邦，
有依山而住也有依虚空而住。
依次第就到达轮围山顶，
山顶距地球有八万由旬，
此天众身长四十余里。
其一日一夜为人间百年，
他们的寿命有一千岁之多，
折合人间三千六百五十万年，
在漫长的寿命里常享天乐，
这就是人间所说的天堂。

"在须弥山顶有一座城郭，
名善见城广八万由旬。
香雾缭绕殊胜庄严，
帝释天主便居于其中。
此城的四方有四座山峰，
各有五百由旬安住八天。
四方共有三十二天，
每一天都代表着某种善行。
我不再逐一说其名字，
都是那善行感得天福。

"帝释天亦名玉皇大帝，

属于欲界之第二层天主。
享天福却没有人间的劳苦，
种善因得善果位列天尊。
帝释天并未断除七情六欲，
因此还是在六道之中。
他常常率领天人大战修罗，
欲界中便时时血雨腥风。

"世尊生母即生于此天，
佛陀证道之后曾驻忉利三月。
为母说法以报生之大恩，
佛光普照了重重天宫。
帝释天后来依止了佛陀，
率诸天奉上了牛头栴檀。
还为佛陀建造重阁讲堂，
用卧具和美食供养世尊。
他以天尊之身持弟子之礼，
以护法之名在门口肃立。

"见到帝释天你当谦虚尊敬，
把你的来由一一说明。
这既是法界应有的礼节，
也可以广结善缘不惹是非。
他是佛教护法不会为难于你，
还会提供重要的帮助。

"若是遇到了困厄之事，
你也可以去求卢伊巴大师。

我告诉你大师的心咒,
持心咒他就会帮助于你。
此去千万记得我的忠告,
谨慎低调切勿鲁莽。
那各方鬼神都须敬如父母,
只管韬光养晦默默用功。"

时间匆匆而过,
没有告别,只有感恩。
奶格玛谢过寂天仙翁,
理好思绪便前往忉利天宫。

第 16 曲　帝释天

惬意的微风拂过我，
我带了风的味道，
路边的鲜花漫过我，
我沾了花的清香。
沿着须弥山，我拾级而上。
在一座恢宏的牌坊面前，
我站在了"三十三天"之下。
辉煌，庄严，肃穆，
七宝铺地，流光溢彩，
祥云朵朵，仙乐袅袅。
——这里真美啊！我只能说出这一句。
人们用眼神示爱，用念头交流，
水像烟一样，而鱼在天上。
——这里真美啊！
仿若无想国——只是我知道，
这里没有母亲，
这里只有规范的九宫格，
只有坐守中央的帝释天君，
只有兑巽艮震四角的三十二个天国，
和它的臣民与山石，
还有城外东北的圆生树，
和树上栖息的凤凰。

而我的母亲我的国，此刻，
他们如此远，又如此近。
他们在天边，也在我的心间。
我摇摇头——让母亲在瞬间远去，
让无想国也无想去，
我该安住当下的事情。

沿着那须弥山一路向上，
我便到达了三十三天。
见四方各有八个天国，
金碧辉煌中一片安详。
四角上有四峰高耸入云，
那威严的守护神名叫金刚手。
看上去金灿灿威风凛凛。
中间便是帝释天居住的善见城，
周长有一万由旬广如天空。
正中的殊胜宫殿周千由旬，
外有众车、杂林、粗恶、喜林四个苑林。
城外东北有圆生宝树，
那树枝飘满花香，祥云片片。

我缓步走进善见之城，
见那宫殿都用珍宝砌造。
触目所及皆流光溢彩。
路石也由七宝铺就，
美妙天乐时时萦绕于耳，
诸天女恒时舞动倩影。
众天人乐而忘忧沉溺其中，

这倒很像那娑萨朗胜境。

生此天须修十善业道，
天福耗尽后仍会沉沦。
那有漏之福总会枯涸，
何处才是永恒的乐土？

想到家园又是一阵心痛，
不知母亲现在情况如何。
我只求那时间能放缓脚步，
好容我寻到救赎的秘方。
我提起警觉收敛情绪，
缓步踏上神宫的台阶。

我请当值神入宫禀报，
说有位来自娑萨朗的女神，
名叫奶格玛，前来觐见，
有要事向天帝汇报详情。
当值神入宫面见天帝，
出来后说请女神移驾入宫。

跟着当值神一步步前行，
我小心翼翼，恐惊天上人。
我不敢说话，
轻手轻脚。
忽有一道彩光破空而来，
直直射入我的心房。
循着光的方向，我看到，

庄严的宫殿处处闪烁琉璃宝光，
殿中分立着两列仙官，
光彩照人又不失庄重。
宏伟的宝座上，
一人正端坐，
他金身高大，威严有德。
他是如此与众不同，
于威严之中带着和蔼。
天福与天德化作灵光，
透出一派英明的气象。

见了他，我变得很低。
我说了我的娑萨朗，
我说了那个无想的城，
我说了城里不老的女神，
我说了那根刺伤我的白发，
我说了我八岁偷听到的那个故事，
我说了我们的五位力士，
我说了下凡之后他们的沉睡不醒，
我说了那个唯一的救赎，
我说了我的苦苦寻找，切切期盼……

那天帝慈祥地发出声音，
要我慢慢说想说的内容，
那语速太快听不清晰，
他需要从容安详地聆听。

我放松了紧张的心情，

对天帝行个礼详细禀报：

"小女子来自娑萨朗胜境，
它属于北俱芦洲的无想之国。
这星球因无常定律即将毁灭，
母亲派五力士来到红尘，
寻找红尘中救赎的秘密。
因红尘里处处是欲望陷阱，
五力士于是迷去了本性，
一日复一日不见踪影。
小女子遵母命前来找寻。
因此行正好在天帝属下，
故前来禀报并寻求帮助。"

奶格玛禀报完上述情形，
忽然感到了一阵轻松。
她虽是娑萨朗的公主，
但从未独自处理过事务。
待人接物也十分随意，
全凭一颗真诚的善心。
对官方用词非常陌生，
生怕一点疏漏就招来违缘。
此番面见天帝之前，
已打好腹稿又反复演练。
但是看到那磅礴的宫殿，
还有神色凛然的众神，
未曾经过这场面的她，
心里不由得暗暗发怵，

好在帝释天十分和蔼，
并没有想象中的冰冷威严。

帝释天闻此报微微而笑，
尊一声女神不必客气：
"你的事已有人汇报，
我也明大义深表同情。
只是这天道十分复杂，
三十三天也诸多议论。
我便是昭告了三十三天，
还会有其他天杂说纷纭。

"欲界两天是地居天，
此地便是忉利天宫。
再往上其他诸天都住虚空，
故称为空居天凌空而生。
欲界天就有六层之众，
色界天更有一十八层，
无色界还有四层天国，
这二十八天混杂着鱼龙。

"要知道三界之中各有因缘，
你当同等恭敬莫造恶因。
我已知你所求之事，
你当保重尽管前行。
若是到了困厄之时，
可前来求我为你解忧。

"那五个力士因缘使然，
种子成熟后自会生根，
切记不可揠苗助长，
否则空费心力徒劳无功。"

帝释天君的态度虽然和善，
但救赎的信息却依旧迷茫。
奶格玛感觉自己始终在迷宫里，
于茫茫雾霭中看不到明灯，
未知的困惑滋生了焦虑，
心里像爬满了多足蜈蚣。

天帝叫过了一个侍女，
令捧来三瓶天界甘霖。
说："此宝可以启用三次，
能满你之所愿利乐有情。
只是它会耗费你的命能，
所以千万别轻易使用。
在万不得已时派上用场，
可解危急遇难成祥。"
天尊说罢告知启用咒语，
诵咒语便可如意遂心。
"上次承你相助战胜修罗，
善心善念令众生赞叹。
此行多磨难你要谨慎，
自古成大业得成于忍。
我愿你求得那无上之法，
拯救家园光照众生！"

帝君的话如同和煦春风，
奶格玛心头的焦急渐渐消融——
是的，一切自有其因缘。
她谢过神恩退出了宫门，
离开了忉利天继续前行。

第17曲　大梦

奶格玛游遍了诸天之后，
又做了一个不眠的大梦，
想到母亲的预言和教诲，
说大智慧其实不离人心，
但因为人心有七情六欲，
还有那诸种痛苦和执着，
只有扫除这一层层的障蔽，
方可显发永恒的光明。

自己是虹光身清净无染，
离那永恒净光却十分遥远。
仿佛那是空中的楼阁，
看得真切却寻不到门径。

梦中的奶格玛十分纠结，
她觉得自己应该入胎。
但应该是理性的指令，
内心对虹身的不舍才是本能。
她分不清梦境与现实的距离，
每一个细节都记得分明。
感觉一切是那样地真实，
却又捞不住一缕梦的烟尘。

她坐卧不宁，神思恍惚。
一个自己义正辞严，
命自己无所留恋去入胎，
因为人身是修炼的大宝，
机不可失失不再来。
另一个自己犹豫怅然，
酸酸楚楚难以割舍这虹身。

她还对着镜子，喃喃自语——
"镜中的人儿多好啊！
她轻盈如羽，彩如琉璃，
她若隐若现，清净无染，
她随心所欲，尽情化现，
她游心太玄，身若归鸿。
永恒的真理净光虽是奇葩，
可那是空中的楼阁，
我没有拾级的天梯，
我只有一贯长虹。"
她觉得人类的肉身是那么粗重，
他们是受困于大地的囚徒。
她一点也不喜欢，
她看他们，就仿佛人类看粪坑里的蛆虫。
那五力士的智慧那么超脱，
依旧被胎血迷了本性，
心甘情愿地做了入海的泥牛。
有前车之鉴，她岂能冒险？
可是，若非如此，
娑萨朗就失去了救赎的可能。

她前思后想拿不定主意，
进一步退一步左右踌躇。
——要么死而后生，
——要么偷生惜死。
她失魂，她焦急，她不知所措。
她坐下，她起来；起来，再坐下。
一次又一次！
她面临的，分明是一场豪赌，
要么一步登天，要么沦入地狱。
在这场豪赌中，他们一直在输，
使者们前仆后继，有去无回，
她已成为那唯一可掷的孤注！

就在她再次起身的时候，
她想起了风中飘飞的白须白发。
她心中很是温暖，
她相信他能帮自己。
于是，她虔诚了心，
于净光中殷殷祈请……
寂天就这样应声而现！
仍是那样的白须白发，
仍是那张沧桑的脸，
仍是初见般的温暖——
"孩子，我知道你的心事，
你是否记得疯行者卢伊巴？
你的缘分之线牵在他心里，
在关键时刻，他会助你。

你呼唤他吧，
像迷路的孩子呼唤母亲，
捧上你最虔诚的心，
念诵他的心咒，
他就会现身。

"你的寻觅之路是一场接力，
一程自有一程的引路人，
我只是那其中之一。
现在又到了交接的路口，
我只能送你行到此处。
今后便由疯行者大师，
为你护航更远的路程。"

望着眼前的这个老人，
仙风道骨的容貌，
如沐春风的微笑，
慈祥关爱的声音，
非同一般的智慧，
奶格玛心中涌起无尽的感动——
自己何来如此的幸运？
自己何来如此的福分？
凡所遇见，尽是好人。
分别的时候，
他向她挥手，宛如亲人一般不舍。
她向他致意，亦如亲人一般依恋。
寂天露出标志性的微笑，
微笑里也是泪花盈盈。

他摆摆手道一声珍重，
身影渐渐消失于光中。

看着逐渐消融于虚空的背影，
奶格玛呆呆地伫立怅然若失。
虽知那万物有聚终有散，
但抑不住那浓浓的伤感，
任泪水洒落在飘忽的风中，
难舍那熟悉和贴心的亲情。
她重温了和老人的故事，
从相遇、求教到此刻的离别，
一幕一幕在她心上浮现，
每一个回忆都是一个世界，
每一幕里都有难忘的篇章。

她又想起了母亲的白发，
不由担忧娑萨朗的将来。
是的，当万物都沉睡于噩梦，
纵使一切都不能确定，也要孤注一掷。
五力士的现状让她陷入恐惧，
那是万一永不醒转的担忧。
吞噬？裹挟？
醉生？梦死？
它们同样可怕。
但寂天的话语驱散了她的恐惧，
如阳光驱散了笼罩的乌云。
入胎历劫，是她的命定之路，
即使刀山火海也在所不辞。

她知道，相比永恒的真理净光，
那无常的虹身算不了什么。
何况母亲在老去，江海在干枯，
雪山在融化，大地在沉塌，
一切都迫在眉睫了……
对于一朵正在凋零的花，
哪怕有百分之一的希望，
她也愿意用百分之百的汗水去浇灌。
她下定决心自讨苦吃毅然入胎，
哪怕是刀山火海她也去闯。
哪怕救赎的希望极其渺茫，
她也当竭尽全力放手一搏。

在一处山洼的僻静处，
奶格玛念诵了疯行者的咒语，
净光里出现了一个男人。
他尖嘴猴腮，囚首垢面，
肮脏得看起来有些猥琐，
零散的毛发环绕着秃顶。
他一来就极不安分眼珠乱转，
时不时还会挤眉弄眼。
鹰钩鼻子淌着浓黄的鼻涕，
猩红肥厚的嘴唇时不时抽动。
他身上的衣服也很怪异，
上衣干净整洁款式端庄，
裤子肮脏不堪破旧褴褛，
左脚草鞋右脚捞一只拖鞋，
黑黑的脚指甲又尖又长。

奶格玛下意识地皱了皱眉，
她不喜欢这个样子，甚至
有些厌恶。
刚有这念头，那人就说话了，
"骂一声小丫头好个不识抬举。
明明是你请我前来帮忙，
竟然嫌弃我的扮相不净。
你喜欢那好看的就去庙里，
供台上有的是庄严神像。
有事就说有屁快放，
大爷没空和你磨叽。"

刚见面就被骂一通，
奶格玛听来如遭雷殛，
这可是从未有过的怪事。
以往所见之人，或是尊敬，
或是秉承应有的礼仪。
这疯癫的老头却如此粗俗。
只觉噌的一下，
热血突地涌上头来，
她一下子涨红了脸。
她深深地吸一口气，
努力让自己保持平静。
她耐着性子，道一声万福——
"敢问您可是疯行者大师？"

那大师连说："废话废话，

你念了疯行者的心咒，
来的当然是疯行者。
你要是念那阎王的咒语，
此刻来的就是黑白无常。"

奶格玛又是一顿被噎，
她感到委屈极了，
她虽没脾气，但真的不喜欢他，
要不是有寂天仙翁的引荐，
此刻说不定已拂袖而去。
她想到寂天仙翁的叮嘱，
又收起情绪道声万福，
说小女子是娑萨朗的使者，
前来地球寻觅永恒。

又欲将前因后果讲出，
却被那行者打断话头。
他摇动黑黢黢的手掌，
不耐烦地像挥赶苍蝇：
"你的破事我都知道，
无非是想找那真理净光。
此刻入凡胎需要帮助，
所以才请本大爷现身。
你只管去入你的凡胎，
我会助你一步步走入正行。
保证你不会像那五个蠢货，
都成了无着无落的游魂。"
奶格玛习惯了他的说话，

忽然觉得他有些可爱。
但心中还是忐忑不安，
不知眼前这人修为如何。
这世上不乏狂妄之徒，
只会吹牛而没有干货。
自己的身家性命不足挂齿，
可母亲和娑萨朗的将来又岂能儿戏？

见奶格玛踌躇不语，
疯行者显得不屑一顾——
"若不是寂天老儿把你交给我，
我才懒得操这闲心。

"你就算不信我的言语，
也要想想寂天的能为。
要是信不过咱就此告别，
大爷我重回那快活林中。"

奶格玛想想也确有道理，
虽然这人言行疯癫无状，
但毕竟是寂天仙翁引荐，
绝不可能是欺世盗名。
有心让他显露一下神通，
至少也披露点今后的计划。
话未出口那行者又来抢答——
"老子一没神通二没计划。
你爱信不信不信拉倒，
你要还想救你那破星球，

就不要磨蹭去乖乖入胎。"
说罢显出不耐烦的样子，
只等奶格玛拒绝便起身返回。
奶格玛见状连忙欠身谢过，
对疯行者郑重表明心事：
"感谢行者大师不辞劳苦。
小女子此刻便前去入胎，
今后夜路漫漫求大师多助。"

疯行者冷笑一声："不必谢我，
那长路还要靠你自己去走。
努力的汗水是树之根本，
外力的助缘仅是飞花浮叶。
你且去入胎莫管其他，
我自有办法把你带入正途。"
说罢，行者扭身而去，
留下奶格玛哭笑不得。

"入胎"，一想到这两个字，
她忍不住再次战栗了。
"母亲，我还是怕！"
她唤醒了天杖奶格之星，
接通了母亲的讯息。
"母亲——"
思念在心中澎湃，泪水在眼中汹涌。
"不论我漂泊何方，
您永远是我最温暖的港湾。"

半空立即出现了光屏，
屏上显出母亲的身影。
奶格玛大喊一声"母亲"，
泪如泉涌哽咽了喉咙。
女神母亲也泪花斑斑，
她知道了女儿的决定。
她明白她们别无选择，
这是救赎的必经之路，
只能一边抽泣一边轻声安慰。

无声的光波里，
流淌着无尽的爱意：
"你永远是母亲的骄傲，
放心去吧！
心有大爱，天必佑之。
我支持你的决定。
你永远都是我的骄傲，
我的心与你从未分离。
你尽管选择不要有牵挂，
成也败也自有其天命。
就算功败垂成家园毁灭，
你依旧是母亲的心头肉。
我对你的爱没有附加条件，
你是女神是凡人都无所谓。
你的选择决定了你的命运，
但我的爱不依附任何选择。
去吧去吧我的女儿，
家里一切由我支撑。

你无畏的大心必将世代传颂，
这也算实现了另一种永恒。"

奶格玛泣不成声，
她已经说不出任何话语。
只是连连叫着"母亲""母亲"，
双目流淌出无尽的悲痛。
这一去无异生离死别，
言辞难表离别的伤痛。

她看到了母亲伸出手臂，
她感觉到母亲温暖的手掌，
母亲抚摸着女儿的头顶，
奶格玛顿时感受到安详。
她止住了泪。
自己应该长大了。
"请母亲不要再牵挂，
我已请疯行者护送此程。
待我寻到那智慧净光，
定能让母亲回春家园永恒。"

多想让时间在此刻停住脚步，
多想再看一眼慈爱的母亲，
多想再感受她无限的爱意，
多想再倾诉女儿的真情。
然而，纵有千般不舍，万般无奈，
那条路都是她命运的辙迹。
她不再悲凄，狠狠心，

关闭了奶格之星。

打开帝释天赠予的甘露，
英雄一般，她一饮而尽。
她祈愿自己不迷本性，
她把奶格之星挂在胸前。
一接触她身体的时候，
奶格之星就变成了光团，
融入她的眉心，
化成她眉间的吉祥痣，
来照亮她未来的人生。

从此，她开始了新的寻觅。
她的眼睛在时空中搜索，
她想找到另一个母亲，
作为灵魂的栖身之所。
修行需要福报和资粮，
贫寒人家往往疲于生存，
即便有道心也会受困于现实，
难以全身心地投入。
投胎的父母要有真正的信仰，
他们要福报深厚衣食无忧。

她游遍了大江南北和长城内外，
她不怕走过乱石滚地的戈壁，
不怕蹚过鳄鱼成群的河流，
不怕穿越荆棘丛生的森林。
为了找到他们，

她千辛万苦地行走，
千山万水地跋涉，
他们是对她恩重如山的人。

奶格玛选中的家乡在古印度，
父亲是个廉洁的官员，
母亲温婉慈爱喜欢读书，
夫妇二人都有坚定的信仰。

最后一次再照照镜子吧，
最后一次再看看深爱的那个自己。
她多么爱她呀！不，是她们——
那些飞翔的、妩媚的、梦幻的
甚至虚拟的，她爱她们爱得要死！

虽然，那是一个不需要肌肉的头颅，
一些没有骨头的手和脚，
一副没有血管的躯体，
但她生命的河流却因她们而精彩——
她穿行在云朵里饲养狮子，
她在高山顶上放牧牛羊。甚至，
让头和脚捉一场又一场有趣的迷藏。
就是在这样的自娱自乐中，
她才长大了。自此后，
她将再也不能拥有她们了。
狠狠心，她变成无形的神识，
进入了母亲的胎宫……

骤然之间，她感觉自己溺水了，
落入一池黏稠和腥臭的水中，
湿滑的液体充斥了时空。
她开始挣扎、呼救，她喊妈妈，
但没有人听见她弱弱的声音，
湿滑的液体充斥了她的时空。
虽然她没有身体，
只有残存的一点灵性。
慢慢地思维开始迟钝，
意识也渐渐地模糊，
就像人睡着后警觉逐渐退隐，
直到最后一片漆黑。
她已经完全没有了意识，
仿佛一台被格式化的电脑，
在母亲的子宫里开始发育。

她感觉自己漂在了无边的海上，
起初还能看到一丝天光。
忽而海上起风了，吹黑了天的光，
也吹黑了月亮，一切都黑了。
"母亲，我害怕！"

但她知道她要出去，
她迟早是要出去的，
她想找个什么东西依附，
可除了那黏稠的水之外，
什么也没有。

"母亲，它是不是传说中的水怪？"
她被它完全控制了，
它像胶水一样粘住她，
她一点都动不了。
"母亲，您要去哪儿？
您怎么越来越模糊？
我们的娑萨朗——怎么越来越远？
……"

她好像没有了意识，
她感觉窒息，
但找不到任何出口，
她很痛苦，可没有一点解药，
她还是知道它囚禁不了自己，
她迟早要出去……

她完全变成了另一种生物，
她像找妈妈的小蝌蚪一样，
在污水中徒劳地挣扎——"我不甘心啊。
母亲，我一直在挣扎。"

突然有一天，她发现自己有了头，
它大大的样子好笨重，
上面还缀满星星和月亮。
又有一天，她听到一声巨响，
它像雷神的怒吼一样震天，
从此后，那轰鸣就成了她的影子，
她到哪儿，它就跟到哪儿，

她醒着响，她睡着，它也响，
它总是不快不慢地一个步调。
人们叫它什么胎心音。

再后来，她就有了好运气——
仙人给她安装了小胳膊小腿，
仙女为她精雕细琢。
她不再是"小海马"了。
她是蓄势待发的箭镞。
其实，更准确地说，她是拼命三郎，
她一直在寻找突围的机会。
直到有一天，趁天帝老儿睡着的时候，
她才一鼓作气，突出重围。

多么难忘啊，那一刻！
寒冷，疼痛，战栗，心跳，
无端的泪水……
睁开眼的那一刻，
感觉一切都是新鲜的，
感觉一切又都饱经沧桑。
——她已满面皱纹，
——她已苦不堪言。

她只有哭，她只能哭，
她大声地哭，
她痛快地哭，
她拼了小命地哭，
她不顾一切地哭，

她在接生婆的手忙脚乱中哭，
她在妈妈有气无力的哼唧中哭，
她在爸爸恨不得拿命抵命的焦急中哭……
"哦，原谅我！让我哭个痛快！
这是我在那一刻，
唯一能说的话。"

带着前生的惯性，
她还是那道惊艳的闪电。
她镌刻着自己的宿命。
那是印堂的一枚红痣，
它所向披靡，摧毁魔敌。
他们叫它朱砂痣，
其实，那是她的奶格之星，
是她的太阳、她的月亮。

只是，她满月的时候，
天上的月亮是缺的。
它一点点变瘦、变窄，
它照在她接近满月的脸上。
有个卜者看过她的命相，
算出她是出家修行的命。
父亲笑了。母亲也笑了。
父亲抱起她，开始飞，
踩在清晨薄薄的月光上，母亲也飞。
她在爸爸的怀里，
和着他们的脚步，
他们是吉祥三宝。

他们一起飞。

他们飞向那座寺庙，
门口有一堆熊熊的烈火，
在那里，他们见到一个瑜伽士。
他盘坐于烈火之上，
有人说着"成就者"，
有人说着"好功夫"，
也有人说着"假的"，
更多的人说"骗子"，
一些人愤愤地走开了，
一些人也视而不见了，
还有一些人看戏般地继续围观。

一个人伸出手去摸那炭火，
只听得他摸到一声尖叫——
他说，那种炽热的焦灼，
可以把皮肉烤熟！
他的话引来了无数人的尖叫，
他们欢呼，他们激动，
他们开始显得虔诚无比，
他们的嘴里重复着三个字："成就者。"
他们一拥而上，顶礼，膜拜，供养。
那老汉却并不曾看上一眼，
垂睑闭目仿佛木雕。

那时节常见这样的瑜伽士，
他们都会展示自己的功能。

有些是大成就者随缘示现，
有些却是骗子敛财的把戏。

奶格玛的父亲也前去供养，
那瑜伽士忽然睁开了眼睛。
他对父亲说，"把你女儿抱上来，
我有几句重要的预言。"
妈妈抱着小公主进入人群。

那瑜伽士一见她，
脸上就绽开了花。
他开心极了，
他一直笑着。
他的目光始终在她的小脸上游移。
他对父亲说，"你的女儿大有来历，
当善自抚养不要嫁人。
她是智慧女神的化身，
有着无与伦比的殊胜因缘，
她生生世世都在寻觅真理，
要善加保护勿受邪法染污。"

说罢瑜伽士为她做了授权，
城市的上空随即出现了彩虹，
如琉璃般五光十色，流光溢彩，
简直漂亮到了极致。
众人纷纷跪下膜拜，
还送上他们的供养和鲜花。
父亲母亲也高兴极了，

他们是真正的信仰者，
他们感谢了瑜伽士，
把所得供养都捐给了寺庙。
从此，他们虔诚地等待女儿长大，
他们坚信，
女儿是降落在人间的天使。

春天来了，奶格玛与父亲一起到旷野放风筝，
他们追赶蝴蝶，在天上养鱼，
或者让小兽另类地飞。
那时，她也在飞，
只是她不知道，
她的飞，其实是童心的游戏。

夏天的时候，
她穿着彩色的裙，
穿行在她的天地里，
或者，得意地拿它们
与天上的彩画比。
于是，天空的那抹彩，
立即害羞地躲了起来，
而她还彩着。
只是她不知道，
还彩着的她，其实并不是真正的自己。

人们都说她从小就与众不同，
她不知道什么叫与众不同。
她只知道打小起，

就不喜欢同龄人的玩具，
她觉得不是小孩在玩玩具，
而是玩具在玩小孩。
在数不尽的玩具中，
无数天真无邪的孩子玩掉了纯真，玩掉了质朴，
他们玩出了功利，变得世故。

她不喜欢表现自己，
她喜欢去田野里听风，
躺在草地上看白云。
或是在冬天的时候，造出
一个又一个雪娃娃，给她们
披上美丽的纱丽。不过，
她最喜欢的，还是在雨后，
看天边那道神奇的彩虹。
她觉得那是世界上最美的色彩，
也是最神奇的景物——
它像英雄一样，
在大雨之后横空出世，
又在人们的讶异声中，
默默地退出它的舞台……

母亲说，这孩子定然是孤独的。
其实，她不孤独。一点也不。

从小，她的定力就很好，
每每闻法时皆能自然入定，
不动不摇几个时辰。

那些法师都啧啧称奇,
他们说, 多数行者毕生难窥这净境。
然而瑜伽士的授记也惊动了天帝,
还有那隐藏在暗处的魔君。
他们都想扼杀这颗觉悟的种子,
遂制造了各种诱惑和麻烦。

记得母亲说, 地上的每一个人,
都曾是天河里的一条鱼。
母亲是, 她也是。
母亲说, 对于人类, 水就是母亲。
说这话的时候,
她正依偎在母亲的怀里。

直到有一天,
她看到河底有闪亮的宝物,
她纵身一跃时, 才知道,
水不是母亲。
它能照出完整的自己,
但那是假象, 它有闪亮的宝物,
那也是假象。
她一扑到它的怀里,
那假象就失真了,
她身不由己直往下沉。
她眼睁睁地看着自己坠落,
却力不从心,
那是一种令人绝望的无力感。
直到那时, 她才知道,

河不是母亲。它是水怪。
她喊"救命"，但口还没张，
那水怪就扑进了她的胸腔。
她越是挣扎，它就使出越大的力量，
造出一个叫漩涡的爪牙围剿她……

她想她死定了。
没人会注意这世上少了个女孩，
她第一次想到了死亡。
她感到前所未有的恐惧。
慌乱中，她的内心忽然空空了了，
她发现一切都消失了，
她消失了，水怪消失了，
天空消失了，时间消失了，
甚至连消失也消失了。

就在那时，
她的印堂闪起一个亮点，
她甚至听到自己的心在说话，
叽里咕噜的像是什么咒语，
但她不知道它是什么意思，
也不知道它来自何处。

忽然，岸上跑来一个疯子，
那疯子边跑边疯言疯语。
他手中拿的东西像旗帜般抢眼，
那金黄的颜色惹得人们也疯了，
他跑，他们也跑。

他说，你们跑啥，这不过是块黄石头。

众人却不信，他们明明看到一根金条。

他们一边疯追一边喘气，

眼中冒出贪婪的精光，

拿出种种物品要跟疯子交换。

疯子哈哈大笑说不换不换，

一块石头有什么稀奇。

说着把"金条"扔入河中。

"扑通"一声，有人跳入水中，

"扑通"又一声，又有人跳入水中，

那一刻，他们无一不是勇者，

他们是有着最敏捷身手的跳水冠军，

他们有着最明亮的眼睛和最饱满的激情。

然而，

他们发亮的眼睛却没找到发亮的金子，

他们毫不气馁，寻遍河底，终于寻到那块黄金，

还有一个奄奄一息的女童。

他们将她救上岸，

不停按压她的胸膛。

奶格玛吐几口河水睁开眼睛，

再次看到了蓝天和白云。

风儿拂过来，带来清逸的檀香味，

她才知道，一切如梦——

梦中河底闪亮的宝物，

梦中的落水者，

梦中的疯子，

梦中的恩人……

众人再看那捞出的"金子"，
竟然是一块黄色石头。
只是颜色发黄并无光泽，
方才的金光莫非是幻影？
再回头找那疯子已不见踪迹，
都说是奶格玛命不该绝。

又过了几年，
奶格玛已是婷婷少女，
她宅心仁厚，善良无私，
总是随缘地救助别人。
这天，
她独自一人外出散步，
在路边遇到一个年老的乞婆，
那老人佝偻了身形好个可怜。
说不清为什么，一看见她，
奶格玛就伤心，她眼泪汪汪，
把身上的零钱全部给了她。
乞婆非常诚恳地感谢她，
她说："你如此善良必定有缘，
我要送你一本好书。"
奶格玛双手接过时，
真真切切地看到，
书面上闪着璀璨的光泽，
她常修梵行知道些典故，
明白这老婆婆定然是智慧女神。

她想向老婆婆请教些修行问题，
老婆婆告诉她，
答案都在书中，
你应该自己去找。
说罢老婆婆晃晃悠悠地走开，
消失在奶格玛的感谢声中。
书本还在手中，声音还在耳边，
可她的眼前什么也没有。
她呆立在老地方，她想记住她的模样，
可是，一切都如梦般虚幻。

借了风的翅膀，
奶格玛飞回了家，
左怀揣着宝贝，
右怀揣着喜悦，
沐手、焚香，点亮灯盏，
在袅袅檀香中，她翻开了书页，
发现里面尽是好词，
劝人向善，积德累善，
与人为善，乐善不倦，
还说——
存善心修善道临终可到天上，
天上既有无边的福报，
还能听闻诸圣的教导。
奶格玛越读越欢喜！
这分明就是她向往的生活。
又因为前世是天人容易相应，
且本来善良无须造作，

她读书时常会产生奇异觉受——
有时，那是一股淡淡的檀香味，
有时，那是若隐若现的发光字，
有时，她没有她，时间没有时间，
更多时候，她能强烈地感受到
天堂的脉搏，她均匀的呼吸，
而她，只是天堂不可分割的一部分。
她一日日沉迷，
她沉迷得不可救药。
于是她开始发愿，
希望自己死后能往生天堂。

为了这个大愿，
她广闻善法，精进修学。
在常去的那个寺庙里，
奶格玛看到一个疯子，
他发出极其悲惨的哭声，
将人流吸引到他的身边。
他们骂他疯子，他们施以白眼，
而他只是哭，他只管哭，
他哭得昏天暗地。

就在奶格玛路过时，
"天人"一词钻入耳膜。
她立即停下了脚步。
他说自己是天人下凡，
他说自己前世是个神仙，
因为天福耗尽投生人间。

谁料想家贫多病连遭苦难，
回想当初的生活好个伤感。
说着他在地上画出天宫之景，
一幕幕一层层竟条理分明。
他指着一处说这是帝释天的住所，
又指另一处说那是大梵天的后宫。

"彻底疯了！"有人说道。
"就是就是。"无数人附和。
在众人的嘲笑与怒骂中，
奶格玛听了却暗暗吃惊，
他画的天宫位置与特征
与古书中讲的一模一样。

再看这疯子虽然浑身污垢，
那眼睛明亮骨骼也十分清奇。
奶格玛问他可真是天人下凡？
书中说天人都有无边的福报，
为何他却这般落魄？

那疯子哭一声唱一句：
"我本是天上的金星圣君，
宫殿即是七宝琉璃所造，
锦衣玉食皆是彩云化成，
做天人享天福好个快活，
无忧虑无烦恼无须劳作。
我沉溺于这种生活不再修学，
哪知道天福也会坐吃山空。

"我活了八万四千年，
说来漫长但实际短暂。
命终之时我身体失去彩光，
那美貌的天女也对我弃之如敝屣。

"我用神通看到我的来世，
要在地球上做个疯子，
多病多难饥寒交迫，
穿破衣吃霉食好个可怜。
我无比恐慌却无能为力，
眼睁睁看自己下堕为人。
才后悔当初沉溺有漏之福，
忘记那无为的清净梵行。
到如今再悔悟为时已晚，
我已忘记了瑜伽的精要，
想修无漏智慧也不可得，
我痛哭流涕好个伤心。"

奶格玛闻言沉默不语，
她想到自己的天人之愿。
她发现天道之福无法永恒，
心中生出怀疑如火苗焚烧。
她匆匆回家翻出了天书，
天书里都是天界的美好，
从来没提到死亡和坏灭，
自己竟忘记了这个追问。

佛经里明明说六道无常，
天道也还在因果链条中。
有漏有为永远无法永恒，
当视如梦幻泡影不可执着。

于是奶格玛收起了天书，
决心追求永恒的智慧。
天人福报虽大总会堕落，
那不是自己真正的志向。

转眼又过去数年，
奶格玛已走完青葱岁月。
她也曾经历风波与挫折，
幸好关键时刻总有机缘提点，
她总能回归真理的正途，
父母也未曾让她嫁人，
诸种顺缘一一具足，
她才能坚持清净梵行。
就在她二十三岁生日那天，
他们举家去金刚座朝圣。
那是佛陀的成道之地，
据说也是地球的肚脐眼。

鲜花，美食，各种宝贝，
他们准备了丰盛的供物，
他们虔诚了心，一心顶礼膜拜，
突然之间，天降彩花散发异香，
天乐阵阵，美妙无比。

她看到秘密主安坐虚空，
放光现瑞环绕着智慧女神。
朝圣的众人被这胜境惊呆，
纷纷大哭着匍匐顶礼。

奶格玛也喜极而泣，
在突然而至的幸福里，
她百感交集，她只有哭。
她感觉这一段红尘路是那样地委屈，
她比见到母亲还伤心万分。
她伤心，但她无比喜悦，
她喜悦，却又泪流满面，
她愿她所有的泪水，
能化解人世所有的烦恼。

秘密主面露微笑缓缓开口，
他让奶格玛立即去附近的尸林。
那尸林的名字叫娑萨朗，
他要在那里为她进行智慧授权。

只见秘密主话音刚落，
奶格玛的肤色忽然变得赤红。
印堂痣化为第三只眼睛，
身体也放出了金光阵阵。
信徒们开始疯狂欢呼，
像潮水般涌来将她围住。
奶格玛的行动却无比敏捷，

狂热的围堵只能一一落空。

外境虽喧嚣嘈杂响声震天，
奶格玛心中却一片清明与安详，
那是婴儿在母亲怀里饱乳后的安详，
是恋人在恋人肩头风雨中的依偎，
她这才知道，原来有一种幸福，
比幸福更幸福，比安详更安详。

在秘密主的加持下，她行至远处。
回首来时的路，
父母远了，家园远了，
一切都远了。
尘归尘，土归土。
我来自他处，必将归至他处。
向父母再磕三个响头吧，
父母之恩，大逾青天，
而今，只有践行自己的宿命，
贡献一个更好的女儿。

一路向前，不流连，不回头，
她身轻如影，飘动如云，
梦与非梦，恍恍惚惚，
漫长的路途半天就到。
那是当地的弃尸之地，
老有野兽出没还臭气熏天。
据说这尸林是最好的道场，
在这里不用刻意观想死亡，

因为死亡的景象随处可见，
一具具了无生机的尸骨残骸，
一次次冲击行者贪生的妄心。
强烈的出离心迅速生起，
再也不贪恋速朽的肉体。
那诸多的欲望都是幻化，
在死亡面前毫无意义。

奶格玛进入尸林便向虚空顶礼，
三次之后空中现出了秘密胜境。
秘密主赫然端坐其中，
将奶格玛引入超越净境，
接着他进行了智慧授权，
一道光刺穿了亘古的阴霾，
眼前万物都化为澄明之光，
触之无物视之有形，
至今那秘境仍存于世上，
秘密地接纳着有缘之人。
后世的大德琼波浪觉，
便在这秘境里见到了奶格玛。
那是另一个寻觅的故事，
它拉开了千年大业的帷幕……

奶格玛忽然从梦中醒来，
恍若经过了二十年光阴，
不知是她成了梦中的奶格玛，
还是梦中的奶格玛变成了她。
她分不清是梦是醒，

也不明梦中的玄妙情景。
虽然是梦，却历历在目，
虽然经历，却分明是梦。

第七乐章

泥婆罗，正上演着精彩的剧情：奶格玛初遇欢喜郎；疯癫的密集郎滔滔不绝，却被人群驱赶；幻化郎结识了忘年之交，他偷来对方的人皮书，不料发现了惊天秘密，原来世界是一个精密的电脑系统！深情的胜乐郎不顾性命勇闯毒龙洲，他能否求来妙方？能否获得心上人的芳心？

第 18 曲　泥婆罗

一梦似千年，
情何以堪！

奶格玛从梦中醒来，
奶格玛以梦观梦，
母亲的白发与日俱增，
五力士下落至今不明，
万般思绪又似那波涛，
滚滚滔滔地涌入心中。

在一处僻静的凉亭里，
她取出奶格之星。
哦，我的娑萨朗！
我的寻觅！
我的疼痛！
我的梦想！
我的命运！
她虔诚了心，
开始一如既往地召请。
她于无想无执中专注观察，
眼前便出现清净秘境。
那五朵莲灯恍兮惚兮，
由远而近，

从模糊到清晰。

她先选中胜乐郎的莲灯，
因其他四个力士暂时没有危险，
只有这胜乐郎为公主远行，
去那凶险的毒龙洲寻找药方。
那至诚无畏的深爱让奶格玛动容，
她下意识里最关注这剧情。

她也想观一观胜乐郎，
他到底长成了什么模样，
到底有份什么样的感情，
何以让他置性命于不顾？
他至诚的心，
他无畏的爱，
总是让她动容。

她像点兵的大将一样，
首先诵了胜乐郎的心咒。
他的莲灯完全亮了，
现出了一张俊朗的面容。
那满面风尘的脸上，
有一种少年人少有的笃定。

这时的大地已换了容妆，
上次所见乃是杨柳依依，
此刻竟已是白露为霜了。
上一次的世界还有百花，

这一次已是秋叶凋零。
若是在梦中一梦千年，
怕力士早已成垂垂老翁。
这心有余悸的一念，
促使她遮罩所有的一切。
她凝了神，随着胜乐的步伐，
进入一座城。

这城中正举办辩经法会，
论题直指佛教的解脱。
一个婆罗门设下擂台，
他提的问题十分刁钻。
他说佛既然总说无我无我，
那又是什么在轮回轮回？

这问题难倒了佛门的论师，
他们面面相觑瞪目结舌。
要是你承认有轮回的我，
那么无我便是错的；
要是不承认有轮回的我，
佛家为何认可轮回之说？
奶格玛也明白这问题难答，
静观哪个智者可解此难题。

却见年少的胜乐郎跳上擂台，
那单薄的身躯坐定了法椅。
他说："无我无我定然是真理，
那轮回轮回也定然有轮回。

若问那轮回者本是何物，
我可以告诉你这便是我执。
有我执便坐实了那轮回，
无我执那轮回便是泡影。"
这一说赢得了众人喝彩，
连那婆罗门也低头参悟。
胜乐郎显出少年心性，
他挠挠头流露羞涩的表情，
跳下擂台继续赶路，
脸上还有小小的得意。
一路上小鸟啁啾的鸣叫，
扫光了连日的劳累风尘。
夕阳正在西下，
晚霞满天里，
他哼起童年的歌谣。

唱着唱着，他突然不唱了。
脸上漫过一丝忧伤。
山上的夕阳像烧红的铁球，
在暮色里胜乐郎拧起眉头——
不知心上人现状如何？
那弥散的脓疮有没有恶化？
那孤独的生活又能否适应？
想到此他又是一阵揪心。
此刻美丽的夕阳也失了颜色，
胜乐郎的世界又泛出灰白。
他紧了紧身上的行囊，
不由得加快了脚下的步伐。

胜乐郎的身影隐现着黄光，
这便是胜乐力士独有的色彩，
代表空乐智慧和功德总集，
但此时还只是一粒种子。

奶格玛的目光在莲灯中游移，
她分辨着每一个细节，
地貌，风俗，建筑，人群——
她确定胜乐郎在泥婆罗。
因为辩经在著名的女神庙里，
还有当地独有的建筑和风土人情。
既然已有了明确的线索，
她便马上动身，
前往泥婆罗寻找胜乐。

途中却又是烽烟四起，
有两个国家正在交兵。
无论那天上还是人间，
为何总上演血腥的剧情？
长矛刺进了胸口，
弯刀划过了脖颈。
鲜血流成了长河，
尸体堆成了山岭。
瘟疫与横祸像奔突的猛兽，
时时舔去百姓的生命。
这人间已沦为地狱，
那魔王正发出狰狞笑声。

他吹起毁灭的号角，
把家园烧成了焦土。
那一阵阵哭声响彻天地，
那一阵阵杀声填满虚空，
那一场场横祸肆虐人间，
那一场场瘟疫四处横行，
诸多的百姓已没有粮食，
到处是饿殍，到处是呻吟。
婴儿正在死去，
母亲正被凌辱。
饥民的口角流着涎液。
那涎液是死神的锁链，
只需流出稀拉的一线，
人便成了倒毙的饿殍。

她不忍再看下去了，
不知何时，漫天的大悲，
再次裹挟了她，
她想起了帝释天赐予的甘露，
如果能救天下苍生，
即使消耗我的命能，
又有什么可惜？

于是她澄心洁虑，念启真言，
心底是无尽的悲怆。
她将甘露洒向虚空，
刹那之间，无数的粮食倾泻而下，
铺天盖地，如天降甘霖。

那一粒粒粮食胀出雪白的饱满，
它们蕴藏了无穷的生命力，
欢呼着，跳跃着，
争先恐后奔向焦灼的大地。

饥民一见蜂拥而来，
就像满天飞舞的蝗虫。
他们展开殊死地哄抢，
仿佛一团蠕动的毒蛇。
叫骂与哭号胀满了耳朵，
贪婪与凶恶撑爆了视野。
他们撕扯着，推搡着，
他们毫不犹疑地踩踏摔倒的同胞，
有人甚至扯下别人的头发，
头发上还连着一块块头皮。
有人推倒挡道的妇孺，
毫不犹豫地踩过其身体。
更有千万人向奶格玛的所在飞奔，
那阵候就像移动的蚁群。

整个场面已经失控，
眼看大祸就要发生。
奶格玛大叫别抢别抢！
这一喊便停了咒语，
那粮食也不再涌出。
她急得大叫想再取甘露，
这时候伸来了无数只手。
每一根手指都像地狱的铁钩，

似要把她撕成碎肉。
面前全是通红的眼睛，
瞳孔里晃动着麻木与疯狂。
她感到巨大的恐惧，
脑中忽然一片空白。
那个瞬间她忘记了她的神通，
也忘了肩负的救赎使命。
她明明看到翻舞的手掌，
心中却没有一丝念头。
她仿若坐以待毙的木偶，
静静等待着死亡的降临。

危急时走来了一个男子，
带领着二十个护卫士兵。
见了那混乱他怒吼一声，
到另一处所在抛撒食物。
引开了众人露出空隙，
奶格玛这才得以脱险。

她爬到一个山坡之上，
见撒粮之处已血雨腥风。
人们变成一团团攒动的蚂蚁，
惨叫声哭骂声，盘桓于天地，
如同飓风。
她浑身瘫软，惊魂难定，
白花花的阳光倾泻而下，
如母亲抚慰受惊的孩子。
她的脑中一片空白，

仿佛穿越了无尽时空，
感觉有点像劫后余生，
她看了看自己的身体，
渐渐恢复清醒的记忆。
她表情沉重一言不发，
默默走到高处再行观察。
人们仍在疯抢，撕扯仍在继续，
那阵势定有无数人死伤。
奶格玛感到一阵阵晕眩，
她本想救人才启用甘露，
没想到成了索命的钩刃。
懊恼与惊骇，悲悯与自责，
就像一块块火炭烙在心上。
她忍不住号啕大哭：
"我的母亲，
我只想给花朵找一滴露珠，
只想给倦鸟寻一根栖枝，
只想给爱情找一朵玫瑰，
只想给难民多一点食物，
只想为他们解除痛苦，
为何有如此可怕的结局？"

伴随着她的哭声，
传来一个男子的声音——
"幸好我们已经逃出，
不然这阵势定会叫人撕碎。
我在这里进行过无数次演讲，
宣传那大爱和非暴力的思想，

人们总会落泪鼓掌，欢呼叫好，
没想到一见利益都原形毕露，
人性之恶展现得如此赤裸。"

奶格玛在泪眼迷蒙之中，
看到一个清瘦的青年，
他的五官很是英俊，
气质超凡如玉树临风。
她谢过他的救命之恩，
他叹口气摆了摆手，以示回应。
他在她身旁坐下，
望着山下混乱的人群，
他忽然低下头又发出叹息，
眼神里充满了无奈和悲悯。

奶格玛也沉默了半晌，
问一声恩人如何称呼？
男子说："我是本国的王子，
人们都叫我欢喜郎。
我本是一个读书的种子，
喜欢冥想爱读梵文典籍。
但老见仇杀和冤冤相报，
我不能埋在书本中袖手不理。
我总是在叩问和思考，
人们为何为了利益杀出漫天的血腥？
你杀我我杀你永无止境，
无数的百姓也都因此丧命。
人世间增加了太多孤儿寡母，

地府里也多了数不清的屈鬼冤魂。
因人祸而流淌的泪水能汇成大河，
凶死的白骨能堆成入天的山岳。
冤冤相报如环环相扣，
这世上的救赎只能有一种，
那便是非暴力的大爱与宽恕。
于是我就推行非暴力主张，
这真是一条艰难的旅程。
第一年我说话无人愿听，
第二年有了三个听众，
第三年一个头人认为有理，
第四年多了几十个随从，
第五年五个部落不再有战争，
第六年我想平息国家战事，
但父王不随喜我的理论，
他说我太过懦弱不是英雄，
还说我没有血性像个女人。

"他一次次逼我上了战场，
我一次次临阵当了逃兵。
我每次看到敌国的士兵，
就会想到他背后的母亲。
我每次看到死去的男人，
就想到有孩子失去了父亲。

"我总是手软脚瘫举不起刀，
我一见那血腥便天旋地转。
我只好带着几个贴身侍卫，

在灾区做点救助之事。

"也有人说难民如地上的草籽,
你一个一个捡得完吗?
我说能救多少是上天的事情,
救人本身却是我的真心。
我虽无法承受世界残忍,
也能尽一尽自己的本分。

"只是世间的事情总是无奈,
人性之恶如附骨的恶疽。
瞧瞧这一场惨烈的争夺,
人类互相噬咬就像毒蛇。
我理解他们求生的本能,
但也悲哀这可怜的人性。
人们本有希望得到救赎,
却总被贪婪拖入绝境。
为一点食物都使用暴力,
就连那亲友都成了仇人。

"每次看到这些我都会失望,
我发现人性之恶根深蒂固。
我在这里讲了五年爱与宽恕,
却被一场饥荒无情嘲讽。
我洗呀洗呀看似已洗净罪恶,
但发现那罪恶已入骨髓。
无事时风平浪静,人人都像圣贤,
只要有一星闪动的火苗,

它便会燎原成无边的毒焰。

"我于是理解了地藏菩萨的无奈，
无论他如何精进，
地狱却总是不空。
无论我如何苦口婆心，
努力也总是付诸东流。
我不知这罪恶何时除净，
我不知这世界何时太平。
我老是叩问苍茫的大地，
何时你才不被鲜血润浸？"

奶格玛没有打断他，
只是静静聆听，
王子说到激动之处，
眼里闪出晶亮的泪星。
那是他对百姓的悲悯，
以及面对罪恶时的无奈。

奶格玛心中生出肃然和尊重，
想观察他是不是力士再生，
虽有点讯息但不能确认。
于是她询问王子可有特殊梦境，
他只说他老是梦到鲜花美景，
那便是他心中的大愿净土，
只希望净土里没有战争。
此外并没有娑萨朗的信息，
也许是时机不到隐了真魂。

奶格玛告别了欢喜郎继续前行,
一路上都在慨叹复杂的人性。
那抢夺的场景时时在脑海浮现,
一阵阵沧桑倍觉寒心。
她觉得难以想象,
那永恒的秘密,
怎会在如此罪恶的所在?
幸好还有欢喜郎的存在,
他就像茫茫黑夜中的一点星光。
她见识了人性之恶,
同时也看到了救赎之光。
不管它多么渺茫,
也能让人激情喷涌!
"哦,我的娑萨朗!
我的母亲!
我的宿命!"

她一路行走,一路思索,一路感叹!
在一个神庙旁,她再次驻足——

高达数丈的火堆旁,
有人大喊:"你们就是烧死我,
那太阳仍是一颗恒星,
也没什么太阳神君,
那里只有围着太阳转的无数小星星,
哈哈哈……哈哈哈……"

大笑并没有引来同样的大笑，
反而招来了人们的狂怒。
善男信女们最恨妖言惑众，
他们都怕那邪恶的论调污染信根。
他竟然如此猖狂，
绝对不可饶恕！
人们怒不可遏——
"烧死他！烧死他！"
群众的呐喊震天动地，
人群开始向男子处移动。
他们抬起了他，
就要扔上火堆。
千钧一发之际，奶格玛上前大喊，
"正信者不能杀死病人。
要是你们杀死了病人，
那就破了杀戒难以超升！"

一庙主模样的胖子点头称是，
没过一会儿却又连连摇头。
他说这人疯言疯语不成体统，
不杀他怕他妖言惑众，
杀了他又怕污了梵行，
索性将他逐出城邦，
叫他去荒野中自生自灭。
说罢垂下眼眉念着咒子，
看起来无限慈悲好个庄严。
于是众人舞起乱棒，
将那疯子打出了庙门。

奶格玛上前问其姓名，
疯子自称叫密集郎。
说他正研究宇宙的秘密，
梦见自己常去那天空，
太阳上只有大火并无天神，
周围还有旋转的几颗行星，
并没有所谓的天神守护，
他想把真相公之于世，
哪承想他们要赶尽杀绝。

奶格玛听他仍在疯言疯语，
劝他以后说话要小心。
"要是你再踢祭司们的饭碗，
他们定然还要烧你。
更何况你的见解未必正确，
也许天神是另一种存在。
你看不到不一定就是没有，
因为肉眼凡胎识不出真身。"

密集郎不服气大声争辩，
说他以前还常常梦到未来，
可不知何故却记忆模糊。
奶格玛忽然心念一动，
问及密集郎可知道永恒的秘密。
密集郎说他也正在寻找，
虽没有答案但肯定能成功。
说话间他再次进了神庙，

可又被乱棒打出了城门。

奶格玛重重叹了一口气，
看来密集郎已彻底失心，
被强大的干扰错乱了神智，
连仅存的记忆也都遗忘，
更别提那救赎的使命。
路漫漫其修远兮，
不知他何时才能苏醒。

第 19 曲　忘年之交

转眼又到了农历二十五日，
奶格玛安住净境观察。
她已经适应了这种方式，
在莲花中看五个使者的变化。
她还是先打开胜乐郎的莲花，
见那少年仍在寻觅。
他要求一种神秘瑜伽，
来治愈心上人的麻风。
爱情的力量最是强大，
他舍下养尊处优，
他甘心风餐露宿，
他甚至没有征得家人同意，
临行前仅留下几行书信：

"亲爱的父母，
感谢你们给了我生命。
父亲的教育，母亲的疼爱，
儿子都铭记在心。
如今儿子已经长大，
将要追寻自己的梦想。
两个哥哥去那尸林静修，
奔向他们人生的图腾。
而我的图腾是爱情，

我不愿入清净尸林，
我要为心上人远行。
此去若是一切顺利，
我将再回家孝养双亲。
慈爱的父母啊，请不要牵挂。
那雏鹰总要翱翔，
在风雨中才能升华。"

胜乐郎拜别家乡独自上路，
华曼公主的身影如同彩云，
时时拂过胜乐郎的心头。
他忽而甜蜜忽而焦灼，
在日出和晚霞间穿行。
他不知前方有什么，
也不知明日会如何，
他只有一个信念：
找到妙法，拯救公主。
若能如此，此生无憾。
他已做好迎接危难的准备，
尽管他的肩膀太单薄，
还扛不起太重的风雨。

胜乐郎的现状让奶格玛感动，
但她知道，
再美好的迷失，也是迷失。
污浊的胎血已让他忘了使命，
他无上的勇气不是为了娑萨朗，
而是为了一个钟情的女子。

但没关系。
她提醒自己要耐心一些，
再耐心一些。
她知道，每个人都有
自己的命运轨迹，
只有他自己醒来，
才是真正地醒来。

每个人也都有自己的寻觅，
胜乐郎为了爱情，
欢喜郎为了和平，
密集郎为了真理，
幻化郎为了智慧，
那寻觅的风景虽然不同，
但寻觅的精神却是一致。
这都是一种伟大的向往，
有了这寻觅才有救赎的可能。
奶格玛的寻觅则是永恒，
母亲的白发时时把心扎疼。
又想起临别时的送行，
泪水一波波又荡向眼睛。

她警觉到自己又陷入情绪，
便定了心神继续观察。
她打开幻化力士的莲灯，
看看这少年有怎样的境遇。
她全神贯注，启用真言。
莲灯中渐有图像显现——

静静的河面上，
偶有几片黄叶，
一只鸟轻点了一下水面，
便扑棱一声，飞走了。
另一只鸟停下飞翔的翅膀，
稳立在秋天的果实之上。

一阵风儿吹来，
也把幻化郎送到了她的眼前。
比起上月的二十五，
他又长高了一些。
仍是褴褛的衣裳，
晃荡的裤腿，
仍是吃不饱肚子的落魄身影。
他的身后，是一串串的脚印。
一串串脚印的背后，是一个个的故事。
或孤苦，或无依，或凄清，或恐惧，
但他似乎并不在意，
他若无其事地在河边走着。

忽然，一声"救命"，凭空响起。
它厉厉地惊飞了树上的鸟儿。
又是一声，让河边的老树林也失了淡定。
无数鸟儿扑扇着翅膀，
都在用尖叫表达着抗议。
幻化郎循声而去，
见一老头正在水中挣扎。

他立刻冲上前去，纵身一跃。
随着一声炸响，
他瘦弱的身子，溅出
一朵丰满的水花来。
他还来不及扑腾，
已从水里站起，
原来水并不深，根本淹不死人。
在哈哈大笑中，
他看到了一个老头恶作剧的笑脸。

他发现自己上当了——
老头并不需要被救。
老头乐不可支，他说，
他只是在体验溺水的感觉。
他还笑问幻化郎自己的演技如何。
幻化郎叽咕一声，不想理他，
愤愤地上了岸，欲甩袖离去。
老头一把将他拉住：
"难得小兄弟一片好心，
老朽想请你吃好吃的。
——好吃的！"
见他犹豫，老头特意强调了一遍。

这个提议充满了诱惑，
幻化郎无法拒绝——
不只是美味的食物，
还有老人的尊重。
是的，他自小父母双亡，

他流浪，乞讨，做童工，
他睡茅草，吃野菜，捡垃圾，
他遭白眼，受训斥，挨暴打，
在这个苍凉的世间，
他何曾得到过别人的尊重？

他的鼻子一阵发酸。
再看这老头，
一改刚才的嬉皮笑脸，
显得很正经，满眼真诚。

肚子开始狂欢，
咕噜声此起彼伏，
味蕾已擂起战鼓，
涎液也开始汹涌。
在老头"好吃的"面前，
他的防备和肠胃都已完全失控。
它们叫嚣着，呐喊着，
欢呼着，雀跃着。
他变成了牵线的木偶，
一路跟随了老头前行。

老头要了牛肉和羊肉，
还要了烤鸡和烤鱼，
猪肘，还有他最爱的面食。
光闻一下，他就陶醉不已。
这是真的吗？
还是在梦中？

他看看太阳又看看自己，
那影子明明就跟在身后。
小鸟叫得很欢，
掐掐大腿，痛感也无比真实。
一切都在证明这是真的。
他短暂地没了思维，
只看到满桌子的花花绿绿，
只感到眼前一片花白。
在花花绿绿中，
他的味蕾正在狂欢。
狂欢中，细胞开始狂舞。
他尝到了天堂的滋味，
他在快乐的海里畅游。

慢慢地，
他的大脑开始空白，
他进入了另一种境界，
那境界里只有感觉没有外物。
视觉触觉听觉全部消失，
只有体内的潮水一波波涌动。
他记不得那潮水如何退去，
等他再次恢复感知的时候，
面前只剩下堆积的骨头。

他忽然觉得肚子好胀，
喉咙像是塞了线团。
他欲吐不能，欲说无言。
他很难受，但他也很感动。

他的心中五味杂陈。
他掉下一滴泪来。
他假装打一个呵欠。
他狠狠地又吃了一口……

他拼命压抑呕吐的欲望，
已经无力再说一句话。
他勉强挤出尴尬的笑容，
算是对老头的感谢。
老头笑嘻嘻看他，
那笑容带一点诡秘。

在幻化郎狼吞虎咽的时候，
老头一直在看着他，
那一刻，他的眼神充满了慈爱。
他知道他饿坏了，
他一遍遍提醒他，
不着急，慢慢吃！
不着急！

他告诉幻化郎自己没有朋友，
有些人叫他造化仙人，
有些人叫他疯子。
他很希望有几个朋友，可没人喜欢他，
虽然他是个老头，却有颗孩子的心。
他说，感觉与幻化郎很有缘分，
可以成忘年之交。
他还说，他的家里有很多宝贝，

也有很多美味。
比今天的"好吃的"更加销魂。
只要幻化郎过去陪他说话，
那佳肴也是待客的礼仪。

幻化郎听到这里，
鼻子又是一阵发酸。
眼前这个老头，
他觉得好到天上去了。
他的大脑和身体彻底背离。
心中闪过无穷的惊喜，
肠胃却似涌动的浪潮。
那浪潮一波接着一波，
不停撞击喉咙的坝堤。
它们终于冲开了闸门，
幻化郎于是哇哇大吐。

造化仙人哈哈大笑，
仿佛恶作剧成功的孩子。
笑声里他说出自己的住处，
告别了幻化郎独自离去。

从此，老头就成了幻化郎最亲的人。
幻化郎常去老头的居所，
听老头炫耀他的宝贝，
顺便填满自己的肚皮。
幻化郎非常开心，
因为这世上，

终于有人跟他有了关系。
而老头给他的
几乎是他需要的所有——
他以一颗慈爱的心，
给了他父亲的感觉；
他以一颗理解的心，
给了他朋友的感觉；
他以一颗教导的心，
给了他老师的感觉；
他以一颗悲悯的心，
温暖了他整个世界。

那些美味珍馐，
和共度时光时的欢乐，
一日日吹圆他尖瘦干瘪的脸，
它们合力结实了他豆苗般的身躯，
使他的眼睛发出夜明珠的光芒。
那些说不上名字的美食，
仿佛具有神奇的能量。
幻化郎的脸色不再惨白，
开始呈现出红润的光泽。
他蜕去骷髅一样的身躯，
已隐约可见鼓动的肌肉。
他的眼睛变得明亮有力，
好像高塔上耀目的明灯。
奶格玛关注着幻化郎的一切，
他与造化仙人的故事还将继续，
他们不是朋友，不是父子，

甚至，也不是师徒，

他们不过是彼此在这世间的幻化和造化，

但绝对是最温暖的化现。

第 20 曲　人皮书

一天，幻化郎去看造化仙人，
二天，长须及胸的老头正闭目养神。
见幻化郎来他非常高兴，
迫不及待展示自己的宝贝。
他拉着幻化郎来到了密室，
指着那一摞摞古旧书籍，
说最近又发掘了一个宝藏，
得到了无数珍奇书稿。
其中有一本十分罕见，
里面画满了奇怪的图形。

他拿出一本旧书，
书页泛着古老的泅黄。
那质地极其古怪竟有毛发，
摸上去还隐隐带着温度。
仙人说这书是人皮所制，
人皮的主人是大成就者。
他生前就已经开始文身，
将其参悟造化所得绘成了图形，
据说隐藏着法界的秘密，
可惜看起来却不知所云。

幻化郎一看头皮发麻，

一晕晕光波在书上显现。
那光波带着流动的七彩，
化作点点光团飘向虚空。
他突然嗅到了，
空气中弥漫着一种熟悉的气息，
游丝一样，忽远忽近。
他很想拿书仔细看看，
仙人却放了回去。
他确信这书跟自己有缘，
却也知不可向仙人索要。
这都是仙人的命根之宝，
又怎能开口让朋友为难。

仙人说这书是《玄牝神数》的钥匙，
它可以打开造化的秘密。
世上虽流行着神数的内容，
没有钥匙便只是废纸。
那神数密钥掌握在传承的掌门手中，
每代只传于一人。
依托这钥匙可以打开法界程序，
会看到造化运行的源代码，
可以窥破万物的秘密，
可以占卜人间的吉凶大势，
还可以盗取天机修改造化。
世间诸多的玄学与神数，
皆是这源代码的一种妙用。
那钥匙就在此书之中，
可助人成就增息怀诛的事业，

更可以破相后超凡入圣，
总之是玄之又玄的众妙之门。

仙人放下此书又炫耀其他，
那一本本皆是世上珍奇。
幻化郎心不在焉只是应付，
心中却打起了别的主意。

这时那密集郎突然闯了进来，
他轻车熟路进入密室。
他面无表情，不发一言，
拿起一本书就往外走，
造化仙人急了，连忙说：
"那书你现在不能读！"
密集郎听而不闻，
带起一股风就出了门。
老人只好追了出去。
原来密集郎是造化仙人的独子，
难怪密集郎有疯癫基因。
正所谓有其父必有其子，
这一老一小是两个活宝。

幻化郎见造化老人追出门，
便以迅雷不及掩耳之势，
取下了那本人皮秘笈，
揣进了自己的怀里。
为掩饰内心涌动的狂潮，
他若无其事地拿起另一本翻阅。

仙人夺回了密集郎拿走的古书，
骂骂咧咧回到密室。
他一边把书放回原处，
一边说有些书孩子不能乱读，
读乱了心就会前功尽弃。
尤其是智慧还没有稳固，
读邪书那邪风会吹熄灯炬。

仙人又选了一本图书，
和幻化郎一起走出密室。
屋外太阳正当空，
日轮上出现了七彩的光晕，
萦绕着一派祥瑞之气。
仙人若有所思地望一眼幻化郎，
他想说什么，却只是露出笑意。

幻化郎却看不到祥光，
他突然感觉阵阵晕眩。
心跳化作猛擂的战鼓，
怀中的人皮书如火般滚烫。
那书仿佛在抖动着跳舞，
像是不安又像是狂欢。
人皮上的毛发根根直立，
扎透了他单薄的内衣。

仙人觉出了一点异样，
用奇怪的眼神盯着幻化郎。

望一眼他前胸面露古怪神色，
又嘻嘻哈哈回到了内室。
幻化郎一骑尘土，直奔住处。
回到家中，他才回过神来。
想到刚才的所为，
他有些不敢面对自己，
一切都是无意识的，
没有思考，来不及犹豫，
他就拿了仙人珍藏的古书。
想起仙人对他的种种好，
他的脸直发烧，感觉自己好无耻！
他有些看不起自己。
可是，那一切，又是那么自然，
他仿佛拿回了自己的东西，
他根本没有偷的意识。
又觉得这件事情非同寻常，
其中定然有一种玄机。
他只觉得呼吸阵阵急促，
心脏也像要跳出胸膛。

他回到了自己的破屋，
急急慌慌关好门窗。
取出人皮之书仔细观看，
发现那书中充满奥秘。
虽然年代久远却质地柔软，
人皮上的毛孔竟还泛着光泽。
一根根汗毛粗黑发亮，
让人毛骨悚然又心生敬畏。

他将书捧在手中止不住颤抖，
心潮起伏中，泪水莫名汹涌……

那图画都是生前刺青，
一个个图案是一个个秘密，
有的陌生，有的熟悉，
还有一些看起来十分诡异。
幻化郎自幼父母双亡，
识字不多却有超强记忆。
有次去寺庙领取救济，
一个行者送他智慧秘笈，
这书中有些图案他非常熟悉，
更多的非常陌生分明天书。

而且那些图案大小不同，色彩不一，
看得出不是一次的文身，
有点像古老的百衲僧衣。
它的外相极不规整，
但内容却很全面清晰。
想来它经过了漫长的岁月，
有诸多的数字和图案，
还有诸多的咒语与符箓，
更有天干地支和诸种神煞，
代表了一种造化的秘密。
那颜色也是深浅各异，
虽然这刺文并不专业，
但图案倒也能看得清晰。
看看看摸摸摸好个陶醉，

醺醺然如饮那美妙的甘露。
他整个沉浸在了这本书中，
感觉书中的世界他如此熟悉，
如此陌生，又不可思议。

忽然他发现了一个图案，
像极了自己胸前的胎记。
他迅速解开了衣襟对照，
突然之间，它们同时发光，
并连接在一起，
在空中形成了一条漂亮的光道，
有点像老朋友再次相遇。

又一阵眩晕！
他感到自己入梦了。
他走进了一个辉煌而庄严的大厅，
有许多妙龄的少女，
她们个个美如天仙。
还有一些高大威猛的男子，
他们一看到他，
便怒目而视，暴跳如雷，
正欲轰赶他，
他的胸口发出了耀眼的白光，
只这一闪，就扭转了乾坤，
所有人都对他欢歌笑语。

他透过诸多的数字密码，
连接到一种奇怪的程序。

他看到一个巨大的荧幕，
上面有很多奇怪的数据。
有的陌生，有的熟悉，
那数据似乎蕴藏着无数的秘密。
在一连串的探索中，
他居然发现有一处错误，
他生起了校正的念头，
他只是随心一念，
那错误就应心而变了。

再细看还有熟悉的事物——
那山，那水，那风情，
竟然显出家乡的讯息：
说是某年某月某时刻，
将有场祸事会降临。
天上会掉下巨大的陨石，
压死十八个青壮汉子。

他看了一眼没有在意，
又带着好奇继续观察。
再往前看下去十分奇异，
细琢磨竟然有一点眉目，
原来他心念一动便可改动数据，
数据一变，剧情立刻也改变。
他成了造化程序的编程人。
此时，又一个新故事开始出现。
只见一个女子正在寻觅，
两拨人马鬼祟地尾随其后。

一见这女子他心念突动，
觉得她是如此熟悉，
他不认识她，却感觉曾见过她。
便将尾随之人引入歧途，
权当是一种美好的祝福。
忽然虚空中出现凌厉的眼睛，
那瞳孔像是巨大的漩涡。
一阵阵光波袭了过来，
骇人的气息铺天盖地。
幻化郎感觉头疼欲裂，
胸腔被一口浊气塞满，
身体也阵阵虚脱和瘫软。
眼前的世界陷入黑暗，
他眩晕着坠入了深渊……

不知过了多久，
也许漫长也许瞬间。
幻化郎睁开了眼睛，
发现已回到现实世界。
胸前的胎记上仍有光晕，
那光晕如同散去的雾气。
他忙把那人皮书小心藏好，
内心惊叹这宝物的神奇。

不几日幻化郎便听到噩耗：
陨石落进一个村子，
十八个壮年男子正在聚会，
顿时在陨石下化成了肉泥。

听消息幻化郎暗暗心惊,
那村子正是他的家乡啊,
有几位亡者他还认识。
他顿时想到了自己游历的幻境。
当时认为荒唐便没有在意。
没想到灾难竟然真实发生,
他懊恼不已，不由感叹,
那人皮书实在太不可思议。

当夜，他又取出人皮宝书,
把胎记和图案的光波融于一处。
毫无意外地,
他循着那神秘的数字符号,
又进入上次的奇异空间。

这空间的人对他视若无睹,
仿佛他就是这里的"土著"。
他找到那陨石之祸的数据,
见那条讯息已打上了红钩。
又见上次那女子仍在寻觅,
尾随的人马却已经迷路。
他惊叹自己的改动有效,
又痛惜陨石下丧生的男子。

于是再观察那诸多数据,
有几分明了几分蒙昧。
明了的多是身边的事情,

蒙昧的却不知所指何物。
便有意记几个讯息在心里，
出去后再与那现实世界对比。

瞧，那个村子将要走山，
刹那间村里人全部被埋；
另一个是某地方有母牛产犊，
这牛犊是一只麒麟应世；
还有个山头上发出祥光，
所在之处埋着大批宝藏。
幻化郎用心念改了一处，
让那走山时没人死亡。
其余两处不做改动，
他只想验证这数据的真假。

记下信息后他想要回返，
一起意即又堕入无记。
那胎记之光也渐渐变弱，
一切与上次的显现完全相同。

幻化郎立刻赶往走山的村子，
那村子处于群山环抱之中。
村里人乱砍滥伐，开山采石，
山上只有星星点点的树木，
就连草皮也很是稀少，
极像秃子头顶的毛发。
焦黄的土地上裂着大口，
已到了千山鸟飞绝的地步。

这一日忽然降起了暴雨，
大雨连成了天上的瀑布。
那阵候好可怕像末日降临，
幻化郎知道这不是好事。
村中有户人家正在娶亲，
全村人喜气洋洋去祝福。
忽然间来了个疯癫道人，
背起了新娘逃往别处。
全村人大怒一起追赶，
边狂吼边捡石四处乱掷。
那道人猫颠狗窜越跑越快，
村里人越追越怒倾巢而出。
这时候山体忽然滑坡，
顷刻间埋了整个村子。
那全村的建筑物瞬间不见，
只留下追赶者一脸惊惧。
要不是疯老道抢人媳妇，
村里人这时候早被活埋。
此刻那道人回过头来，
把新娘子归还了新郎，
又朝着幻化郎挥了挥手，
脸上露出古怪的笑意。
那笑容意味深长却十分顽皮，
其气韵跟造化仙人有几分神似。
幻化郎怀疑他是仙人伪装，
不由得望着那背影凝成了石头。

幻化郎若有所思往回赶路，

巨大的疑团在心中缠绕。
刚才被化解的灾难仿佛梦境，
那神秘空间更是梦中之梦。
寻思倘若自己不更改那结局，
那些村民是否就已丧生？
究竟是必然还是偶然巧合，
一切都找不到关联的证据。

想到这又记起另两件事，
他索性再去查看个究竟。
到一处见那母牛已经生产，
幼崽不像牛犊真像是麒麟。
幻化郎顿觉脊背冒汗，
心头涌起了阵阵寒意。
他想这境况实在神奇，
竟然真的能未卜先知。

另一个讯息也得到印证，
那放光之山十分偏僻。
掘了半天果然有宝，
黄金白银还有无数珠玉。
他取出几样揣到怀里，
又将那浮土重新掩埋。
日头爷瞪圆了大眼睛，
满天的知了齐声歌唱。
幻化郎却觉置身于幻境，
一阵阵眩晕，一阵阵发飘。

幻化郎推测那秘境所见，
有可能就是宇宙的核心。
那秘境定然有许多程序，
控制着红尘中万物万事。
那程序体现为一系列数字，
也有河图洛书与八卦。
只是目前他所知甚少，
有太多未知需要破译。
于是他每日里浸淫书中，
对着那奇怪图案参悟天机。
有时他也会观那女子，
虽不认识却莫名熟悉。
仿佛她和自己有相同气场，
即使素未谋面也胜似亲人。
见她有难便会出手相救，
屡屡能让她化险为夷——
只要他稍稍改一下程序，
就会让追踪者徒劳无功。

有时也会见到那双巨眼，
炯炯有神似鹰隼之目。
此眼一旦突然出现，
幻化郎便会元气大伤，
像是虚脱更像是梦遗，
全身酸软顿时没了力气。
连胎记也会改变颜色——
那赤红会渐渐变淡，
随后心力衰竭气血两虚，

静养半月方可恢复精力。

他渐渐发现了一个规律：
朔日望日他容易进入。
那便是人间的初一十五，
据说这两天的日月运行，
有着跟平时不一样的轨迹。

他也掌握了其中的尺度，
那窥视的时间不可太长，
那程序的改动不可随意。
后来他多是参悟那图案，
尽量不去干预其程序。
在那看似无序的乱码之中，
他终于窥出了有序的秘密。
原来那天干和地支的符号，
分别代表不同的能量，
记录着宇宙的时间运行，
以及不同时刻的能量占位。
它们看似芜乱却又井然，
与世间生灵有密切关系。
他渐渐读懂了所有符号，
也能洞悉造化的秘密。

后来他又从系统里调出八字档案，
发现人皮书的主人是自己的某次前世。
那一世他通过修炼盗得天机，
遂把法界的秘密文在身上。

胸口的胎记就是核心密钥，
一旦相遇就会开启造物之门。
然而那修炼者死于意外，
据说是因为天帝的追杀。
所以幻化郎开始未雨绸缪，
他苦苦思索着保命的方案。

又一个二十五日到了，
奶格玛照例进入澄明之境，
于无念中生起祈请之心，
读取幻化郎意识中的记忆。
她明白这便是盗取天机，
有点像黑客入侵了系统。

奶格玛仔细观察诸多因缘，
于明空之中前往未来。
这本是一种瑜伽的观修，
它是娑萨朗独有的方法。
在时间原点中可一念三千，
那心光能带她去任意时空——
当一种速度超过光速，
那时光之水就会倒流。
当时光之水加速顺流，
你就会提前走向未来。
诸多的预言家具备这功能，
因此能窥破未来的秘密。
奶格玛想学会编写造化程序，
重新谱写娑萨朗的命运之歌。

她的心念超过了光速，
她从时空的缝隙进入未来。
她的未来便是笔者的当下，
于是我见到了本书的主角。
她真是一个可爱的女子，
她问询我编程的秘密。
我告诉她编程极麻烦，
且与那造物系统未必相容，
法界程序有另一种编法，
一切都是心灵在创造。

奶格玛又问心灵如何创造，
我用电脑打几个比喻。
我说众生都有源代码，
源代码决定了命运轨迹，
因此他们都脱不了轮回。
这生命的密码藏于四柱八字，
体现着个体与法界的关系。
那关系是一种量子纠缠，
决定着个体与法界的和谐程度。
有为的宗教只是升级程序，
一次次更新一回回换代。
但无论如何提升，
也仍脱不了轮回，
因为那源代码就是轮回，
他们超不过命定的自己。
明心见性才能格式化源代码，

也就格式化了所有的程序。

悟后起修就是格式化后的重装系统，

让生命拥有了另一种程序。

天帝是源代码的编程者，

圣者是源代码的参与者，

众生是源代码的受用者，

觉者是源代码的清除者，

他们重装了智慧的代码。

奶格玛笑说如是如是，

你找到了修行的秘密。

第 21 曲　毒龙洲

奶格之星继续旋转，
奶格玛又回到了过去。
她看到一群人围在一起，
中间那年轻人正高谈阔论，
熟悉的声音迸射着熟悉的味道，
那是密集郎有增无减的偏激。
他曾因宣说自己发现的真理，
差点被祭司烧成焦炭，
如今他好了伤疤忘了疼，
又在那里大放厥词。

他的演说声情并茂，
极具煽动性和破坏力——
他说天帝已死于爱的中风，
一切价值要重新评估。
拯救这世界只能通过超越，
超越所有的现象和概念。
人活着不是目的只是一个过程，
人类需要超越和新生。

在人类眼中猿猴是滑稽动物，
既是笑柄更是痛苦的记忆。
对超越界而言人类也是一样，

那只是一段难堪的过去。
虽然人类超越了猿猴，
但仍有很多猿猴的习性。
便是人类中所谓的智者，
也只是动物再加上幽灵，
一堆量子加一堆念头，
这便是人类无奈的命运。
我们需要进一步超越，
成为一种全新的生命。
他会拥有伟大的灵魂，
他会成为暗夜的火炬。

密集郎的声音铿锵有力，
年轻的信徒开始欢呼。
那欢呼和掌声让他无比兴奋，
他的脸上泛出猪肝的红色。

"狂慧！""狂慧！"
奶格玛边听边忍不住跺脚。
他太浮躁了。
他需要在沉淀中升华，
饱满的麦穗总是低着头，
只有轻飘的芦花才招摇，
那大器从来不曾卖弄，
更不会因为狂热而飘然。

奶格玛转动奶格之星，
又调出胜乐郎的密钥，

发现他仍在寻觅中跋涉，
他的汗水浸湿了衣背，
他的鞋子早烂了，
走起路来，一扇一扇地，
像拍打地面的嘴巴。
他的脸，也不再白皙，
但那股男子汉的刚毅，
却更加浓郁。

华曼已被病魔侵蚀得面貌全非，
月貌花容已销于无形。
她的脸上布满了脓疮，
身上的皮肉也早已溃烂，
除了眼神中流露的那种高贵，
她已是彻底的麻风女子。
她又脏又丑，让人心生恐惧。
连她自己都不想多看一眼。
此刻，她正虔诚了心，
在荒漠之中礼拜观音。
希望大菩萨循声救苦，
让自己摆脱可恶的恶疾。

她分分拜，时时拜，争分夺秒；
她日里拜，夜里拜，只争朝夕。
她一拜一忏悔，一拜一呼唤，
她多么希望，
她的观音救星能听到她的呼唤，
带她脱离这恶疾的吞噬。然而，

她知道，她是有罪的。
她必须忏悔！
她只有忏悔！

奶格玛的眼中也溢出泪花，
母亲，您看看这个苦难的人间吧！
命运的沧桑与无奈，
让每个人都那么无力，
它是魔鬼，它是妖啊。
但人们还得去爱，
爱它的污垢与尘土，
爱它的痛苦与悲伤，
爱它的眼泪与绝望。
人们要爱得无怨无悔，
还要爱出圣洁，爱出幸福，
爱出喜悦，爱出美。
哦，母亲，原谅我！
我又哭了。
我答应过您不再流泪，
可我的心上有千千万万双眼，
他们的泪，我替他们流……

她忽然想到一个问题，
假如胜乐郎初次见到公主，
便是她现在的丑陋模样，
少年还会不会如此痴心？
这假设让奶格玛有些不安，
她也给不了明确的答案。

她知道胜乐郎的可爱
在于对爱的义无反顾，
但人类总是看重皮相的俊美。
母亲，您告诉我，
什么是爱情？
如果胜乐郎最初见到的公主
就是她现在的丑陋模样，
他还会不会为她舍身犯险？

奶格玛生出阵阵悲悯，
感叹命运的无常与沧桑。
这真是一个可怜的女子啊，
但某种意义上她也很幸福。
因为她拥有了胜乐郎，
愿为她舍生忘死付出真情。

母亲，我的不老女神，
您从小就教我修无相瑜伽，
我以为我早已心如止水。
可是为什么，到了地球，
我却如此容易流泪呢？
胜乐郎对华曼的舍生忘死，
华曼的命运遭遇，
幻化郎从小的颠沛流离，
随处可见的饥饿、抢夺、战争、杀戮……
他们都让我落泪让我疼痛。
还有，娑萨朗！

母亲，还有您！
哦，母亲，我又陷入情绪了。
唉，我真不该如此多愁善感！

奶格玛发出一阵阵唏嘘，
现在她还不能真正明白爱情。
无相瑜伽总是令她心如止水，
心中没有对异性的涟漪。
她只是从形式上知道爱情，
就像自己爱慈祥的母亲。
那种爱里也有思念和牵挂，
也可以为了对方舍生忘死。
她隐约感到男女之爱不仅如此，
却又触摸不到那奇妙的觉受，
因此希望自己也能品尝体验，
这杯渴望的美酒如何香醇。

再看胜乐郎，他已到达毒龙洲。
这里荒无人烟，阴风四起，
仿佛是幽冥世界，
盘根错节的树木遮天蔽日，
阴暗的密林里弥散着瘴气。
脚下的植被掩蔽了沼泽，
只要陷入淤泥便会窒息。
到处是猛兽到处是毒蛇，
倒是那罂粟花十分艳丽，
在毒雾之中姹紫嫣红，
绽放出邪恶的诱惑，

诡异的彼岸花像冤魂哭泣。
草丛中散落着人类的骸骨，
那黑洞洞的眼眶住满了蝎子。
眼镜蛇四下里游动吐着毒芯，
黑红相间的蜈蚣彼此缠绕，
密密麻麻织成死神的斗篷，
像水一样流动四溢，
覆盖了脚下的每一寸土地。
癞蛤蟆睁大了血红的肿泡眼，
一下下吞着空中的飞蚁，
它们的背上滚满了毒疮，
交杂出鲜红与碧绿的张扬。
一片片臭虫像涌动的潮水，
涨潮般扑向了行走的野兽。
那动物还没来得及惨叫，
就成为一具枯白的骨殖。
更可怖的是成群的蚂蟥，
挂在树上像一道道水帘，
又仿佛垂下一条条缆绳，
阴森森盯着走近的汉子。
它们蓄势待发将要跃起，
要扑向胜乐郎裸露的皮肤。

密林里时时飘浮了烟雾，
那雾是来自地狱的鬼火。
它裹挟了森林中所有的恶毒，
向眼前的少年宣示着恐怖。
它们一起狰狞着，狂叫着，媚笑着：

来呀，来呀，那鲜活的身躯。

我看到胜乐郎站在森林边上，
他的脸在抽动，腿在发抖，
他再也看不下去了，
没想到毒龙洲如此可怖。
以前他最怕毒虫蛇类，
看一眼都会心惊肉跳。
而此刻，在这么多的心惊里，
他却开始兴奋，
他感到自己在旋转，
天地在旋转，
万物在旋转，
一切都在旋转……

他终于瘫软如泥了。
他想逃离，可他动不了。
他想呼救，却发现僵了声带。
他感到一阵阵地眩晕，
那天地仿佛转动的陀螺。
身上完全失去了力气，
两腿也酸软成了稀泥。

他先是蹲下去，
然后坐下去，
最后趴下去。
他被恐惧勾走了魂魄，
那肉体也变成一堆破布。

他想逃离这人间地狱，
但是拎不动自己的身体。
他看到那些毒虫毒蛇，
像潮水一般裹住了自己。
他的身上缠满斑斓的毒蛇，
口鼻中全是毒虫在蠕动。
它们用尖锐的毒牙扎进肌肉，
向血管里注射着致命的毒液。
那黏稠的汁水变成幽灵，
狞笑着在体内横冲直撞。

它们贪婪地吮吸着，狂欢着，
它们甚至还吹起了号角。
它们呼朋引伴，趁火打劫，
肌肉、筋骨、五脏六腑，
一样都不放过。哦，
多么鲜美！还有
瓷瞪瞪的眼珠……
他的天，瞬息间就黑了。

"啊！"突然一声，石破天惊。
他终于发出了声。
胜乐郎忽然间号啕大哭，
那震天的哭声也惊醒了自己。
他发现刚才只是一幕幻觉，
现在自己还瘫在路边。
他下意识想转身而去，
用最快的速度逃离此地，

但一想华曼公主的命运，
胜乐郎心中便气力顿生——
"哦，华曼，我的女神！"

两张脸在眼前交替出现，
她忽而是美丽的，忽而是狰狞的，
她们变来变去，迷乱他的眼。
"公主！"他情不自禁叫出了口，
"为了你，我不能死！"
他仿佛看到了她的笑，
那是世界上最美的风景。
心中浮现出她美丽的眼睛，
眼睛里散发出阵阵暖意，
暖意中又涌出强悍的勇气。
那一刻，柔弱少年
成了天底下最坚强的人——
这便是爱情的伟大，
它能让病狗变成狮子。
他忽然觉得有了力量。
他发出金刚般的誓言，
他的声音虽微弱，
却落地有声——
"便是此行我粉身碎骨，
也要化作幽魂再为你寻觅！"

他变得无所畏惧，
他大步流星深入这幽冥之境。
世界立刻掀起骚乱，

所有的魔鬼仿佛被唤醒，
一个个蚂蟥发出怪声，
毒虫们的攻击也开始升级。
蚂蟥继续下行像一张张渔网，
伺机咬住他裸露的皮肤。
它们拼命拱动黑色的身体，
咂出一口口新鲜血液。
成片的臭虫也向他拥来，
那爬行的步履汇成狂欢的交响曲。
眼镜蛇们竖起了身子，
喷出一股股致命的毒液。
更有很多不知名的虫兽，
如飓风席卷而来共襄盛会。

刚开始时他还能勉力前行，
行一阵又见风云变色，
一股股旋风卷着血腥，
那蛇虫像铺天盖地的暴雨。
他顾得脚下顾不得手上，
他护住头部又露出后背。
身上满是蜇咬的剧痛，
还有那毒液产生的痉挛。
片刻之后他头晕眼花，
脚步也变得趔趔趄趄。
他走走走摸摸摸犹如夜行，
他跌跌撞撞像没头的苍蝇。

他知道死亡即将来临，

因为窒息的感觉越来越重。
临死前又想到华曼，
内心生起一种强烈的不舍。
这是要死了吗？
真的要死了吗？
他感觉越来越窒息——
"哦，华曼！我的好姑娘，
我此生挚爱的女子。
我没有背弃自己的诺言，
愿死后依旧守护着你。
我要化作一阵风，
清凉你心头的热恼；
我要化作一场雨，
滋润你灵魂的焦灼；
我要化作无边的大火，
为你烧去一切违缘；
我要变成无处不在的空气，
与你融为一体，永不分离。

"魔鬼，来吧！我再也不怕。
我把身体布施给你们，
功德回向给我的爱人。
愿她的恶疾早日痊愈，
重新绽放快乐的笑意。"

胜乐郎放弃了左支右绌，
任由那蛇虫啃噬身体。
他抛开对死亡的恐惧，

挺直了脊梁，大步前行。

风云忽然又变了颜色，
刮起阵阵血腥的旋风。
蛋大的冰雹从天而降，
伴随密集的电闪雷鸣。
瓢泼大雨汇成了洪水，
惊涛骇浪如万马奔腾。

胜乐郎挣扎着攀上了一棵大树，
骑上树枝后一阵阵心惊。
见立身之处已是一片汪洋，
呼啸的海浪在树下激荡。
那诸多蛇虫也无影无踪，
仅剩身上的蚂蟥仍在吸血。
那蚂蟥已变成一个个血袋，
黑色的身子涨得发红，
一拱一吸身子滚胖，
胖嘟嘟圆鼓鼓十分瘆人，
揪一根不料却中间揪断，
一半在手中一半却没入肉里，
于是他想起了父亲的教诲，
撒泡尿浇一身，蚂蟥自落。

暴雨依旧随飘风浇落，
怒涛依然在身边轰鸣。
那洪水像受惊的马群，
冲塌了山崖冲断了大树。

野兽成了浮萍，毒虫成了鱼虾。
那些野兽在洪水中沉浮，
发出一阵阵绝望的哀鸣。
暴雨成了瀑布，
洪水成了怒龙。
它们一起张开巨口，
疯狂吞噬眼前的天地。

他感觉疲惫极了，
他快支撑不住了。
就在危急的一刻，
他又想起了华曼——
亲爱的人，你可好？
请赐予我爱的力量吧。
他极度虚弱，他命悬一线了，
但他知道，他不能松手。
他仿佛又看到她了，
素衣白纱，给了他
一个最美的背影。
为了看到她，
他坚持着没有睡去……

不知过了多久，
胜乐郎感到晕眩与虚脱，
一声声霹雳炸碎他的灵魂。
眼前的世界剧烈晃动，
他拼命抱紧树枝防止跌落。
渐渐地身上已没了热量，

四肢渐渐麻木颤抖，
牙齿也开始不停地敲击，
他的意志越来越松动。
慢慢眼前又出现幻觉，
一会儿斑斓一会儿枯白，
那些色彩都带着电波，
在自己大脑里吱吱作响。
本有的意识越来越模糊，
只能靠意志力抱紧树枝。

这场暴风雨持续了三天，
终于迎来回归的暖阳。
那无边的饥饿和寒冷，
抽干了胜乐郎最后的命气。
在阳光普照的那一刻，
他成了软塌塌的淤泥，
吧嗒一声坠入草地。

随着胜乐郎的坠落，
奶格玛身子一阵阵发紧。
她知道这毒龙洲的恶名，
在法界也是惊天动地。
于是她立刻飞往那所在，
见胜乐郎已昏死在泥中。

她凝神于无念中观察，
净光里瞧见附近有个山洞。
那山洞之中有一位老人，

长发及胸正闭目冥想。
奶格玛取出手鼓摇了几下，
老人出了定微微叹息，
"女神你何必管这闲事？
我知道你想叫我去救那男人，
但你可知那男子来头甚大，
便是我不去救，
他也不会轻易死去。
你不见那五方揭谛正在赶来，
你不见那六丁六甲正在守护。
你更应该看到那五个智慧女神，
早就监控着这里的一切。
还有那百部护法和大黑天神，
其实都来自他无执的心灵。

"再说他哪有死呀，
他不过是地水火风的攒集。
你看那土大不是他，
那水大也不是他，
那火大也不是他，
那风大也不是他，
他那受想行识的五蕴，
其实也不是他。
他没有他哪有生，
没有生哪有死，
无生无死的他又怎会死去。
你这女神好不懂事，
何必搅我老修行人的美梦。

我正在那无边的清净中酣睡，
我虽然入睡却有无量光明。
我也知道你所有的心事，
还有那无数众生的念头，
还有那如许法界的秘密。
我只是一条明白的老狗，
我只想沉睡在自己的梦里，
抛开那些无聊的幻象，
在那清明中一梦千年。"

奶格玛一听便知道是大智者，
问一声请教仙人高姓大名。
老人一听便高声吟咏：
"你问个姓来我没有姓，
高高山上有一棵杏，
杏花儿开了五百年，
杏花儿一落就有了杏。
你问我名来我没有名，
低低的谷里有一株梅，
梅花一开五千年，
梅花一谢就有了梅。
我此刻仍在途中走，
没名没姓的一个人。
你要是想救那迷途汉，
拿了这手鼓摇几声，
摇醒了汉子指条路，
叫他来找我是礼行。
这世上只有徒拜师，

不曾见师父拜弟子。
想求上秘法救女人，
那女人合该有此难，
乌云散后才见光明，
此时让他们受点难，
给命运之火加一点温，
再在砧板上敲几下，
敲走了杂质才见真心。

"去去去来来来无来无去，
生生生灭灭灭无灭无生。
你听我的话马上前去，
把这些野草莓喂他口中。
让他醒转后马上回去，
把几句叮咛带给华曼：
麻风病本是心中嗔毒，
发于内达于外才烂了身心。
多忏悔多礼拜多多观修，
当明白这肉身就是一件破衣。
生生灭灭中认假为真，
生了那执着才出现分别。
于净垢颠倒后方有此病，
悟明了心性才明白无我。
她一大堆元素无异于众人，
也无异于鸟兽诸物和山川美景。
究其实所有的基本元素，
都不离根本的地水火风。
原本不生自然也就无灭，

更没有心头的诸多纷争。
当华曼明白了这个道理，
那麻风恶病便可无药而愈。"

奶格玛道声谢拿了草莓，
赶往胜乐郎昏倒的泥泞。
随着那清脆的手鼓之声，
胜乐郎缓缓睁开了眼睛。
他看到面前美丽的女子——
她多美啊！她美得，
让他如此熟悉。
他问奶格玛："我现在何处？
你可是智慧女神我在净境？"

奶格玛抿嘴而笑并不言语，
再喂他几颗甘甜的草莓。
胜乐郎环顾了四周与自己，
总算恢复了清醒的意识。

奶格玛说："我也来毒龙洲求法，
见到了一个智慧的老人。
他知道你此行的目的，
有几句话托我告知于你。"
她将老人的话语复述一通，
胜乐郎摇摇头却不肯返程。
"我一定要见那智慧的老人，
他应该就是大成就者狗大师。
那些话虽然道理高深，

但其实也写在佛经之中。
我要求到一个有相的胜法，
才好救华曼公主的肉身。
虽然究竟上肉体不离法界，
但它也是修道的重要器具。
没有它便无器难以成道，
有了它才有了智慧载体。
我定要见那老人一面，
求上妙法才不虚此行。"
奶格玛摇摇头长叹一声，
便带了他前往那圣地山洞。
突然扑出一群恶狗，
朝着胜乐郎凶狠地吠鸣。

奶格玛觉得好生奇怪，
方才咋不见这么多凶神。
那恶狗步步逼近声声威胁，
胜乐郎无忧无惧奋然前行。

奶格玛于是摇摇手鼓，
那诸多的恶狗便逃入洞中。
老人已含怒立在洞口，
"小顽固好生无礼。
我已将无上心性传授，
你何必再执着那有相的传承？"

胜乐郎伏地叩首了三次，
再向那老者表明心迹：

"我不顾生死来这毒龙洲，
为华曼公主不为自身。
方才那般若智慧家家都有，
无论显宗密宗和诸派诸门。
倒是那有相瑜伽鲜有人知，
那才是少见的入道门径。
我只想求一法能治龙病，
能给病人们带来福音。
无相智慧需要上等容器，
下根之人需要杯碗瓢盆。
望恩师大开慈悲莫嫌我愚痴，
赐一个胜法救身救心。
听说治麻风专有一妙法，
是把大鹏金翅鸟观为本尊。
那麻风本是龙病的一种，
这世间一物自有一物降伏，
金翅鸟王便是龙的克星，
治龙病便需这鸟王本尊，
请大德赐予我满我愿行。"

那智慧老人长叹一声：
"你不明白那本尊的秘能。
表面看诸本尊各有专能，
了义看都只是入道的门径。
虽然入道的道口有异，
但其实到究竟万法归一。
不过世人愚痴才分高下，
本质还是那颗分别之心。

我可以传你大鹏金翅鸟法要，
只是不明心性效果很有限。
诸法离不开本体的妙用，
执着小术便会偏离大道。"
说着他传以金翅鸟法，
将那窍诀逐一点明。
又对着奶格玛道一声万福，
说有大因缘要单独托付。
奶格玛随他进入洞之深处，
老人取出了一册旧书。
说这便是大幻化密钥，
你善自保存日后将有大用。
奶格玛翻开书细看难明奥义，
却知道这定然是世上珍奇。
老人再赐以大幻化灌顶，
在她心间种下殊胜的种子。
说："我是本法法主有此使命，
要将胜法传于有缘之人，
它现是一支点燃的蜡烛，
将来会成为照世的炬灯，
三十七代的传承之后，
成就者将多如天上的繁星。
那是一片无边的智慧之海。
海上，浪花一朵朵。
每一朵花都是一本书。
每一本书，都是一个世界。
每一个字流淌的，都是法界的秘密，
它承载着宇宙的全息，亘古而存。

田里已播下良种无数，
智慧化作了阳光和雨露，
那一种润物细无声息，
种子绽放出无穷生机。
日照万物似漫不经心，
处处蕴含着慈悲大力。
桃李不言而下自成蹊，
无形无相又事事妙用。
虽不曾有过有相的教化，
在有缘人的生命里，
却到处都有它的气息。
这是一种智慧的熏染，
只要创造一个健康的生态，
再时时除草时时驱虫，
种子就会自然地成长。
这是一个无为而治的范本，
圣人便是这样治理国家。"

忽然耳边传来一阵歌声，
它破空而来，直入心底。
那一句句歌词也是一滴滴心露，
既灌溉种子也滋养世界。
这是来自亘古的天籁，
语言素朴但力大千钧。
它天然古朴未经雕饰，
刹那间击穿了奶格玛的灵魂，
使她的心儿，也羽化成一个音符，
随了那旋律，一起跳跃……

她忽然间泪水涌上眼帘，
在歌曲里融化了自己。

奶格玛和胜乐郎谢过老人，
便动身离开这毒龙之洲。
此刻已是风和日丽，
明朗的天空无一丝云翳。
再看那毒虫出没之处，
却是百花齐放芳草萋萋。
原来这地方并无蛇虫猛兽，
也没有一点点恶雨恶风。
那毒虫都是五毒的幻化啊，
那狂风暴雨也源于无明。

奶格玛虽知道眼前是胜乐力士，
但时机不到不能点明。
好种子发芽需要时日，
切勿揠苗助长坏了根本。
便悄悄在其心中安下种子字，
以备随时随地都能相应。

见胜乐郎的凶难已过，
奶格玛便与他告别。
再去寻找其他的力士，
尽快完成那救赎的使命。

第 22 曲　入狱

胜乐郎求到了胜法好个高兴，
他哼着小曲健步如飞，
他恨不能成为天兵天将，
突然出现在公主面前，
引来她的尖叫和娇嗔，
再放出他的金翅鸟王，
吃掉她那条缠身的魔龙。

他的心里开满了花——
他要把英雄的故事讲给她听，
他要让她臣服——哦，不！
他要让尊贵的公主倾心于他，
倾心于他的智慧和英勇。
他甚至看到她崇拜的眼神了。
她感佩交集，说不出一句话来，
她只是望着他，
一泓清泉里，或者，还能滚出一滴泪……

想到此，他坏坏地笑了，
有种恶作剧一样的快意。
他还想精进修炼，早日成功，
早日治愈心上人的顽疾，然后，然后——
他就羞涩了。

让树上栖息的一只鸦，
从那份羞涩里，
轻易地盗走了一个秘密。

胜乐郎就这样胡思乱想着，
不知不觉已到泥婆罗城。
不料刚进城门，便传来一声呵斥，
他被士兵扭住，
还被套上枷锁扔进了大牢。

原来是老国王听信了谣言，
认定是胜乐郎拐走了华曼。
以前老用人常给公主送食物，
后来公主忽然下落不明。
送食水之人一次次找寻，
那公主却蒸发了行踪。
老父老母时时挂念，
多方打听都没有音信。
有人说是胜乐郎将她拐走，
在沙漠之中逼其成亲。
恰逢胜乐郎远行寻觅，
国王便信以为真，
龙颜震怒发令通缉。
虽患了麻风仍是金枝玉叶，
那皇室的公主怎容歹人玷污。

胜乐郎不去辩解安然入狱，
他知道，一切自有天意。

他不忧自己忧公主，
也不知她如今在何方。
而今只能把心先安住，
且把牢房当关房，
在狱中正好打坐观修，
等成就了妙法再汇报国王。
他按照狗大师的教授，
先将自己观成金翅鸟王，
再于心轮之中观一咒轮，
将咒子观在了咒轮之上。
有咒光沿顺时针一晕晕荡起，
持诵那心咒便能驱散麻风。
修几座便熟悉了老人教授，
于无执无舍中生起了净信。
那信心便是效果的基础，
那专注更是能量的聚焦。

这一日大哥入狱看望，
见到了三弟泪水直流。
说诱拐公主罪不可赦，
很可能受剐刑尸骨无存。

大哥讲了详细的过程：
一天，老用照旧去送饭，
二天，到了公主的住处，房空人不见，
左寻不着，右寻不到。
一个消息顿时炸开：
患麻风的公主失踪了！

举国上下，惊慌失措——
"全城寻找！"
"全民出动！"
"全国搜索！"
一个个王令像箭一样射出。
他们从沙漠搜到平原；
从东面的大海寻到西面的高山；
他们从这里出发，再从那里折回；
他们跑断了双腿，跑坏了膀筋；
他们跑得人疲马乏，身心交瘁。
太阳给他们一个希望，
月亮就会给他们一个失望——
一次又一次，一天又一天。
直到人群中沸腾起一句话：
胜乐郎拐走了公主，欲逼其成亲。

于是，天地震动，龙颜大怒——
生病的金枝仍是金枝，
患麻风的玉叶仍是玉叶，
尊贵的公主怎容歹人玷污！
国王遂下王令，捉拿歹徒。

事实上公主正在闭关，
坚决不要国王的恩情。
倒非因为和父母赌气，
而是看到那饭水便勾起怀思，
无法专心地修炼——

她看到一粒米，就会想起家；
她喝到一口水，就会生牵挂；
她想到慈亲恩，就会生悲情。
她的清净心在面对父王的关怀时，
总是不堪一击，溃不成军。
她想出离，她想闭关，
可所有的一切都在提醒她——
他们依然如此爱她。他们一厢情愿地
送她枷锁、网罩、密闭的瓶罐，
她感到无法承受的窒息。
他们为她做得越多，她越是歉疚。
她一次次下定决心拯救自己，
却一次次被他们以爱的名义拉回。
被两种力量撕扯着，她痛不欲生。
而这次，她终于下定了决心，
以决断的短痛换取永恒的安乐。
她宁愿渴死变成干尸，
也不喝父王的一滴甘霖。
她宁愿饿死叫野狗吞食，
也不要父王的一粒大米。

大哥二哥闻听了此事，
找到那公主为她护关。
每日里送一些食物和水，
却不叫其他人知道隐情。
如今公主仍在隔离闭关，
藏身于荒漠深处的一个地洞。
那地洞原是修炼者所挖，

公主起名为活死人墓。
她每日里只在墓洞中打坐，
井口吊下食水供其生存。
没想到三弟因此而入狱，
大哥才来探狱告知真情。

胜乐郎听说了事情原委，
也讲出自己的一番行程。
请大哥前去向国王禀告，
说公主已有痊愈的可能。
那麻风恶病已有了克星。
金翅鸟降伏过无数恶龙。

大哥听完后面露喜色，
马上去面见国王王后。
国王闻此消息连连嗟叹，
王后听说也发出悲声。
他们喜极之后反倒大哭，
说不该错怪这大恩之人。
赏过了大宴再赐赏金，
五百两黄金酬谢恩人。
承诺若是女儿脱此大难，
必再重赏恩人不吝黄金。

胜乐郎婉拒了黄金谢礼，
他心中有自己的打算。
只是此刻不便言明，
待公主痊愈方可提出。

他随同大哥进了沙漠，
去那活死人墓中面见公主。
沿着绳索进入那狭窄的井洞，
黑暗立刻吞没了身子。
双眼看不到任何事物，
口鼻也好似不能呼吸，
明明在人间却像入墓池，
这就是公主闭关的所在。

胜乐郎摸索着下到井底，
随即感觉到公主的气息。
那气息仿佛跳跃的火苗，
他不由得呼吸阵阵急促。
在这狭小密闭的空间里，
他和公主几乎鼻息相触。
身上便荡起一波波酥麻，
心跳变成擂动的战鼓。
魂牵梦萦的人儿，
日思夜想的身影，
这个让他心疼过无数次的高贵公主，
这个让他甘愿付出一切的姑娘，
此刻就在他的眼前。
回想起这一路的艰辛和相思，
艰辛磨人，相思更磨人，
还有太多太多的出乎意料……
他的眼睛湿润了。

他定了定心神，

努力平静了声音：
"尊贵的公主殿下，
我是发愿去毒龙洲的胜乐郎。
如今我已求到了金翅鸟法，
乞求公主来观修本尊。
这胜法真是世上神药，
治龙病确实灵验非凡。"

她听了，长久地沉默，
长久地伫立。
黑暗中，只有四目在闪光，
在碰撞。左眼是羞怯惊慌，
右眼是幸福波光。
她想道声万福，
可她的妙口吐不出锦绣；
她想说声感恩，
可她的声音传不出婉转。
她长久地滞留在他的注视里，
长久地沉默。此刻，
她庆幸这一切曾令她痛苦的存在——
黑暗、宿命与悲伤，
甚至包括体内潜藏的恶龙，
若没有这些，
她怎能拥有这至高无上的爱？

终于在黑暗中，
她轻轻地道声万福，
继而那哽咽之声，

不可遏制地跃出喉咙。
这少年竟真的去那凶煞之地，
为自己求来治病的妙法。
那些欢歌跳舞的青年，
恶病来袭，便立即作鸟兽散。
只有这默默无声的孩子，
甘愿舍出性命为她寻觅。
这份情义让她深深感动，
心中还有一丝异样的情愫。
她庆幸此地一片漆黑，
他没有看到她丑陋的样子。
那丑陋，
永远也不要印入他的眼帘，
他心中的她，
应该永远美丽，
没有任何瑕疵。

胜乐郎哪知公主的心思，
只安慰公主不必忧伤。
这胜法是狗大师亲传，
只要虔诚观修必定痊愈。
随后他传法于公主，
详细告知如何观修与吟诵。
他们在黑暗中相见，
又在黑暗中分离。

自此，他是她的仆人，
是她心甘情愿的奴。

他是她的守护神，
是她黑暗世界唯一的光明。
他为她每日送食送水，
为她祈福回向，他成了世界上
跑得最快、也最幸福的那个人。
他的眼中柔情似水，
他的胸中激情如火，
他不再是那个羞涩的少年了。
他是爱情女神的垂青对象，
他被命运之神慷慨眷顾。
他总是把自己的幸福唱给风听，
不怕风儿宣扬得很远；
他总把自己的快乐说给花儿听，
不怕花儿羞红了脸；
他总把自己的心愿透露给鸟儿，
不在意鸟儿叽叽喳喳满世界传遍。

他写下了一首首诗句，
再编成歌谣在心中吟诵。
每个恋爱中的情人，
心都像蝴蝶扇动的翅膀。
那涌动的诗意与温暖，
融化了身上的每个细胞。
爱于是成了一种氛围，
像空气一样包裹着自己。
想起她就感到她的温柔，
那气息也渗进自己的身体。
于是，她就是另一个你，

你就是另一个她。
也许你们远隔天涯，
但两颗心却近在咫尺。
爱她也就是爱着自己，
思念变成了心中的丽日。
没有求之不得的相思之苦，
只有暖融融的和谐甜蜜。

第八乐章

奶格玛做了一个漫长的梦，那梦里的世界，经历了成住坏空，一切皆渺然如轻烟。她获得了新的体悟，她要去寻找真正的永恒。世人皆说爱情永恒，奶格玛会找到永恒的爱情吗？

第 23 曲　智慧圣地

奶格玛离开毒龙洲继续寻觅，
却发现自己已力不从心，
能量像关不上阀门的水，
哗哗地飞快流泻。
心也莫名地把持不住，
杂念丛生如蓬蓬野草。
遇诸境还会时生迷乱，
或慌乱或担忧难以安住。
身体也感觉充满疲惫，
仿佛被抽空了元气。
无法保任专注和清明，
觉察之心也形同虚设。

她时而慌乱，时而担忧，
时而回忆过去，
时而又幻想未来。
心总像平静的湖面遇到大风，
荡起了连绵不断的涟漪；
也像牵不动缰绳的车夫，
反被那妄念之马东拉西扯。
杂念如同裹着冰粒的雨雪，
在脑中纷纷扬扬地飘落。

她时不时就陷入回忆，
娑萨朗的天，娑萨朗的水，
娑萨朗的清风明月，
曾经五彩的衣，
母亲的声音与微笑，
还有那只红眼小白兔……
她回忆着幸福，也咀嚼着惆怅，
她焦虑于当下，又幻想着未来，
她眼睁睁地看着自己
陷入情绪的泥塘里无力超拔。
她越来越不够从容，越来越患得患失。
她的灵魂常常出走，
在黑夜里游走，
又在黎明中叹息……
她还看到，她的奶格之星，
渐次暗淡，光芒弱如蚊萤了。
这境况实在出乎她的意料，
她总怕关键时把持不住。
这是非常危险的现象啊，
稍不注意就会迷失自己。

奶格玛记起母亲的叮嘱，
母亲说若是能量不足，
须到圣地静修蓄能。
那里是宇宙能量的出口。
只有在那里，
才有光道通往色究竟天，
安住于此，

便可净化腌透尘劳的身心。

奶格玛于是前往圣地，
她一路驰骋，直奔那圣地的所在。
它虽在红尘，隐于人间，
但它清凉如水的光明，
就是自己前行的启明星。

途中忽然遭遇黑衣之人，
向她发出了毒箭数根，
有两支呼啸而过。
容不得她思考，
嗖，嗖，又是两声。
奶格玛躲闪不及，
有一支插向胸口，
幸好那甘露瓶十分结实，
挡了那毒箭致命一击。
紧接着，又一支毒箭破空而来，
那箭头直指她的眉心。
惊骇之下她急忙扭头，
箭矢悬悬擦过她的头巾。

她看到前方一黑衣黑面人，
听得他"哼哼哼"冷笑三声，
那声音像来自地狱般阴森：
"黄毛丫头太不懂事，
再往前行必取你性命。
你不在娑萨朗安享清福，

偏要到人间受大苦行。
你何必多管闲事找寻那密码，
可知泄露天机会惹来祸星。"

说话间黑衣人忽然不见，
却仍有煞气环伺四面。
奶格玛静了心仔细观察，
觉出了危险早已随身。
尾随的光波有明有暗，
说明那能量有负有正，
正负能量都对她紧追不舍，
像迷雾笼罩着茫茫旅程。

她咬牙切齿。她义愤填膺。
她恨！对着虚空，她大叫——
"背后放冷箭，算什么好汉？
我虽是弱女子，但绝不是孬种！
我浑身都是硬骨头——我不怕！
你们，来吧！"

是的。她浑身都是硬骨头。
但她的硬骨头里全是爱。
是爱，一点点喂她长大、变强
——让她坚不可摧。
是爱，让她不惧刀山不畏火海；
是爱，让她黑白分明敢作敢为；
是爱，让她身处险境却毫不退缩；
是爱，让她直面恐吓而不示弱；

是爱，让她一往无前誓要拯救母亲家园；
是爱，让她动力充盈锲而不舍；
是爱，让她放下生死甘赴劫难；
是爱，让她穿越了亿万里没有路的路；
是爱，让她放下高贵的身段俯身大地。

奶格玛不会因那恐吓而放弃，
家园和母亲是她心中的伤痛。
这伤痛产生了无穷的动力啊，
便是刀山火海也必然前行。

话虽抛出，奶格玛心却忐忑，
她深知一路上必然凶险万分，
赶忙观起金刚护轮守护身心，
且收摄心神不敢散乱。
她知道一旦心生懈怠，
护轮上便有缝隙滋生，
邪恶之箭就会乘虚而入。

一路上仍是遍布凶险，
连梦中也会有毒箭飞临。
但是她困惑那一正一邪，
为何攻击她却合力同心？
她于光明中祈请寂天，
询问缘何惹了这灾星？

那缕白须发在风中舞动，
慢悠悠的声音随风传来——

"孩子，你还是太过天真。
世事往往是树欲静而风不止，
莫要以君子之腹度小人之心。
那正的力量来自天道，
那邪的力量来自魔军。
那正那邪都怕你势大，
因为你在突破禁忌寻找永恒。
若是你证得这无上智慧，
势必会利益无量众生。
他们不管你是正是邪，
无论邪正都并不上心。
他们只怕你影响力太大，
跟他们争夺群众，
那群众基础是统治命根。
都想叫群众拥护他自己，
都想叫信众像毒瘤滋生，
都想一家独大占领法界，
都想一统江湖唯我独尊，
都把那红尘当成自留地，
都想叫自己多一点供养，
都不想打破眼前的平衡，
都想扩大自己的领地，
都不想叫你分信仰的蛋糕，
都想把整个法界收入囊中。
这时节若是有第三方力量，
谁都会睁大那警惕的眼睛。
有点像红尘中的朝廷，
都不想叫番邦羽翼丰满，

也像一些专制的组织，
都想遏制其他势力的兴起。
那天帝与魔君本已难分难解，
在斗争中平衡又在平衡中斗争。
此刻若忽然诞生第三种势力，
任谁都会合力对付新敌手，
都不遗余力要置你于死地。
他们压制任何可能的威胁，
哪怕你没有丝毫的恶心。
他们才不管你的动机，
你的成长本身就是威胁，
必然会动摇他们的根本。
除非你毫无影响力没有追随者，
除非你平平庸庸浑噩一生，
要是你想成就想要发光，
定然会招来无休止的阻障。
这是向光者的附骨之疽，
它定然会与你形影相随。

"今后这冷箭要多加防范，
太阳越明亮那阴影越深。
我只管教你个护身的妙法，
你在四周观出防护火轮，
那层层火帐包着层层莲花，
那莲花代表无染的超越。
只要这火帐笼罩着自己，
那些宵小便无机可乘。
只是这护轮要时时警觉，

这次的偷袭便因你心乱而生。
若是专注不足就会有漏洞，
你当小心谨慎再多加警醒。"

奶格玛闻此言恍然大悟，
苦笑着摇头说："真是无聊。
我只是寻觅自家的力士，
没想到搔动这些人的神经。
便是你给我天帝的宝座，
我也不屑去坐上片刻。
便是你给我阿修罗王位，
我也不会对它垂青。
我的兴趣不在这儿，
我只想在寻觅中完成自己。
娑萨朗胜境尚且很难永恒，
我怎会在乎那些过眼的烟云。"

寂天笑着说如是如是，
又点拨另一种救赎途径。
他说："拯救娑萨朗有两个步骤，
你先要证得真理的永恒，
在有为中精进进入无为，
当你于无执中实现解脱，
你便与永恒达成了共振。
再去寻找五个力士度化他们，
合身口意功德事业成就不朽。

"它是另一种真理的救赎，

它也曾流传于北俱芦洲。
它是一种智慧的净光，
承载了人类向往的永恒。
只要你找到这个真理，
就会将娑萨朗铸就为永恒。

"去吧去吧我的孩子，
你试着去寻找别一种光明。
当你有了寻觅之心，
便已经踏上了寻觅之路。"
说完寂天老人又归于虚空，
只留下奶格玛深深沉思。
老人的话音还在耳边——
由于心乱引来祸患，
一切都是自心的显现。
她想着寂天仙翁的提醒，
那永恒净光在脑中回荡。
恍恍惚惚如云中的月亮，
虽然朦胧但散发着清光。
只是她不知下一步如何寻觅，
还是决定先前往圣地休整。
这圣地是个暗能量场，
蕴藏法界无尽的秘密。
它能示现微弱的光道，
连接心中的二十四脉。
沿心光便能到达那圣地，
圣地又能通向法界诸境。

但圣地的模样很是普通，
像寻常的山坡或者洼地。
没人知道那里的秘密，
因为进入圣地需要密钥。
这密钥便是修行的境界，
安住那境界才会有相应。
相应时才有洞开的大门，
才看到迎接的智慧女神。

这些女神有的已超越红尘，
有的还只是世间的夜叉。
奶格玛遭遇的正是夜叉，
她们发出虎啸般的吼声。
奶格玛安住于澄明之境，
于专注中显现出某种大力。

夜叉看到奶格玛的安住，
马上生起了恭敬之心。
她们打开圣地之门，
微笑着迎请奶格玛进入。
圣地状若彩虹若有若无，
往来的人们皆是成就者，
更有许多依止的神祇，
还有诸夜叉示现女身。

奶格玛洗净尘劳安住无想，
慢慢地进入了自己的境界。
仿佛回到了离别多年的家乡，

又像是游子见到了慈母。
那种无相瑜伽惬意无比，
放松之中别有一番天地。
不几日便觉得能量大增，
心也如雨水洗过的天空。

她问圣地中的修行者：
"你们可知道永恒的秘密？"
行者们有的摇头有的摆手，
有的低眉垂目有的微笑不语。
那世界仿佛无声的电影，
谁都在自己的境界里安住。
奶格玛嫌这圣地有些无聊，
行者们都只顾自我陶醉。
她长叹一声又回到莲座，
继续修持母亲传下的瑜伽。

第 24 曲　奶格玛的长梦

这天奶格玛在圣地做了个长梦，
梦到娑萨朗腾起了尘埃，
那尘埃浩浩荡荡，气吞山河，
只在刹那，便铺天盖地而来。
它落到河面，河水没了；
它落到山上，青山没了；
它落到屋顶，屋子消失了。
它宛如一块充满魔力的幕布，
把一切都给遮蔽了。

奶格玛顾不上女神的矜持，
她恸哭不已。
她多么希望，
山依旧，水依旧。
她希望，
天地依旧，日月依旧。

梦中也希望娑萨朗永恒，
梦中也修一种无相瑜伽，
也来自北俱芦洲的无想天中。
梦中也勤修长寿瑜伽，
梦中也植入长寿基因，
梦中也已经远离了衰老，

死亡多停留在传说之中。

梦中的天人没有粗重肉身，
他们都是智慧的光身。
那模样很像彩虹，
望之有形触之无物。
他们的居所仿佛发光的星星，
远看像一片美丽的流萤。
梦中虽也有死去的人们，
但大多不是因为衰老，
只因觉得无聊而结束生命——
他们可以启动那自毁程序，
心念可控制生命之能。

在无始无终的时间里，
在年复一年的重复里，
除了修那种无相瑜伽，
也没别的有趣的事情。
便是真有有趣的事，
一天天一月月永无止境，
重复了一生只等于一日，
一切都变得了无生趣，
一切都乏善可陈，
曾经期盼的长寿，
成了无期徒刑。
生命的茶茗，一次次冲泡，
终至寡淡无味如白开水。
人们有了新的痛苦，

他们禁不住追问——
这样地活有什么意义？

第一个千年里生起疑问，
第二个千年里疑问变成疑云，
第三个千年里产生了失落，
于是有人出走。
他们走访，寻问，
他们想探究活着的意义。
鞋底磨破了一双又一双，
峻岭翻过了一座又一座，
高僧拜访了一位又一位，
结果越是寻觅越找不到意义。
他们不知如何才能改变，
他们看不到升华的希望，
痛苦渐渐在心里生了根。
好些人懒得再修无想定，
他们即使有长寿基因的支撑，
衰老也在乘机见缝插针。
那些不修长寿瑜伽的天人，
于是就被衰老捏住了命根。

他们可以看到未来，
知道天福享尽之后，
他们会堕入何种境遇。
那境遇总是让他们恐慌，
恐慌就像一条斑斓的毒蛇，
时时在心中吐着芯子。

活着的痛苦和死去的恐惧，
一半是火焰，一半是寒冰。
灵魂被这两极苦苦折磨，
承受不住的人便选择自毙。

看到天人的诸种境遇，
梦中的奶格玛也开始摇摆，
如果修那长寿瑜伽，
苍白的人生了无边际；
如果不修长寿瑜伽，
死后必受堕落的苦痛。
两条路都是惨烈酷刑，
她看不到可能的救赎。
心儿就在天平的两端，
上上下下，摇摆不定。

因为常修无相瑜伽，
梦中的天人也非常懒惰。
在无想中享受天福，
在慵懒里安住寂静。
在时光的嘀嗒声中，
有漏的天福渐渐耗尽，
末日的危局就此来临。

从此，娑萨朗灾难频生，
诸多的异象也层出不穷。
那蔽日的雾霾是风大的失调，
那喷涌的火山是地大的紊乱。

一切皆源于混吃等死的人心，
心的堕落才是劫难的母亲。

梦中的不老女神也派出使者，
前往人间寻找救赎之方。
要知道那红尘虽是污浊恶世，
但也贮藏着莲花的种子。

使者到达地球有三种方式：
一种是通过他们临时的通道，
地球人称之为彩虹。
他们会调动所有的能量，
在空中旋个不停，
直到旋出一座彩虹之桥，
他们就会乘上彩虹的翅膀，
在空中滑翔飞行。

另一种使者功力稍弱，
只能乘坐他们独有的飞行物，
地球人称之为飞碟，
它其实只是一种光影。

梦中的奶格玛是上根之人，
她用的是第三种方式。
她因勤修瑜伽已成就虹身，
其形态和彩虹相若。
这身体的动力是她的意念，
去十方三界只需一闪念，

宇宙时空都可以无拘无束。
只是这虹身依托于无想定，
为保证虹身能量充足，
她必须做一个无心之人，
她不思过去，不念将来，
不能有太多的妄念干扰。
若是心中生起了妄念，
会影响摄取宇宙的灵能。
所以她要时时清理心灵，
方可保持那玄妙虹身。
故而无想定行者非常单纯，
没有地球人的复杂机心。
他们都有灿烂的微笑，
以及善良纯净的心灵。

梦中的奶格玛也经历过大劫，
一大劫包括了四个中劫：
成立和存续，
坏灭与空无。
体现事物发展变化的规律。
成劫是情器世界的形成，
细分来计为二十小劫。
一小劫一千六百七十九万八千年，
这数字想来好个可怕，
也不过是法界大海的一朵浪花。
它们无休无止地循环，
演绎着宇宙万物的规律。

依托众生善行的反作用力，
梦中的空劫吹起善业的微风，
于是出现了风水金三轮，
山海等器世界于是形成。
有情众生原在空居天，
后来从天人渐次下堕，
因仇恨化现为好斗的阿修罗，
因愚痴之业化现为畜生，
因大贪之执着成为饿鬼，
更因诸恶业力造出地狱。

梦中的奶格玛也经历了住劫，
那真是一段漫长的人生，
住劫情器世界平稳持续，
靠惯性延续了二十小劫。
人寿由无量数减至十岁，
是为住劫中的第一中劫。
人寿再由十岁每经百年增加一岁，
寿命渐增到八万岁。
从八万岁起每百年减少一岁，
最后复归于人寿十岁。
这便是第二中劫的情形。
第三小劫至第十九小劫，
仍同样各增减一次。
至最后的第二十小劫，
人类的寿命才有增无减，
返回到八万岁成一轮回。

人寿的减少称为减劫，
人寿的增加称为增劫。
各减劫终结到人寿十岁时，
便会出现刀兵灾难。
减劫时才会出现诸佛，
人寿由八万四千岁降至百岁之间。
人类因有痛苦相伴，
于是便有了修道的契机。
增劫时有情之乐还在增盛，
乐不思蜀无人修道。
人寿由百岁开始减时，
因五浊增盛极难教化，
诸佛菩萨也不会出世。

梦中的坏劫终于来临，
梦中的奶格玛也暗暗担心，
坏劫是住劫后世界的坏灭，
计有二十小劫的时光。
前十九小劫有情世界开始坏灭，
最后一小劫的器世界坏灭。
住劫终了时人寿八万四千岁，
人们多修十善业道，
有情众生依托业力，
升华者可去往其他世界。

地狱中有情首先命终，
其神识不复再入地狱，
地狱众生于是有减无增，

待到空空如也地狱先坏。
其次坏畜生道动物消亡，
再次是饿鬼道也归坏灭，
最后坏人道和欲界诸天，
情世界至此相继坏空。
梦中的器世界出现了三灾：
初禅天以下坏灭于火灾，
那遍天大火犹如飓风，
熔化了山川熔化了群星，
那诸多的星系都在爆炸，
末世的劫火里无处逃生，
那劫火焚烧至光音天，
无昼夜亦无日月星辰。
火舌舔过宇宙的每个角落，
梦中的奶格玛也被大火灼烧，
那美丽的虹身瞬间化为灰烬。
她先是感到扑面而来的炽热，
然后自己也化为一缕火苗。
从此没了身体也没了执着，
只剩下细微的意识飘飘荡荡。

二禅天以下坏灭于水灾，
那遍天的大水波涛滚滚，
大水冲走劫火后的废墟，
一切都被冲刷得无影无踪。
梦中的奶格玛犹如泡沫，
一路颠簸一路惊心。

三禅天以下坏灭于风灾，
大风吹尽了无边的尘埃，
那罡风如利刃无物可躲，
白茫茫的法界好个干净。
梦中的奶格玛犹如柳絮，
在罡风中经历着死死生生。
那空劫无诸物却有活性，
器世界已经全部坏灭，
约有二十小劫的漫长时空，
直到成劫微风吹起。
在那连接成劫的小劫，
有情众生依托其业力，
有的上生于色界二禅天，
三禅天四禅天随缘上生，
升华者可往其他世界，
顶诸天以下的情器世界，
则是一片奇异的虚空，
空空之中却有不空。
没有诸物，却有活性，
那活性孕育着无数的可能。
只待成劫的微风吹起，
便又是一次新的轮回。
奶格玛不知道自己起于何时，起自何处，
只知自己已经历了无数个成住坏空。
这四中劫构成了一大劫，
四中劫各由二十小劫所构成，
八十小劫汇成一个大劫，
娑萨朗亦难逃如此轮回。

一切的一切，多像是梦啊，
可母亲说，本就是梦。
奶格玛于梦中经历了劫难，
像是在漫漫长夜里漫游。
看上去都是时间的游戏，
难道不可能取决于人心？
莫非难改变如是的命运？
人力难回那既定的天命？
如此说便是找回五个力士，
也躲不过无常的宿命？

多么漫长的一个梦啊，
那是亘古以来就开始的梦。
可那是谁的梦？
她终于发现，世界只是时间的玩偶。
那巨大的车轮碾碎了一切，
既定的天道反衬出生命的渺小。
娑萨朗也像大海的一朵浪花，
冒出一瞬旋即消逝无影。
这一发现令她心灰意冷，
身体也仿佛坠入了虚空。

娑萨朗显然已到了坏劫，
火水风三灾开始肆虐。
火山捅破了大地成窟窿，
烟尘笼罩着整个天空。
还有那洪水连着飓风，

吞没万物卷走了家园。

许多人想到坏灭的传说，
从此恐惧便如影随形。
虽然有人也证得了虹身，
那虹身须依托于娑萨朗才能永恒。
这有点像希腊神话中的安泰，
只有双脚稳踏大地母亲，
才能得到无穷的生命之能。
可皮之不存毛将焉附？
要是那娑萨朗一旦毁灭，
虹身便失去了能量的来源，
那光明和色泽会渐渐变淡，
终将在火灾中变成一缕青烟。
要是再遭遇最后的风灾，
就会被岁月的飓风吹得不知所终。

奶格玛觉得不应该心惊，
犹记得在很小的时候，
母亲就告诉过她这个情形。
母亲的声音充满了期待：
"孩子，你要想永恒，
就必须找到另一种永恒。"
"那是什么样的东西呀？"
"永恒的光明。"
母亲说它存在于人类的心中，
因为人类有痛苦的逼仄，
所以他们才会想要出离。

没有出离就没有寻觅，
没有寻觅就没有永恒。
娑萨朗曾派过无数使者下凡，
那无数人尽是有去无回，
一次又一次迷失于红尘，
都像那五个力士，
如断线的风筝般消失于无边的时空。

从此，奶格玛就往返于天上人间，
她开始自己去寻找。
梦中的奶格玛也开始了寻找，
她的心时时牵挂那永恒，
她就像那啼血的杜鹃，
一口口血里呼唤永恒。

就是在那种呼唤声中，
她一次次逃离了娑萨朗，
去一次次地寻觅，
正是在那一次次的寻觅里，
她耗去了无量的生命之能。
她只好暂时放弃寻觅，
返回娑萨朗补充命能。
梦中她成了填海的精卫鸟，
一次次往返于人间和胜境。
她发出一声声啼血的呼唤——
你在何方，永恒的光明？

梦中的母亲也讲那个美丽传说，

她说要想找到那永恒的真理，
必须要历练红尘。
说是只要放弃虹身，
以人类的方式入胎出生，
就可以从容地生活在地球上，
从容地进行命运的找寻。
只是那隔胎之迷非常可怕，
连诸多大菩萨也迷了本性。
即使那八地菩萨肉蛋出生，
也要在出胎之后重新修证。

往事和梦境一样遥远，
现在看来，都如梦如幻。
奶格玛不敢追忆太多，
只恐心一乱又会招来灾祸。
于是她继续走啊，走啊，
穿梭在白昼与黑夜之中。
她像是一缕游荡的幽魂，
在成住坏空的大海里浮沉。
那时间和空间都太长太大，
娑萨朗不过是海上浪花，
刹那泛起，刹那寂灭。
还等不及人看清，
就消失于无边无际的虚空。
无数的世界就这样闪动着，
依着那因缘或聚合或散灭。
那法界的大海也波光粼粼，
奶格玛感到沧桑又感到悲悯。

人世间的所有苦乐荣辱，
以及那一茬茬的生命，
所有自认为天大的事情，
此刻，都不过是一粒芥尘。
看到那些尚在红尘中的迷者，
在自我的牢笼中承受着苦难，
她情不自禁地流下了泪，
一滴，两滴，终于汪洋成海。
在一片冰凉中，她终于醒了。
她才知道，
一切如梦！
一切是梦！
一切唯梦！

这真是一个漫长的大梦，
这真是一个奇怪的梦境。
真中有幻，幻中有真。
成住坏空中历练人生。

她望着天空呆呆出神，
仿佛还沉浸在漫长的梦境。
瞳孔缓了片刻才开始聚焦。
再看当下的时间，
竟然只过了半个时辰。
半个时辰里，她经历了一个大劫，
走完了宇宙的成住坏空。
这梦有真有幻有死有生，
也许有未来的预示，

也许有过去的宿命。
还有那神秘的启迪，
以及她无尽的思索。

第 25 曲　爱情

奶格玛从那漫长的大梦中醒来，
心头一片恍惚。
那梦境承载了纷繁的信息，
仿佛头顶那浩瀚的星空。
她好像明白了什么，
又好像一无所获。
条条线索织成混沌的大网，
让她找不到突围的缺口，
她就像在泥土中寻觅一颗沙粒，
反复地筛啊，筛啊，
却不知它到底在哪里。

这种分析变成巨大的妄念，
一层又一层覆盖了她的清明。
她用力地摇了摇头，
想把这些垃圾甩出脑海。

她真的做到了，
内心从思索的桎梏里飞出，
瞬间融入无边的虚空。
虚空里闪起一个光点，
仿佛湖面倒映着月影。

她用心去触摸那个光点，
近了，近了。
忽然那光点绽放无量光明，
照彻了天地。

她想到了寂天的授记，
开始向往那永恒的净光。
这本是一个古老的传说，
传说净光代表着永恒。
北俱芦洲有好多星球，
虽然那信仰各有不同，
但都向往这永恒的净光。
据说那净光是一个通道，
能通向永恒的法界本源，
只要跟它达成了相应，
便可能超越轮回而永生。
这是个美丽的传说，
正是在母亲一遍遍的讲述中，
它在奶格玛心中长成了图腾。

从这个传说诞生之日起，
就有无数光芒四射的人，
离开了那座天空之城，
他们俯冲，滑翔，一路高歌，
或乘坐光与影的器皿奔向地球。

临行之前，他们中的第一个人，
在胸中种下了十万亩竹林；

第二个人，手中紧握一张必胜的券状；
第三个人，从一数到九，又从九数到了一。
他们信誓旦旦，言之凿凿，
但最终，全都泥牛入海，
捞不回一点踪影。

也仍然有不甘心的人前去寻觅，
结果都是徒劳无功。
那光明的成就者，
谁也没见过。
在漫长的时间里，
北俱芦洲从没出现过光明的使者，
只见憔悴失望落魄沧桑的星际旅人。
于是，传说变成了谎言，
相信的人越来越少，
寻觅的人也已绝迹。
那或许只是祖先开的玩笑。
真实的传说成了梦中的呓语，
伟大的向往成了枕边的神话。
没有人会为了一片虚拟的光明，
再来一场真实的说走就走。
就这样，无数安分的心灵，一点点
咽下了不安分的梦想。

奶格玛却坚信梦想能成真，
她内心发出智慧的呐喊。
这是抛却一切思维的本能，
这是深藏于灵魂深处的火山，

这是她的骨髓和血液。
它开始拱出了一股大力，
它被压制了很多年，
此刻终于在危机和向往中苏醒，
并萌发出大力。
它时刻想冲破这年久失修的尘网，
让灵魂炸出无边的能量。

她在圣地静修多日，
洗去了尘劳补充了智能，
觉得已能在红尘中安住，
不会迷失自己的本性，
于是她决定回到那娑婆之中，
除了寻找那迷失的力士，
她也想寻找永恒。
都说那永恒是一种净光，
都说那永恒是一种境界，
都说那永恒跟每个人有缘，
都说那永恒也平常无奇，
只有踏破寻觅的铁鞋，
才不会有徒劳的用功。
她很向往。

从此，她开始了在人间的万里长征。
她沐浴着二月的风，
踩过四月雨点的脚印，
她阔步在秋天空无人烟的平原，
她蹒跚在寒冬的寂静雪夜，

月亮借过她翅膀，星星陪着她行走，
此刻，她又在天光微亮的晨曦中出发了。

她奔向一个个人们认为的智者——
都说他们高深莫测，不可捉摸，
他们有着天大的名声和无数的崇拜者，
她便怀揣着虔诚的心，
一次次献上她的问候，
一次次生起希望，却又一次次
被他们似是而非的敷衍灼伤——

她向每一个智者问询，
"你有永恒的净光吗？"
那些智者一脸懵懂：
"啥是永恒的净光？"
奶格玛说那就是永恒呀！
但叫奶格玛哭笑不得的是，
许多人都不知道什么是永恒，
他们只会学舌一些高深的术语。
然后便要求支付高额的供养。
这一个个小丑，一个个影帝，
让奶格玛觉得很是滑稽，
同时也哀叹可怜的众生。
她只是怀揣希望，
然后被这些似是而非的言论灼伤，
许多众生却被他们误了一生。

寻觅的路上没有风景，没有旅伴，

只有无边的艰辛、孤独，
只有风雨和眼泪，
只有她自己的疼。
她一次次希望，
又一次次失望，
但那寻觅的动力却始终汹涌，
她想要找到永恒的净光，
甚至超越了救赎的使命。
一天，奶格玛遇到一个男子，
二天，他气质超脱，风流倜傥。
他歌喉嘹亮，眼眸传情。
引无数娇娥竞折腰。
无数的女子都爱着他，
她们像前仆后继的扑火飞蛾，
可以为他不顾一切。
为了能见他一面，
好些女子卖了肾。
这帅哥也十分多情，
对那些姑娘来者不拒。
仿佛不知疲倦的公马，
把自己的爱意肆意挥洒。

他听说了奶格玛的寻觅，
更见到了她的美貌——
她的眼睛清透而纯净，
她的鼻子小巧又精致。
她的嘴唇勾出柔美的线条，
她的耳朵细腻如温润的白玉。

她还有两只浅浅的酒窝，
微微笑起的时候便会盛满甘露，
让人情不自禁地迷醉其中。
那是他从未见过的容貌，
也是他从未感知过的气息。
仿佛圣洁的仙子，
浑身透出至纯至美的风情。

看着眼前的仙子，
他双目呆滞，久不能言，
他心醉神迷，忘了自己。
跟这清丽脱俗的仙子相比，
之前那堆美人都成了俗物，
她们散发出庸俗的势利，
暴露出肮脏和淫荡的灵魂。
他甚至恶心从前的自己了，
仿佛吞吃了一盘盘苍蝇。
眼前才是那绝世的珍馐，
令他如遭雷击摇荡心旌。

多么温柔的注视啊，
他微笑地望她。
他调用了所有的脑细胞
搜索她想要的答案。

帅哥正了正迷离的神色，
他不想吓跑眼前的猎物。
他试探着放出第一个套子，

他说："噢呀，永恒就是爱情。
你不见书上总是重复着，
爱情是人类永恒的主题？
只要有人类的存在，
那爱情就会随之永存。
所以你要寻觅的永恒，
定然是这世上的真爱。"

"爱情！""爱情！"她喃喃道。
她不懂爱情。不知道
它是圆的还是方的；不知道
它是酸的还是甜的；不知道
它是彩色的还是素白的。
她完全不知道它，
但她直观地喜欢这两个字。

无想的王国里没有爱情，
他们只有无想。
可为了这个永恒，
他们却不得不一想再想。
他们上上下下地想，
他们绞尽脑汁地想，
他们废寝忘食地想！
哎！她不能不想啊。
她告诉他——
"那是一种智慧的净光，
承载着人类向往的永恒。"
看着她傻乎乎的样子，

他笑道："一样呀一样呀，
不同的语言叫法也不同。
中国有好些地方方言，
同一个物种有不同的名称，
更别说还有千百个国家，
每一个国家语言都不同。
但爱情的含义大家都知道，
这是人类通用的感情，
只要有人类便有爱情，
只要有爱情便有永恒。
有一句话注解得很是精辟：
'天长地久有时尽，
此恨绵绵无绝期。'
这恨其实是另一种爱，
它甚至比天地更为长久。
自打有了人类，
爱情之光便恒常照耀，
一代一代的人死了，
那爱情却永远年轻。"

奶格玛对爱情还是陌生，
虽然她知道胜乐郎对华曼的爱，
但她体会不到那种温度，
就像是别人穿着的厚衣，
温暖不到自己。
她觉得自己和母亲之间，
也同样深爱着彼此。
可是这种爱又有些不同，

她也无法分清其中的差异。

奶格玛问："爱情是什么？"
帅哥诧异："你不知道爱情？"
奶格玛不好意思地摇摇头。
帅哥问："你还没有初恋？"
奶格玛问："什么是初恋？"
帅哥说第一次和人恋爱。
奶格玛又问："什么是恋爱？"
帅哥说就是爱到生死不分。

奶格玛虽不懂他说的内涵，
但还是明白了生死不分，
娑萨朗也面临死亡的威胁，
她于是装作恍然大悟。
帅哥说："要不我们相爱吧？
你便知道了什么是相爱。"
奶格玛问道："你爱我吗？"
帅哥说："你长得这么美，
我一见就早已倾心。"
奶格玛点点头说声好的。
帅哥就提出要和她上床，
奶格玛不懂什么是上床。
因为在娑萨朗用不着上床，
天人的智慧进化得极高，
早已没有了粗重的肉身，
他们只需要对视一眼，
就能完成生命的交流。

帅哥决定赤膊上阵，
他放出最魅惑的眼神，
他的心也开始狂跳，
他感到细胞在燃烧。
他调好了最深情的音调，
但还是因为兴奋而颤抖。
他成了蓄势待发的爱欲之马，
只等主人一声令下。
他温柔地凝视着女神，
放射自信的魅力强电。

奶格玛觉出了他的奇怪，
莫非他已启动了爱情？
瑜伽中总是提到相应，
这相应与相爱或许是一种。
她又问帅哥："你爱我吗？"
她准备接受爱情的灌顶。
帅哥已无法抑制内心的狂喜，
他几乎歇斯底里地喊出答案：
"我爱你！我的美神！
你的美仿佛天上的仙子，
我一见你便早已倾心！"

奶格玛点点头说："好的，
那我也爱你。
请让我明白爱情的味道，
请告诉我，它是一种怎样的永恒？"

帅哥已经跌入了晕眩，
眼前的惊喜超出想象。
强烈的冲击让美男晕眩。
他有点相信天帝了，
她一定是天帝送来的礼物，
也是生命中最丰厚的犒赏。
他体内燃起熊熊的火焰，
他眼睛射出闪亮的精光。
他说："我们做爱吧，
一起登上那极乐的天堂。"

奶格玛再问："何为做爱？"
这真是一个陌生的词语。
帅哥费了很大的力气，
让奶格玛明白做爱的意思，
并且压抑着体内突突的岩浆。
他几乎用尽了一生的耐心，
只为这唾手可得的美人。

奶格玛于是大为惶恐，
露出惊惧的眼神连连摇手。
她并不反感做爱的形式，
因为心中没有任何概念，
然而她本是彩虹之身，
触之无物望之有形，
对方只要一摸她的手，
就会发现她不是地球人。

没有那肉身的载体，
便无法完成这神圣的仪式。

帅哥再也按捺不住升腾的欲火，
他撕去所有的伪装。
他直接扑向奶格玛，
吓得她立即退后连连躲藏。
他以为这是女子的矜持，
好激起他更大的渴望，
便聚起更猛的势能，
又一次扑向眼中的羔羊。
却不料用力过大栽倒在地，
还磕破了头，撞出了满天星。
不甘心，
他发起了最猛烈的进攻，
一次次猛扑一次次落空。
他怒了，
英俊的脸上横肉登场，
像极了那夜叉与修罗。

奶格玛就想，这男子的帅气，
原来也无常并不永恒。
她又想，这容貌时时会变化，
因容貌产生的爱如何永恒？

男人捂住了额头的伤口，
他试图让奶格玛心软和内疚。
他说："头上流了好多血，

你来帮我包扎一下。"
奶格玛确实内疚了,
看到那鲜红的血她便疼痛。
她不会包扎但她有天人的法术,
走到那男子身边便要启用。

不料那男人一跃而起,
仿佛饿狼扑向白兔。
那个瞬间他狰狞无比。
他确信这次志在必得。
没想到他依旧扑空,
于是他示现出更可怕的怒容。

奶格玛问:"你不是爱我吗,
为何又变成了愤怒?"
那人说:"我不碰你怎么爱你?"
奶格玛愣了一下,
问:"爱就非得要碰吗?"
那人说必须要做爱才算爱情!
奶格玛问:"那要是不做呢?"
那人笑说不做就不是爱。

奶格玛于是明白了,爱情
其实也建立在肉体之上。
既然连那肉体都不能永恒,
爱如何能成永恒的净光?

为了证实自己的推论,

奶格玛又去了好些地方。
她发现那些因肉体相爱的人，
只要变化了心情和环境，
就会不再爱对方。
爱也随之化为了泡影。
更有甚者，
好些被打得头破血流的女子，
曾被那些打手称为"亲爱的"。
奶格玛于是断定，
爱情不是她找的永恒。

第九乐章

胜乐郎不但拥有爱情，还有了恩师——吃鱼肠的卢伊巴，但很快他便因显露神通而遭遇生死大祸。华曼公主紧急相救，本应欢喜的相见，却由于卢伊巴的寥寥数语，变成了伤心别离。

第 26 曲　拜师

转眼又到了二十五日，
奶格玛取出了奶格之星，
她念动了启星咒语，
净光中观察胜乐郎的莲灯。
华曼公主坚决不要父母的食物，
胜乐郎决定遂其心愿。
但他不忍公主挨饿忍饥，
便走上街头弹着维纳琴卖唱。
他唱的梵歌很是动听，
总能挣上一点小钱，
换来食物供养公主。
胜乐郎的家境虽然殷实，
但他更想自己亲手挣钱，
换来心上人需要的营养。

赶集的那天，胜乐郎又来卖唱。
熙熙攘攘的人群中，
他看到卢伊巴在拣食鱼肠。
一个人看见了，皱皱眉头。
一个人看见了，耸耸鼻头。
又一个人看见了，捂住嘴巴。
无数的人看见了，刹那之间，
满街多了无数张扭曲的脸。

一群孩子却围住了老人，
一边做鬼脸一边叫，
卢伊巴——
卢伊巴——
意思是吃鱼肠的人。
这于是成为他的名字，
很多年后，
它走入历史变成了图腾。

胜乐郎看了满心的悲悯，
他是如此落魄，如此肮脏：
他的头发已成了枯草，
他的衣服已成了布缕，
他没有鞋子打着赤脚，
他一脸污垢仿佛是疯子，
但他拣得多认真呀，
像在一堆污秽中，
拣着一根根金条。

胜乐郎走上前一脸悲悯，
递上了自己的卖唱所得。
卢伊巴朝他微微一笑。
他的双眼如大海般深邃，
又清澈得像是天上的星星。
他虽有肮脏的外相，
但充满清净之气，
不卑微不张扬，

像沉静的渊岳，
又如厚重的峦岳。
那种淡然里，流淌着
大象无形的清凉，
仿佛他就是宇宙的王。
胜乐郎觉得妄念顿息，
身心调柔，十分舒畅。

但卢伊巴没要胜乐郎的钱，
他摇摇头眼含微笑：
"不摸金钱是我的戒行，
感谢你有如此善念，
愿大善之光照耀你一生。"
他的声音是有些沙哑的男中音，
他说话的时候，
就像有温水流过胜乐郎的心，
让胜乐郎好生欢喜。
胜乐郎从没见过他这样的人，
遂说大德真有功德，
可惜世人有眼不识真金，
众多瑜伽士皆有供养，
那鱼肠实在太不卫生。
若是您没钱我可以供奉，
有足够的食物来养您慧命。

卢伊巴听完微微一笑，
微笑里带着一丝春风。
那春风拂过大地便盛开鲜花，

它沁入心灵便息灭了热恼。
他用那沙沙的磁性男中音，
讲了自己的故事给胜乐郎听——

"我从小生长在皇族之家，
在锦衣玉食中长大成人。
我后来发现无常生起了出离心，
想精进修行证得那永恒。
父王用黄金打造了锁链，
想阻止我的清净梵行。
我逃了出来当了弃绝者，
终于证得了世间法悉地。
那黄金是锁链已锁不住我，
那权力是牢笼也囚不了心。
我立志要追寻永恒的真理，
因此才出离勤修梵行。

"因我气度高贵供养者日众，
人们都愿意供养我美味。
久而久之我生起了贪心，
智慧女神呵斥我在作秀——
有时秀给自己有时秀给他人，
陶醉于世人的崇拜眼神。
她说我心轮的障碍没有清除，
是因为多执着有分别心，
为除障我便吃这鱼肠，
以证得垢净一如的清净之心。
开始时我也恶心难忍，

那腥臭与血污充斥鼻腔。
还有一种冰凉滑腻的黏稠，
刚入口中便勾出了苦胆。
此刻我想起之前的佳肴，
便要放弃这肮脏的自虐。
我甚至给自己找好了理由——
成就未必非要如此极端，
这世上有那么多的智者，
他们也没吃这恶心的垃圾。

"于是我又恢复了过去的修行，
只是从此再也无法安心。
每次吃饭我都陷入纠结，
那可口美味是最大的嘲讽。
它们在盘中大笑着：
'你还有分别！
你败给了鱼肠！
你在装模作样！
你在自欺欺人！'

"这纠结让我痛不欲生，
我鼓起勇气想破釜沉舟。
若是不打破那分别之心，
我何必出来苦修梵行？
待在皇宫享受锦衣玉食，
也胜过这样的自欺欺人。

"于是世人都叫我卢伊巴，

意思便是食鱼肠的人。
我再一次走向肮脏的鱼市，
专门拣食那新鲜的鱼肠。
每当生起抗拒之心，
我就会严厉地告诫自己：
'卢伊巴啊卢伊巴，
如果你是真修行就咽下去。'
我闭上眼睛鼓足了勇气，
把那团秽物塞入口中。
自然又是一阵翻江倒海，
但我强忍着恶心把它吞下。

"那是一次对自我的战胜。
它吹响心灵圣战的号角。
从此渐渐能下咽那鱼肠，
只是肠胃却时时痉挛抽搐。
三个月之后我不再恶心，
反倒觉得它也是美味。

"我知道这亦是习惯的魔心，
把对这鱼肠的执着也要打破。
再后来无垢无净彻证平等，
终于能安住真心无摇无动。
只是这秘密少有人知，
世人只看到我的外相。
他们或神化或贬低种种议论，
都是一知半解再以讹传讹。"

战栗，颤抖，
激动，激扬，
这番话仿佛醍醐灌顶，
刹那间，胜乐郎汗毛直竖。
他生起巨大的信心和向往，
把卢伊巴视为灵魂的依怙。
他用颤抖的声音表白心愿：
"大德您难忍能忍。
小儿虽学过一些观修，
但一直没有契入过光明。
我曾闭关祈请智慧女神，
请她加持我早遇师尊。
我还曾去毒龙洲见过狗大师，
求到了金翅鸟法救治公主。
虽然我也修了好些时日，
可惜却没有一丝丝相应。
我知道大鹏金翅鸟法也很殊胜，
但明白法要对机才有效用。
今天听大德开示如饮甘露，
只想依止大德您跟您修行。"

卢伊巴听了呵呵一笑，
说："你何必寻我开心。
在世人眼中我只是个疯子，
你也不怕羞辱你祖宗。
这世上有那么多高僧大德，
每一个都像太阳当空。
他们都有庄严的气度，

更有着成就者的美名。
你随便依止一个修学，
也比跟疯子学习光荣。"

胜乐郎闻言跪倒在地，
不由得哭泣连连礼拜。
那额头捣蒜般砸在地上，
连续发出砰砰的声音。
那是来自灵魂深处的爆发，
在体内炸出一片真空。
这巨大的力量无法抑制，
身体已经失去控制。
然而那激烈的外动之下，
内心却明晃晃地平静。
他说："求师尊大发悲心，
我愿以身口意供养师尊。
请师尊莫嫌弃弟子愚鲁，
引弟子进入解脱之门。"

卢伊巴依然面若冰霜：
"我轻易不收弟子，
收弟子便要收人中龙凤。
我不想为庸碌者浪费时光，
我只想静静地走完一生。
但观你因缘非同小可，
是上根中的利器之人。
若是你受得了苦中之苦，
我愿意当你的引路师尊。

我接受你的身口意供养，
从此你便要丢掉自身。
今夜里你去那北边尸林，
我赐予你无上的授权。"

卢伊巴说罢扬长而去，
留下胜乐郎跪在尘埃之中。
有诸多闲散汉围聚讥笑，
说小疯子大疯子两个疯人，
说破锣总会有破鼓回应，
说瘸驴拉破车也算称心，
说他以前跟麻风女人鬼混，
今天又给疯子磕头，
这家伙本身就是个笑话，
世上竟还有这种鸟人！

胜乐郎只感到巨大的喜悦，
那嘲讽听来也如沐春风。
他收拾了维纳琴飞一般回家，
一路上，他颤抖不已。
那双清澈的眼睛一直在注视着他，
他感觉自己的心要飞出来了。
他发现阳光真好，清风真好，
每一个人真好，每一棵树真好，
一切都真好！
他像一个迷路的孩子，
终于找到久别的母亲。

回家看到大哥在念诵，
投入地捧着智慧秘笈。
二哥正烧着五谷杂食，
说那火坛代表了梵天之口。
两个兄长去尸林住了半月，
便心照不宣回到家中。
尸林中生活有诸多不便，
还是家中有利于修行。
因为已经体验过极端环境，
人生便有了自豪的资本。
于是产生更好的自我感觉，
举手投足都俨然大师。

胜乐郎很想告诉哥哥那消息，
又怕出差错坏了缘起。
心中有小鹿时时跳动，
慌乱之中更生起警醒。
以前虽也见过诸多大师，
却没有今天这样的激动。
他明白这也是因缘使然，
更珍惜命定的这一次相遇。
他迫不及待地渴望夜晚的到来，
每一秒都过得无比煎熬。
甚至也无心再去卖唱，
情爱被另一种激动取代。
他时时看着那计时的沙漏，
恨不得把太阳摁入西山。

终于等到了夜深人静，
胜乐郎悄悄地溜出家门，
用最快的速度奔往城北尸林。
空旷的街道，树影婆娑，
夜空中挂着一轮明月，
还有哗啦啦闪烁的繁星。
胜乐郎内心涌出了巨大的喜悦，
呼吸也不由自主变得急促。
他听不到任何外界的声音，
只听到心底千万遍的呼唤，
"我的恩师，我的依怙……"
出北门再北行大约五里，
他终于看到了那片树林。
这便是城中的弃尸之处，
有诸多的野兽游弋其中。
大多是吃肉的野狗和豺狼，
还有一些秃鹫和饿鹰，
据说那都是智慧女神，
看似吃下了人肉实则在超度灵魂。
这传说在城内极为流行，
是故人死后就会被抛入这尸林。

虽然这林子也算圣地，
但寻常时分少有人声。
一阵阵恶臭扑面而来，
一个个黑影出没于风中。
一声声咆哮隐隐回荡，
一个个鬼影虚虚蒙蒙。

还有那林中飘动的鬼火，
鬼火中还有苍老的咳嗽。
诸种怪响此起彼伏，
像一支支利箭刺入心中。
他心发紧腿打颤后背冒冷汗，
连打着软腿儿无法前行。

不远处传来厮咬的声音，
分明是野狼们在打群架。
再前行又招来一群恶狗，
露出了獠牙咆哮不停。
远远地还有群狗应和，
眼看自己要变成夜宵。

一看这阵势胆战心惊，
胜乐郎仿佛堕入了冰窟，
欢喜与激动瞬间冷却，
那阴森之气渗透入灵魂。
他汗毛直竖心中发紧，
恐惧抽走了所有力气，
脚下像踩着厚厚棉层。
有心回头却舍不得恩师，
有心前行又怕丧了性命。

胜乐郎虽害怕却仍前行，
他想起了毒龙洲的历程。
那时节也遭遇天大的凶险，
他守住了对心上人的诺言，

因为那份刻骨的爱情，
他最终把生死置之度外，
才求到胜法治那龙病。
此刻却生起恐惧与犹豫，
说起来还是信心不足。
于是他在心中默默忏悔，
为求法本应舍生忘死，
何必怕恶狗狂吠几声。

胜乐郎于是发起大愿，
宁可死去也要寻觅师尊！
便是真会丧身于恶狗之口，
也不在红尘中苟且偷生！
这愿力给了他巨大的勇气，
他不再看那利爪与獠牙，
只管大踏步一直往前，
一声大过一声地呼唤师尊。
那诸多的狗吠忽然消失，
月光下显出高大的身影。
胜乐郎惊喜中连叫师尊。

卢伊巴发出欣慰的笑声，
招呼胜乐郎来到身边。
他说："你果然是具缘弟子，
能承载那无上的狮乳。"
遂牵了手一起到檀香树下，
一阵阵香气驱散了恶臭。
在沁入心脾的香气之中，

卢伊巴为他开示了法要，
说众生本质是真理的化身。
那究竟真理就像那月亮，
安住于大道本体光照众生。
那诸多的众生便如水中之月，
有一个水潭就有一个月影。
胜乐郎便是那月影之一，
只是其根器更为殊胜。
说罢再赐以智慧授权，
传授了正念冥想的窍诀。

又一阵战栗！
一股股能量涌入顶门。
胜乐郎感受到醍醐灌顶，
他的脊柱里出现了一个能量通道，
有五个能量场好生分明，
每个能量场都像莲轮，
分明代表着真理的体性。
他明白了他也是大道的载体，
也明白了自己宿世的使命。
他忍不住号啕大哭。
他虽在流泪，但他并不难过。
他虽在哭泣，也并不伤悲。
哭是他此刻唯一的表达，
他五体礼拜感恩师尊。
师尊微笑着轻轻安抚，
一声声细语仿佛母亲。
那轻柔音调是和煦的暖风，

让胜乐郎渐渐恢复了平静。
卢伊巴在欢喜中与弟子牵手而坐，
在月光之下述说因缘：
"华曼公主不日将痊愈，
她也是智慧女神的殊胜载体。
那麻风病只是逆行菩萨，
是一种出离的殊胜之因。
你只管供饮食莫生情意，
别将公主当成你的伴侣。
你们若是此时相爱，
会对彼此生出情执，
将增加许多修道的违缘。
你的成道之路将非常坎坷，
如同神灵祭台上的羔羊。
因此为师劝你一心修行，
莫生情执，远离红尘女难。
奶格玛也正寻觅着你，
将来会教授你殊胜的法门。
但此刻因缘尚未成熟，
你只管升华当下的自己。"

胜乐郎听完师尊的嘱托，
半是欣喜，半是忧伤。
欣喜心上人即将痊愈，
忧伤阴差阳错的因缘。
他对公主已不能再生情爱，
只能接受命运的安排。
可那爱意早已融入灵魂，

斩断了雪莲情丝还萦。
他清楚必须要信奉受行，
这清规却锁不住挚爱的心。
心中的疼痛如绵绵细雨，
斩不断也理不清。
眼前又闪过心上人的倩影，
胜乐郎忍不住热泪纷纷。

卢伊巴知他心中所想，
却没有再多一句叮咛。
这是他自己的人生考验，
只能他自己突破自己超越。
行者的人生本来身不由己，
感情与信仰一直相杀相攻。
不懂爱情便不懂信仰，
懂了爱情又生出执着。
那灵魂需要经过炼狱的拷打，
才能从小爱的温柔幼苗，
长成大爱的菩提绿荫。

此后，胜乐郎每次去送饭，
他的心中总会淅沥一场雨，
起初是一点，后来是一片，
直到他的整个世界，都被淋湿。
爱已不能，放亦不忍。
在无数次的心碎之后，
他学会了隐忍。
他把最美的笑给了她，

只把悲伤留给自己。

放下的种子已在心中种下，
便不断释放离别的伤痛。
他常常在路上泪如雨下，
到了那井口又强作笑容。
他承受着一种灵魂的撕裂，
像钢刀把自己的心劈开。
每次听到公主的答谢，
都感觉是最后一次相见。
每次梦到公主的倩影，
醒来后都泪湿了枕巾。
他时时就想对天长啸，
命运为何安排如此剧情。
他外表看起来变成了木头，
内心却像盛满疼痛的瓷瓶。

奶格玛在莲灯中看到这因缘，
也同样感到悲喜交融。
她虽然明白爱情无法永恒，
但也能体会胜乐郎的痛楚。
不过大死之后才有大活，
胜乐郎终于走入了正行。
奶格之星也发出隐隐光晕，
显示出这次相遇的殊胜。

第 27 曲　落难

胜乐郎开始修习无上瑜伽，
他先从内空外空法学习入空，
并于空中冥想本尊之身，
那本尊身有十二条胳膊，
每一条都拿着利器神兵。
这武器不是杀人的凶器，
它们代表真理的无上妙用。

他日复一日地精进观修，
不多久便成就了有相瑜伽。
这是无上瑜伽的第一个阶段，
具足了增息怀诛四种功能。
那增法可以增加福报，
那息法可以息灭灾星，
那怀法能让人心生敬爱，
那诛法可以诛杀魔军。
卢伊巴叮嘱他严守秘密，
万万不可随意显露神通。
世上的君主都忌惮神通，
那能力便成惹祸的根由。
人们愚昧无知总爱神异，
总对神奇异能趋之若鹜。
世人被愚昧蒙蔽了双眼，

总觉那神技好个炫目，
认为这才是万能的真神。
他们断定神通就是境界，
于是乖乖拜倒成为信徒，
追捧浮夸如一群叫嚷的鹅鸭。
炫耀神能者喜欢众星拱月，
他们故弄玄虚，哗众取宠；
他们摧山搅海，挥剑成河；
他们换斗移星，驱雷策电；
他们以小术换取名闻利养，
以神异博得鲜花掌声。
在他们无尽的变幻莫测中，
无数百姓对他们膜拜追随，敬若神明。
渐渐地，那神异者便有了势力，
人多势众会招惹忌妒。
官府最怕民间会失控，
这是统治者的心头大患。
历史上有很多的祸乱，
便是那神异者借势而兴。

卢伊巴告诉胜乐郎，
一定要善于隐忍，
切不可炫耀那神通异能。
成就之前更不要带弟子，
要像大地那样静默安忍，
让千人踩万人踏莫生怨言，
要从那汗水的淤泥中，
静静地生出超越的莲轮。

从此，胜乐郎谨遵师言恪守师命，
神通再大也隐忍不显。
他默默地走路，静静地吃饭，
他悄悄地做着自己该做的事。
似乎，他还是那个他，
但没有人知道，他早已不是原来的他了。
他已修行有成，获得了增诛怀柔的异能。

这一日敌军入侵泥婆罗国，
层层重兵围住了都城，
攻城的箭矢如暴雨倾盆。
箭雨中倒下一个个百姓，
尸体遍地横陈，
鲜血把土地浸润。
那死去的灵魂依旧在疼痛，
惨叫和号哭响彻了整个虚空。

胜乐郎见状心如刀绞，
不忍见一条条生命瞬间消亡。
清晨相遇互相问候的邻人，
转眼成为僵硬冰冷的尸体。
他想启用神通改变这危局，
又想起了师尊的叮嘱。
但身上的热血一直在沸腾，
像叫嚣的蚊蝇不停冲锋，
心中的怒火也越烧越旺。

一具具尸体横在他面前，
一双双眼睛直瞪苍天。
胜乐郎脑中一片空白，
突然间，他爆发出巨大的悲愤。
怒火与悲痛冲散了理智，
一声大吼，他登上城墙，
于城头上显出本尊天身。
他显现愤怒相发出"吽吽"声，
咒声里有无数愤怒勇士，
像雨一样落入敌方阵营。
这些战神身上燃着烈火，
一个个青面獠牙万分狰狞。
胜乐郎抓着黑芥子助阵，
那一粒芥子便是一个神兵，
一时间天昏地暗日月无光，
一股股黑风席卷而来，
风中有无数的金甲战神，
发出震肝裂胆的怒吼。
他们举起恐怖的兵刃，
从云间杀入敌军阵营。
它来自胜乐郎的智慧妙用，
本质上虽是梦幻泡影，
但幻术扰乱了敌军的心智，
他们以为是天神降临，
哀号乞求六神无主，
自相践踏死伤重重。

泥婆罗将军趁势反击，

出城门发吼声一起冲锋。
那形势如同虎豹入羊群，
敌兵变成暴风雨中的蚂蚁，
一团团哭叫着溃不成军。
泥婆罗将军趁势掩杀，
慌乱的敌兵任由砍割。
更有逃命中的自相践踏，
抛下了无数同伴的尸身。

看到这壮怀激烈的一幕，
胜乐郎也生起万丈豪情。
他发出了猛虎般的怒吼，
那雄壮的声音直冲云霄。
他鼓荡的气息汹涌澎湃，
他全身的热血都在沸腾。

强大的邻国伤亡惨重，
遂派使者前来求和缔约。
泥婆罗国王也允其所请，
不愿再激化这残酷的战争。

这一战打得是扬眉吐气，
这一战赢得是酣畅淋漓。
这一战写进了光辉的历史，
成为后世史诗的素材。
有无数的诗人进行讴歌，
成就了无数的行吟诗人。

众百姓欢呼着拥向胜乐郎，
众士兵也举着武器向他致敬。
那一声声万岁惊天动地，
那一阵阵欢呼冲向云霄——
多亏了成就的大德胜乐郎呀，
赢得了战争拯救了万民！
众百姓抬起了胜乐郎，
在他的身上挂满了花环。
女人抛撒着五彩的鲜花雨，
男人捧出供养的钱币。
百姓用自己的方式敬仰英雄，
他们在四街八巷里游行。
一路上不断有人加入，声势震天。
那欢呼声像迅雷四方乱滚。

泥婆罗将军初时还心存感激，
渐渐地开始心理失衡，
献给胜乐郎的掌声越是热烈，
在自己看来便越是嘲讽。
那失衡的情绪迅速扭曲，
嫉妒的火苗燃起烈焰——
众将士浴血奋战出生入死，
咋这个修行人反成了英雄？
虽然他那幻术也起了作用，
但幻术只是障眼的把戏，
它不过是扰乱了敌军的心智，
胜利还得靠厮杀来夺取。
泥婆罗将军越想越气，

终于生起了害人之心。
他进宫面见国王，
称胜乐郎是妖人妖术。
他妖言惑众图谋不轨，
他街头游行扩大影响。
一声声"万岁"一场场狂欢，
百姓眼中已没有了国王。
能煽动万民绝非国家之福，
会成为王权的安全隐患，
这妖人也成不安定因素。
要是不慎被那奸人利用，
兴兵作乱将成国家大患。
大王不见历史上诸多反叛，
其根源都是兴风作乱的妖人。

国王点点头，说言之有理，
派兵士驱散了游行的百姓，
并将那胜乐郎抓回大牢，
准备定个罪名再行处决。

胜乐郎遭遇此事方寸未乱，
他早知道会有此噩运。
当众多百姓潮水般涌来，
他不过是那一叶浮萍，
身不由己地随了那流，
上上下下，兜转不停。

有一个瞬间可以抽身，

但是他看到无数崇拜的眼神。
那眼神让他的心中微微一荡，
脚下便迟缓了退离的步伐。
仅仅只是这一时的犹豫，
无数的热情之手就伸向了他。
巨大的欢呼声如同海啸，
他被众人强行抬上象背。
他心中暗暗叫苦不知所措，
随即涌出强烈的惶恐。
他大喊万万不可，万万不可！
但微弱的声音早被人潮吞没。
百姓也需要这样的节目，
都想在狂欢中宣泄放松。
这时的胜乐郎只是个道具，
就像那祭台上的供牲，
风光无限却是个悲剧。
他被百姓抬上象背大呼英雄，
他被百姓团团围绕接受礼拜，
他被百姓架上大轿走街串巷。
他喊，停下！已没有人回应。
百姓正热情高涨，激情昂扬，
哪有人愿意停止狂欢？
他们裹挟了他！
他们绑架了他！
他们以他们的方式胁迫他
演出了一场盛况空前的戏，
而他不是英雄，仅仅是个道具。
他们需要他这个道具，

来庆祝他们的劫后余生。
正是这集体无意识的狂欢，
让国家英雄转眼变成死囚。

胜乐郎感到有些悲哀，
坐在阴暗潮湿的地牢里，
后悔与自责填满了他的心——
悔不该违背师尊之言，
悔不该轻狂地显现神通，
悔不该让百姓任意摆布，
悔不该沾沾自喜于成功，
悔不该贪恋那崇拜的目光，
当断未断，当离未离。
明知道出头的椽子先烂，
明知道出头鸟先惹枪声，
明知道官府怕百姓抱团，
明知道那一声"万岁"会刺疼国君。
这便是显露神通的恶果，
他自作自受怨不得他人。

胜乐郎在地牢里受尽磨难，
那所在真是人间地狱。
老鼠大摇大摆抢夺人食，
臭虫铺天盖地噬咬皮肉。
地铺成了跳蚤的竞技场，
蟑螂到处繁衍遍地横行。
那阴暗永远透不进阳光，
那潮湿裹着冷风渗进骨髓。

蜘蛛更是在头顶结网，
一张张蛛网纵横于空中。

地牢里有许多江洋大盗，
他们的节目层出不穷。
狱中的牢头就是恶霸，
总是折腾新来的犯人。
那狱中规矩也非常苛刻，
行住坐卧都要战战兢兢。
要是不小心犯了规矩，
打耳光遭脚踢便是常情。
更有六十四道狱中大菜，
每一道都叫人触目惊心。

鼻中插筷子叫"嫦娥奔月"——
绳子拴筷子吊在空中，
猛拉那绳子扯疼鼻孔，
为解疼痛必踮立着脚尖，
脖颈伸向空中如奔月的嫦娥。
那"美女照镜"是面对尿桶，
在屎尿中静观你自家颜容。
"洗大澡"用的是猪鬃毛刷，
一下下猛刷你脊背正中。
还有数不清的酷刑折磨，
目的是打碎人全部尊严。
这也是官府的得意设计，
让所有的犯人铭记终生。

胜乐郎也难逃这惨虐的折磨，

早晚还为犯人洗涮尿桶。

开始他感到痛苦与委屈，

常常对着狱卒大声喊冤。

他说自己绝无反叛之意，

还是那公主的救命恩人。

但狱卒对他的呼声充耳不闻，

反招来牢头和行刑人的嘻嘻哈哈。

他们变着方法折磨他，

从肉体到心灵无所不用其极。

在这些变态的酷刑之下，

胜乐郎终于学会了沉默。

他想到师尊教他的忍辱，

想到师尊大口吞吃鱼肠，

他忽然明白了师尊的良苦用心，

他决定借事调心对治种种习气。

胜乐郎经历了种种磨难，

终于明白了地狱不在他处，

就在此时，就在此地。

他生起了强烈的出离心，

他不再懊悔，不再自责。

逆来了，他顺受。

气来了，他吞下。

所有种种，他都全然接受。

他更加体会到人生之苦，

那出离之心也更加强烈。

他和光同尘没有神通，

他彻底变成和顺的老狗，

地牢的折磨，成就了他的忍辱之功。

秋风渐起，转眼到了处决之日，
吃过赴死之前的最后一餐，
验明了正身，他被带出牢门。
久违的阳光太过刺眼，
在他眼里不停地跳跃，
它们趁火打劫，一再灼伤他。
他微微闭眼，在缝隙之间，
看到一只大雁在空中滑翔。
狱门外围了众多的百姓，
一口口唾沫像纷飞的雨星。
原来，为了能名正言顺地行刑，
官府进行了大肆宣传。
他们贴告示，发传单，
到处开群众大会，
他们将他的"罪状"一一罗列：
说他是骗子妖言惑众，
说他恶行难数恶贯满盈，
骗取了善良百姓的信任。
头一项罪名是图谋不轨，
聚众滋事扰乱安定；
第二个罪名是创立邪教，
歪理邪说惑乱人心；
第三个罪名是诈骗钱财，
游行时接受了很多供养；
第四个罪名是扰乱军心，
想靠假神通骗取军功。

诸罪名都由官方直接宣布，
一张张告示贴在街中。
他们殚尽竭虑一丝不苟，
那一个个罪名证据确凿，
那一场场指控义愤填膺。
那民心都随着宣传波动，
众百姓摩拳擦掌怒气冲冲，
恨不得生啖其肉活炒其心，
似忘了不久前他还是英雄。
于是唾星骂声纷飞而来，
诅咒声更是响彻了天空。
当初抬了他欢呼的是他们，
此刻骂他的还是这群人。
看到那一张张愤怒的脸，
胜乐郎心中恍然有悟，
原来百姓其实是群盲，
那善呀恶呀都被人操纵。

胜乐郎禁不住长叹一声，
那叹息腾空响起，落地有声。
想当初日日发愿，
要生生世世普度众生，
不承想这众生会要他的命。
黑白不分，忠奸不辨，
善恶不清，好坏不明……
平素他总是说众生父母，
难道竟然是这群苍蝇？

难道那官员都没了天良？
难道那百姓也瞎了眼睛？
这样的世上哪有正义？
难道要普度这样的众生？

一滴浊泪，终于滴落。
他不怕野兽出没的毒龙洲，
他不怕毒虫遍地的无人区，
他不怕深陷沼泽，
也不怕孤闯荒漠，
他曾阔步于尸林的鬼怪之中，
也曾昂首于深夜的狼群之前，
而此刻，于千万人中，
他却有些颤抖。
那个叫人心的东西，
让他感到畏惧和寒冷。
胜乐郎不禁流下了眼泪，
眼前的世界令他无比寒心。

他终于明白了世界的真相，
原来那白也黑也都无定形，
忽而是圣者忽而又成罪人。
但哪一个才是他本来的面容？
世人根本不在乎真相，
他们只需要发泄的出口。
无论是赞美还是唾骂，
总能为生活添些佐料。
于是才有了那一出出闹剧，

不管什么样的剧情，
都是平民的狂欢。
他们会随了狂热把大盗供上神台，
又会带着愤怒把圣人钉上十字架。

"胜乐郎罪大恶极立处斩刑！"
监斩官一脸凛然宣读判词。
那声音听似铿锵却乏底气，
还隐隐约约飘着一丝心虚。
原来那官家知道内情，
指白为黑只为搞臭敌人。
虽然他不是王权的对手，
但他影响过大便罪无可赦。
胜乐郎对此也可以理解，
百姓是群盲很容易乱心。
一波宣传便将圣人变罪人，
再一波宣传也可让罪人变圣贤。
百姓的眼睛并不雪亮，
那乌云总遮蔽明净天空。
面对这真正的国家英雄，
百姓眼中却看不到同情。
国王怕动摇权柄可以理解，
百姓如此忘恩却让人寒心。
矮人国里不能有巨人，
史书上总不乏兔死狗烹。
积毁可销骨，众口能烁金，
黑亦能变白，雪亦能成炭，
这是历史上常见的剧情。

他恍然大悟长声叹息，
这才是他真正的死因。
他想起很多殉道的智者，
其实也正是这种情形。
那神通异能常常会惹祸，
卖弄神异者往往死于非命。
无怪乎恩师一再叮嘱，
智慧的君子当藏器于身。

想到此他觉得愧对师尊，
便用目光在人群中寻觅。
想在人海中打捞出师尊，
希望在临死前再看他一眼，
这样便有解脱的可能。
他找呀找呀一无所获，
不觉间便到了行刑的时辰。
午时三刻！午时三刻！
三刻一过，他在何处？
那监刑官员宣读完行刑公文，
刽子手便举了刀暗暗运气。
胜乐郎看到了远方的天空，
一时间心中充满沧桑。
自家生死他虽置之度外，
但这一辈子还是留下了遗憾，
一是那修行没有圆满，
二是那大愿没能践行。
美好的人生此刻虚掷，

他觉得对不起大恩师尊。
他仅仅是有相瑜伽成就，
尚未窥见真理的光明，
不知来生能否再有胜缘，
能否再遇到伟大的师尊？
能否再求得殊胜的教授？
能否再有宝贵的人身？
能否再有修行的机缘？
能否再有觉悟的灵魂？

记得佛说过人身难得，
迷失者如大地之土，
做人者如掌中之尘。
想到此处他再也抑不住泪水，
号啕痛哭中连连忏悔：
"哭一声师尊我好个悔心，
悔不听恩师言乱显异能，
悔没有早出离躲避红尘，
悔不该扰乱世间的因果，
悔没有多精进菩提早证。
这时候死去也是自作自受，
只是荒废了好一个人身。"

众百姓看到马上要行刑，
都拥上前来伸长了脖颈。
那一张张脸上写满了兴奋，
仿佛等待一场猴戏的上演。
只是那猴戏并不稀奇，

哪有眼前的砍头刺激。
还有人手中拿着馒头，
等待着要蘸血治疗痨病。
他的脑浆更有多人期待，
那可是世上难得的奇珍。
一条条野狗也远远观望，
一匹匹野狼发出嗥声。
还有空中飞来的秃鹫，
它们都在等待美餐的降临。

胜乐郎心中充满悲痛，
他发现对死亡还有恐惧，
诸多习气也一起爆发，
他明白自己修行尚未成功。
要是他真的实现了破执，
就不会面对死亡如此伤心。
那时节即使有飞来的白刃，
在他眼中看来也犹如春风。
那四种成就还只是世间法，
远没有证得智慧的究竟。
又追问若是再有选择，
还会不会为救人再用神通？
只是那答案依旧肯定，
正义是他唯一的救赎，
他看不得众生的苦痛。
明知不可为依旧为之，
这也许便是他的宿命。

他想起了自己的神通，
他想来一次自我拯救。
他默默地调气，持咒，施诀，
没想到一试全然无效，
不知何时已丧失了功能。
也许是自己违背了师言，
也许还会有别的隐情。
总之那神通全然不见，
他只好紧紧闭住了眼睛，
等待那刽子手的斩刀，
如割草般砍过自己的脖颈。

第 28 曲　转机

胜乐郎被投入大牢之时，
华曼仍在活死人墓中静修。
她一遍遍持诵心咒，专注观修。
一片沙漠、一口井，
轻易地隔断了喧嚣的红尘。

此刻，她正凝了神，
耳不旁听，目不别视。
她的眼睛始终盯着前方。
那里虽然是茫茫的黑夜，
但她知道，
穿过黑暗，就会是一片光明。
她要在遍天的黑暗里，
种出一个太阳。为了这梦想，
她必须摸爬滚打，昼夜不停。
忽然听到了井外传来叫声，
那人自称是疯行者卢伊巴，
还说有要事向公主汇报，
因为事关胜乐郎的生死，
希望公主能见他一面。
公主说怪不得多日来见不到他，
幸好自己备下了充足的食水。
她叫老人沿了那绳梯，

小心翼翼地下到井中。
老人喘吁吁上气不接下气，
脚刚落地就打开了话匣子。
他讲了胜乐郎的遇难经过，
说只有公主出面才能救他。

闻听恩人受不白之冤，
华曼泪流满面心急如焚，
她立刻准备出井。
刚一迈腿，
她忽想到麻风病人严禁入城。
卢伊巴明白公主的心事，
便说："我已深入禅定进行过观察，
公主的命难已经消除，
一身的清气里再也没有病菌，
那龙魔早已离你而去，
此刻的枯井里并无它的踪影。
公主你不妨先到井外，
在阳光下观一观你的病情。"

这确实是个不坏的消息，
但华曼有些不敢相信。
沿绳梯上行还没到达井口，
华曼就感到一阵炫目。
那万道金光像千万支箭，
齐刷刷地向她发起攻击，
那是一种刺痛的前奏，
促使她闭上了酸疼的眼睛。

她掏出手帕蒙上眼睛，
好久——
她慢慢地移动，
慢慢地打开，
慢慢地睁眼。
终于，她看到这个世界了，
一幅幅精彩的画卷映入眼中。

看那晴空万里无云，
看那黄色沙漠绵延不绝，
看那青绿植物生机勃勃，
再看那衣服已褴褛黑污，
手上的麻风却消失不见。
她如在梦中，难以置信！
接过卢伊巴递过的镜子，
见头面恶疮也无影无踪。

她情不自禁地张开手臂，
慢慢抚摸自己白皙的胳膊，
摸一摸，那么光滑，绵软。
她惊呼——她再摸摸脸，
也很光滑，肤若凝脂。
抬头看到卢伊巴的微笑，
她相信了眼前的一切。
是的，她的恶疮已治愈。
那要命的顽疾已离她而去。
万分欣喜中，

她感念胜乐郎的恩情，
内心情愫如雨后春笋。

卢伊巴知道她的心思，
他告诫公主，切勿对胜乐郎动情。
"你本是智慧女神的化身，
精进修行便会极速成就。
这麻风只是一种助缘，
让你远离世俗安心修行。
胜乐郎虽然也深爱着你，
但他更有自己的使命。
他是究竟真理的人性载体，
将来是有情众生的怙主。
你们眼下若沉溺于情爱，
会断送彼此的成就之路。
你们的情执好似烈火，
会烧光你们的梵行觉悟，
过分的情执会障碍道业，
在卿卿我我中虚度年华。
因此当掐灭情爱的火苗，
否则便是成道的违缘。"

闻此言华曼怅然若失，
心头仿佛挂上了铁球。
虽然她并未向他表明感情，
但爱慕的火苗早已滋生。
他对她的心意明明朗朗，
她也愿意陪伴他终生。

原想痊愈后便陪他左右，
在双宿双飞里共同修行，
怎料命运开了个玩笑，
早已编好了所有剧情。

华曼看着身体低头不语，
那千疮百孔处已细腻如初。
也因为井底的阴影遮日，
皮肤更显得白皙莹润。
这都是胜乐郎的馈赠，
他常常送饭并鼓励修行。
华曼在井里也暗暗盼望，
盼望今后的相见相逢。
华曼强装镇定，心却抽痛。
曾经她有毒龙在身，
那是横亘在他们面前的万水千山，
是他们心意再相通也抵达不了的彼岸。
他曾为她弃命于不顾，冒死求法，
他曾给过她一整个春天啊。

她的一切，都是他的馈赠。
她愿意为他承受一切苦行，
还他一个清灵灵的仙子。
她愿意做他生活中的伴侣。

可是，所有的愿意，
在此刻，都被圣者的一席话瓦解。
小船还没启航，就被搁浅；

蓓蕾还没开放，就被摧残；
故事还没开始，就已结束。
多么残忍！万箭正在穿心，
它们正合力，
一点点，一点点地将她刺穿，
她措手不及，她痛不欲生。

卢伊巴见状长叹一声，
说："你白得了这一场恶病，
你对不起你受过的苦难，
人间无常你已经历，
为啥看不透这炎阳下的露珠？"
说罢他摇摇头走向远方，
只留下一句"公主好自为之我已尽心"。

华曼公主看着他远去，
强忍心中那一阵阵抽疼。
她大声说："请大德放心，
我是道心坚定的华曼，
早已看破无聊的红尘。
世间情爱只是无常露水，
不会阻碍我的向道之心。
我暂且先去宫里救人，
谢过他恩情再来沙漠修行。
请大德为我指引方向，
弟子愿为信仰托付终生。"

卢伊巴听了哈哈大笑，

说："你先去救恩人。
再到沙漠里寻找师尊，
切勿留恋那尘世牢笼。"

华曼告别卢伊巴走出沙漠，
清洁一番走向都城。
一路汗水，一路泪水，
美景、人流、村落、歌声，
一切的美好，视而不见，听而不闻，
她只是一心向前，一直向前。
她知道，胜乐郎正命悬一线，
而那条线，正牵在她的手中。
此刻，他是她的天，她是他
生命的希望。

亲爱的人，要坚持。要挺住啊——
破碎的时候，你把我复原；
绝望的时候，你给我希望；
迷茫的时候，你让我坚定；
痛苦的时候，你给我爱意。
我快马加鞭，
我们共赴生死。

进了都城又见到王宫，
气焰赫赫的城楼，戒备森严。
华曼走上前去施礼道：
"我是公主华曼，
我的疾病已痊愈，

有劳勇士通报父王。"

那侍卫睁大了一双蛙眼，
上下打量后跪倒在地。
他颤抖不已，痛哭流涕，
边忏悔边扇自己的耳光。
说："小人曾言语粗鄙冒犯公主，
望公主不计前嫌宽恕小人。
小人上有老母下有孩童，
求公主大人大量不要怪罪。"

华曼见此状吃了一惊，
仔细看那侍卫觉得面熟，
原来是当初押送自己的士兵，
一路上不停地呵斥辱骂。
华曼说："大哥何必多虑，
我心中从未生起怨恨。
我理解你当初的心情，
那只是一点点的情绪，
情绪只是无常的秋风，
它在我心中留不下痕迹。
你教会我明白了人生，
说起来也是我命中的菩萨，
我不会报复反倒要感恩。"
那侍卫闻言连连磕头，
说感谢公主的大量大恩，
又一阵风跑向王宫通报，
不多久宫门大开，鼓乐齐鸣。

国王与王后站在门内，
满脸期待与急切的神情。
他们看到门口的公主，
疾步上前左端详，右端详，
这哪里还是当年的小公主啊？
她一身乞容，破衣破裳。
再看，哦，这眉眼，
这神情，这气韵，
还有袅袅的身形，分明是她。
"我的华曼！"话未出，泪已流。
他们悲喜交集，感慨万千。
多少个不眠的夜晚，
多少个牵挂的瞬间，
多少次才下眉头
却上心头的思念，
统统都见鬼去吧……
他们的女儿，终于回来了！

王后哭着抚摸公主的脸颊，
心疼得说不出话来。
国王也是泪水涟涟，
说回来就好回来就好。
公主见父母都很消瘦，
想来也常常为她揪心。

三人在簇拥下回到宫中，
医官先检查了公主病情，

证实恶疾已彻底痊愈，
道一声万福感谢神明。
公主先回寝宫沐浴更衣，
宫内喜气洋洋笑声阵阵。
国王命御膳房多加菜肴，
他要好好庆祝公主归来。
公主修善不造杀业，
那菜品宜用素食不可杀生。
再做上公主爱吃的点心，
他还要设祭台感谢神明。

公主收拾妥当出了寝宫，
又是如花似玉一个美人，
并且更增了清透之气，
仿佛不食烟火的仙女。
一家人相聚好个欢喜，
午膳时泪水与欢笑交织。
母后与公主时时哭泣，
父王酒兴所至放声高歌。
那场面充满了祥和温馨，
仿佛那劫难从未降临。

公主心中却记挂恩人，
她抽一个空当询问父母。
说："我此次病愈全因胜乐郎，
是他冒死求得无上妙法，
不知这恩人现在何处，
我想好生答谢于他。"

这一问国王沉默不语，
王后也变得支支吾吾。
她让公主继续用膳，
东拉西扯想岔开话题。
公主见父母闪烁其词，
索性停下筷子刨根问底。
说："能否请来恩公相见，
我要重重报答他再造之恩。"

国王说："女儿有所不知，
胜乐郎对你确实有恩，
但他装神弄鬼障人耳目，
他聚众滋事煽动百姓。
为了江山社稷的安危，
目前已将他押入牢中。"

公主扑通一声跪了下去，
她开门见山直奔主题。
她说胜乐郎舍生忘死为她求法，
卖艺赚钱供养她饮食，
尽心护关风雨无阻，
这样的臣民万金难求，
怎会对江山构成威胁？

华曼又分析了事情缘由，
说胜乐郎也是身不由己，
他只是被盲目的狂热所绑架，

并没有煽动群众的恶意。
百姓有时候就是群盲，
他们想排解生活的沉闷，
找到借口便聚众狂欢。
在成千上万的百姓面前，
胜乐郎只是一片落叶，
左右不了汹涌的水浪。
他只是一片雪花，
阻止不了春天的灿烂。
他天性单纯不谙世事，
被百姓和小人双重陷害，
才招来这等牢狱之灾。
又说出前一番退敌的因缘，
再辩明诸多谣传的罪证。

国王本来也心如明镜，
趁这个理由便刀下留人。
他精通权谋，明白利害，
绝非不知真相的蠢汉。
只是为了自己的统治，
有时需要他颠倒黑白。
若是任由这胜乐郎造出声势，
今后会兴起无数妖人。
他宁可错杀一个英雄，
决不能纵容威胁滋生。
如今有公主为他求情，
他也在死牢里吃过苦头，
那警示意义已经立起，

便想顺了台阶赦免恩人。

国王叫过侍卫耳语几句，
侍卫连连点头退身而出，
快马加鞭去牢房传讯，
要把胜乐郎带到王宫。

到了牢房问过牢吏，
那牢吏连叫大事不好。
原来胜乐郎定于今日处斩，
此刻正在去刑场的途中。

侍卫急匆匆牵过快马，
风驰电掣赶往刑场。
远远见到刽子手举起斩刀，
连忙大喊刀下留人。

第 29 曲　脱险

午时三刻。
要命的时刻。
它是开始，也是结束。
它是结束，亦是开始。
此刻，它正踩着节奏不变的步伐，
赶在刀起头落的路上。
它走得不慌不忙，从容不迫。

刽子手已运好了气，
他凛若冰霜，一脸煞气。
他手中紧握的宽刃大刀上，
正厉厉地驻着一道闪电，
在午时的阳光下，
它欢快地跳跃着。

人群已经围得水泄不通了，
他们比肩继踵，一直往里挤。
随着监斩官的一声令下，
沸腾的人声戛然而止，
屏气，凝神，聚焦，
他们只等那一颈子的血红喷洒。

胜乐郎不再抱有幻想，

闭了眼的他，
反倒比平常看得更清楚了。
看清了这份热闹，这种嘴脸，
这些人心，这个世道……
不过，他反倒坦然了——十八年后，
好汉，依然是好汉，
孬种，还会是孬种。

"刀下留人！"
一声霹雳，晴空炸响。
人们抬头，那声音已到眼前。
马背上的军爷手举黄色公文——
"斩刑取消，解押罪犯胜乐郎回宫。"

齐刷刷一声"啊哟"之后，
人群又开始沸腾了。
一场好戏被人生生截断，
人们显得失望和不满。
只好又缩回了伸长的脖子，
等待下一场好戏的开演。
聚成一堆的人群也渐渐散开。
听到这，胜乐郎心中阵阵冰冷，
这便是我的众生父母？
他摇摇头不去想不快的事，
随了那车子前往王宫。

一路上，仍是围观的百姓，
他们评头论足，指指点点，

他们有说有笑，顾盼神飞。
胜乐郎的心里充满悲凉，
他甚至怀疑了佛陀度众的意义。
千年来，何曾有过进步？
麻木仍是麻木，
残酷仍是残酷，
颠倒仍是颠倒。

易救这众生之命，
难度那众生之心。
可这命又何尝不是那心所造？
那根深蒂固的恶性如何洗净？
千年的剧目因何还会重演？
谁若是想救百姓，
谁就会被百姓推上刑台。
我何苦要发那慈悲的大愿，
现实就是无情地打脸。
真想守着那无上的清净，
安安稳稳地走完这一生。

嘎的一声雁鸣传来。
这打滑的声音刺破了长空，
也唤醒了胜乐郎。
他再次想起师尊的话——
生大心发大愿才有大能，
不要学那老鼠钻入山洞。
是的，这也是他的初心啊。
他已把身口意供养了师尊，

从此，他便没了自己。
有的只是荣辱由师尊的信心，
有的只是死亦不退心的坚定。
想到这里，他的心里有悲，但不再有伤，
他的眼里有泪，也不再有痛了。
——我的师尊！
——我至高无上的师尊！
——我生生世世不离不弃的师尊！
他开始在心里一遍遍呼唤、祈请！

到了皇宫被人押解下车，
有侍卫为他解了绳索。
又带他前去沐浴更衣，
一路上对他和颜悦色。
虽然他身上还有狱中的伤痕，
但收拾了狼狈后总算气象一新。

宫人又引他前往大殿，
他们对他礼遇有加。
进入大殿参见国王，
国王旁边还坐着一个佳人。
那佳人正是华曼公主，
她的麻风已消散无踪。
那眼眸依旧灵动，
那容貌依旧绝美，
只是更多了缥缈之色，
仿佛是仙子不沾烟尘。

胜乐郎面见了国王和王后，
又谢过华曼公主的救命之恩。
国王说不该受人欺骗，
说委屈恩人在牢中受苦，
今日特地为恩人设宴压惊，
更为恩人备下了千两黄金，
感谢您对公主的再造之恩。
胜乐郎经历了此番波折，
无心配合这虚伪的演出，
他婉拒了国王的赏赐。

见胜乐郎拒绝了国王的赏赐，
华曼一片默然。
曾经那个美好的念想，
在卢伊巴告诉她宿命因缘时，
就已破灭。
它灭得是那样地突然，
那样地痛，那样地不甘心。
但是，它灭了。
它只能灭。
它别无选择。

她平静地望着胜乐郎——
这唯一让她短暂地
怦然心动的男子。
没有人知道，
她平静的外表下，
涌动着怎样的惊涛骇浪。

那心一直在痉挛，
随着心潮的翻滚，
一阵强似一阵。
她端庄地坐着，
她淡淡地微笑，
她故作镇静，
她必须镇静。

她说："多亏了恩师卢伊巴，
是他告诉了我你的冤情。
更感谢恩公求得了胜法，
我才能苦修治愈了麻风。
经过了世上的多番变故，
我也不会再留在宫中。
此番救了恩公的性命，
便是了我尘世的心愿，
从此出离去清修一生。
我看那红尘富贵如草头之露，
我看那权势威能如林中之风。
这世事变迁如白云苍狗，
究竟看毫无留恋的价值。"

公主的表情像公事公办，
散发拒人千里的冰冷。
不经意间流露的复杂眼神，
看了胜乐郎一眼又即刻收回。
胜乐郎仰天叹一口气：
"感谢公主如山的恩情，

此番留住了一条性命，
将追随师尊刻苦修行。
前路漫漫公主多多保重，
愿早证菩提道业有成。"

他的心里五味杂陈。
从见她的第一眼起，
他的心就被占据。
那身影不在他的眼前，
就在他的心尖。
一直以来，从未变过。

他不知道什么是爱。
他也不敢说爱，但他知道
他愿意为她死，也愿意为她活。
他知道，他快乐，因为她快乐。
他不快乐，也因为她不快乐。
她的一切，都牵系着他的神经。

当她是麻风女，整个世界都抛弃了她，
他愿意把自己的世界毫无保留地献给她；
当她是尊崇的公主，
他愿她的世界鸟语花香，恒久吉祥。
他仍愿为她舍出一切，
包括那个曾经的念想——只要她幸福。

他想起了为她去毒龙洲舍身求法，
他想起了为她在风雨中卖唱筹金，

他想起了那段日子里奔跑着送饭，
他想起了一个个眼神的心心相印，
他想起了一个个表情的心领神会。
那时，他不知道他对她是不是爱，
但他知道，自己对她是有用的，
他对她的这份价值，
就是他的快乐，就是他的幸福。

胜乐郎虽明白宿命的安排，
对眼前的女人却依旧倾心，
虽不再对她抱有幻想，
但心中依旧爬满爱的藤蔓。
他想起那黑洞里的鼻息相触，
他想起卖唱送食的甜蜜温馨。
心头仿佛被千刀万剐，
那疼痛令他感到窒息。
百感交集下泪水快要滚落，
于是他仰头望向天空。

他的幸福竟如此短暂。
他想起师尊的授记，
强忍住他的万千情绪，
逼退快抑制不住的泪水，
他再次感谢了公主的救命之恩。

胜乐郎告别众人转身离去，
只留下一个孤独的背影。
公主想到沙漠里的相见，

想到他发愿去毒龙洲求寻妙法，
去时留给她的也是这背影。
他在背影中走来，
又在背影中离去。
他没有说一个爱字，
却在心中印下了永恒。

同样也是这个背影，
当年给了她一个希望——
她的病可以好，她没被世界抛弃。
这个背影给过她比天还大的力量，
给过她比地还厚的坚强。
而此刻，他将远去，
独自走在天地间。
他还是那么单薄，孤独，
但在她的眼里，
他却永远伟岸，
永远挺拔。

第 30 曲　别离

就在那个背影，水一样漫过
朝堂门槛的时候，
华曼终于抑制不住自己，
落下一串硕大的泪来。
她谎称身体不舒服，
退出了屋子。

泪水终于决堤，
她的江山在倾斜，在倒塌。
不！不能让自己倒下。
不能！她小心翼翼扶着一侧墙角，
小步地挪移着。
只是灵动的假山，不再是假山；
那姹紫嫣红的鲜花，也不再是鲜花。
万物都在凋零啊，
一切都面目全非。它们也在
悲伤地望着她——泪水涟涟。

这就是命运！
它有着光的速度和强盗的姿态。
它变的时候比刹那还刹那，
它让一切都来不及，
告别，抑或再见。

生，或者死。

脚在机械地移动，
心中是遗憾在翻滚——
记得，他承诺为她奔赴毒龙洲，
她不敢相信却又满怀期待，
她很想对他说声谢谢，但她没有说；
记得，他给她送食物，
她好生甜蜜，她很想说出她的喜悦，
但也没有说，那时，
她的脸上扮出的是淡然和看破；
记得，在她第一百次疼痛难忍
坚持不下去的时候，是他
第一百零一次地鼓励和肯定，
让她坚持了下去；
记得，有好几次，他欲言又止，
她看出了他的踌躇，
可她的脸上，仍覆盖着冰霜。
她忌惮那条潜藏在体内的恶龙。
她不能不怕啊，
她不敢放任自己，
她怕自己心一松，就会全线崩溃。
她小心翼翼地接受
他为她做的一切，
心知肚明的那个字，
他们谁都没有说出来。
他们终究没有说出来。

唉！她轻声一叹。
耳边再次荡起了卢伊巴的声音。
她擦去了泪水。
她藏起命运赐予的伤口，
此时此刻，她只能让沉默的故事，
继续沉默。永远沉默。

不觉间，已到她的寝宫。
这雅致的窗棂，这华丽的纱幔，
这精致的摆设，还有，
这熟悉的气息，这一切，
——多么亲切！但她却已毫无留恋。
她开始收拾行囊。

一阵窸窣声，由远而近。
父王和母后退朝归来。
看到华曼打点的包袱，
他们惊呆在原地。
华曼放下手里的东西，再次下跪：
"父母在上！恕女儿不孝。
此次回宫，
不仅为报答胜乐郎的恩情，
更为劝父王不要错杀好人，造下恶业。
今后女儿仍将离世苦修，
让观修和持咒填满生命时空。
感谢麻风病，
为女儿关闭了一扇窗口，
也为我打开了一个世界。

我已看破红尘俗事，
只想追求出世的智慧。
修梵行是我今生的宿命，
望父王母后成全我的心愿，
让我享用荒漠无人处的寂静，
还有心的宁静，融入大漠的宁静。
那种踏实与安详，
是世上最珍贵的财富。"

母后哭了。父王沉默了。
长久地落泪，长久地沉寂——
朝堂之上，四海之中，
他们是无坚不摧攻无不克的战神。
他们是天地。他们是乾坤。
而此刻，几句言辞，
就能使他们手足无措。

终于，父王说话了。
他要在宫中建个关房，
护关，打扫，送食物，
凡有所需，皆有人操办。
他要把净土搬到皇宫。
他要布置最庄严的道场，
他要准备好成山的供养，
他要让女儿安心修行。
要是她喜欢那个胜乐男子，
他也可把他招为驸马，
让两人喜结连理相亲相爱，

让他与她双宿双飞共同修行。

父王的话音未落，
就响起华曼坚定的声音——
"谢谢父王的大恩，
我当初拒绝宫中的食物，
就是为了不牵挂，断舍离。
没有真正的出离，便没有觉悟。
没有痛心的割舍，就不会自由。
求父王成全我的愿望，
让我享用远离尘俗的静寂。"

她深深地拜了下去。
父母之恩，大逾青天，
但一世恩情怎比生生世世的慧命。
修行才是最究竟的路，
她愿自讨这一份苦吃，
换取永恒的自由，
她愿成就后再行大孝，
利益生生世世的父母。

她说，人生无常，去如朝露。
麻风让她明白了，
死亡无时不在，无处不在。
她愿精进修持，证得一颗无我之心，
回报所有爱她的人。
国王想起上次因为政治，
逼女儿联姻，

现在她劫后逢生，已是苍天有眼。
也罢，就让她选择自己的命运吧。
最后叮咛一声，"照顾好自己。
父母随时等你回来。
不论你是成就者还是乞丐，
你都是我们的掌上明珠。"

华曼再一次跪拜父母，
起身，她脱下了华裳美服，
换上布衣，
出城。

再说胜乐郎婉拒了赏赐，
独自一人走出皇宫，
出了宫又听到欢呼之声。
原来，他入宫的这段时间里，
有人为他申冤，
有人为他平反，
有人为他澄清流言，
有人还替他抓了审判他的官员。
这世界变化多快呀，
权谋、计谋、阴谋，
一个个游戏，
戏弄着一个个局内的人。

他又回到了尸林，
见到师尊的那一瞬间，
千般懊悔万般委屈齐涌心头，

他痛哭不已。
他感觉自己委屈极了。
他很想听到师尊
说一句安慰话，可是没有。
卢伊巴摸了摸他的头，
他顿觉安详。这舒适的电流
传遍他的全身，让他战栗。

此刻，亿万万吨白月光
洒在尸林。尸林不再阴森恐怖。
卢伊巴悠然淡定的声音又响起了——
"这一番遭遇不是坏事，
它成就了你的忍辱之功。
今后当远离密林外出参学，
在历练红尘中修心。"

胜乐郎开始了他的行走。
所到之处，
皆看到人们疯狂地庆祝。
他们喊着保家卫国的口号，
他们气焰嚣张地走过大街小巷。

他惨然地笑了。
没有人知道上次战争赢得了什么，
又失掉了什么。

百姓被胜利冲昏了头脑，
一边欢呼一边舞动着武器。

众军士也加入其中，
进行下一次的战争动员。
他们号召要乘胜追击，
灭了敌国扬我威风。
更有那无数的珍宝与美女，
战胜之后便唾手可得。
于是百姓和士兵一起高呼，
那声音如雷鸣响彻了天空。

战争的乌云又弥漫开来，
胜乐郎嗅到了一股股血腥。
当初的神通不仅没拯救百姓，
反而触发了更大的灾难。
一颗颗狂躁的杀心已被煽起，
他们高喊着复仇！杀人！
无数眼睛充满嗜血的鲜红，
胜乐郎感到深深地恐惧。
他想去劝说百姓和士兵，
也明白这样做徒劳无功。

第十乐章

一个好战勇猛的父亲，一个柔仁平和的儿子，父亲的厚望总是落空，儿子的理想终不能得偿，那如月似兰的女子呀，也无法抹去欢喜郎的忧伤，他该如何面对那雄狮般的父王？

第 31 曲　欢喜郎的苦恼

奶格玛吹熄了心灵的灯盏，
叹息后默默无语。
在胜乐郎的经历中，
她的心如同起伏的过山车，
忽而在高山俯瞰，
忽而在低谷盘旋。
随着人性的不同呈现，
她一会儿明白清醒，
一会儿又迷茫虚蒙。
一会儿乘上了轻盈的翅膀，
让万物沉下去，
让明白浮上来，
一会儿，又被沉重拖住双足。
一切都如白云苍狗，瞬息万变。
她有种毛骨悚然的惊恐，
这人心之恶如同雪崩，
压得她久久无法平静。

她还想去看看欢喜力士的近况，
已确定是那个救她的王子。
他一直希望能找到一片净土，
那里永远没有悲伤和战争，
来安放人间所有的善美。

……你还记得我吗?
那个让我从一群饥饿的疯子中脱险的人,
那个让人一听名字就心生欢喜的人,
我一直都心存感恩。

奶格玛轻轻悄悄地来到欢喜郎的地盘。
一进国门, 就看到一座宫殿。
金碧辉煌, 宏伟壮丽,
它像指挥八军的将帅一样,
稳稳地坐守在城市的中央。
猛然看去,
它的奢华暗淡了周围的一切,
它让白不是白, 黑不是黑,
它让星星低垂, 让月亮俯身。
在低矮的民房映衬下,
显出巍然的庄严和神圣。

奶格玛有一双历史的巨眼,
这无尽的繁华,
在她眼中却是残垣断壁。
她那穿透千年的智慧,
照得宫殿都成了碎瓦旧砖,
那王庭前有很多拴马的石桩,
她眼中也成了沧桑的石碌,
它们隐在荒草沙丘中,
诉说着无常的真理。

透过眼前的富贵，她看到：
那繁华后的苍凉，
那快乐后的悲伤，
那热闹后的孤独，
那幸福后的灾难。
她能洞穿一切事物金玉的表面，
直达它的本质。

她清醒地知道眼前的一切，
不过是日后的云烟和传说，
那传说也终究会被遗忘，
淹没于死寂的沙海之中，
眼前这准备庆典的人们，
也会是一堆堆遥远的白骨。
这繁华终究会随风而去，
千年黄沙卷没了古人，
方才间描述的悲壮战况，
已隐于滚滚的云海之中。

过去的千年只是旧梦，
未来的千年也是泡影，
那一柄柄生锈的残戟，
遥指着古碑上隐隐泪痕。
叹一声苍生何不醒悟，
那君王何须一声声悲吟，
一个个头颅成沧桑之魂，
一片片荒冢里别有乾坤。

这欢喜国也赢得一场战争，
都城里正张灯结彩准备庆典。
奶格玛在热闹的街道上行走，
心中充满了历史沧桑。

君王在凯旋门宴请得胜之师，
脸上溢满了胜利的光影，
一坛坛美酒在道旁等候，
一个个花环成一片海洋，
百姓都歌颂英雄的男儿，
都忘了远处有寡妇的泪痕。

欢喜郎想到了血染的沙场，
心中涌上了一阵阵撕痛。
将士已洗去了身上的鲜血，
苍天却睁不开昏闭的眼睛，
那一个个人头堆成了山，
母亲的泪水无人问津。

那受伤的将士默默跟在后面，
身心透出寥落和冷清。
一匹匹战马仍在嘶鸣，
它们定然在恸哭亡魂。
那一道道热泪融化着冰心，
那一柄柄刀光仍是无情，
血海中漂起了君王的光荣。

百姓们带着花环与美酒，

拥向雄壮威武的士兵。
他们举起激昂的手臂,
欢呼的声音震耳欲聋。
把赞誉化作手中的花雨,
撒向自家民族英雄。
那队伍遂成狂欢的海洋,
喜悦的浪花阵阵翻滚。

君王见王儿心生喜悦,
说:"你初次出征可曾立功?"
欢喜郎垂下头长叹一声,
说:"孩儿无能没有立功。"
父王说:"只要冲锋陷阵,
我也不在乎你立不立功。"
欢喜郎说:"我愧见父王,
那战鼓一响马便受惊,
望着那冲锋的将士我心中难受,
看到那淋漓的鲜血我就会头晕,
望着那血染的钢刀我胆战心惊。
当那鲜血染红了荒野,
当那尸骨堆满了草坪,
当那人头铺满了大地,
当那人肉泛出了血红,
当那断肢飞向了空中,
孩儿我就像到了末日,
腿也软得像面条一样,
我心惊肉跳难以自立,
用大旗捂了脸泪水直涌,

我是一个无能的王子。

"我总是想到死者的亲人。
他们的父母年迈体衰，
他们的妻子孤寡无助，
他们的幼儿嗷嗷待哺。
始终有两个字在我心中，
一遍遍重复。
'罪恶！'我说，这是罪恶。
人类本是一体，因何自相残杀？
我们本是有情之人，
又怎能举起那把无情的屠刀？
我总感到罪恶的剧痛，
我止不住那奔涌的泪水，
更无法举刀砍向同类。"

国王发出一声长叹，
叹息中带着无限的落寞。
他说："这便是人间的法则，
胜者为王优胜劣汰，
你应当生起那万丈豪气，
才能在马背上坐定江山。
瞧我的将士们如此雄壮，
好似荒野上的一队狼军，
杀气浩荡无坚不摧，
还有惊碎敌胆的战鼓之声。
你既是王子投生为我儿，
必须秉承这豪迈的血性。

率领啸卷山河的铁骑，

成为那一代风流的英雄。

日后上战场若再怯懦，

我钢刀定取你项上人头。

国家需要有为的君主，

不需要一个孱弱的懦夫。"

老国王越说越气拂袖而去，

欢喜郎痛苦地闭上眼睛。

他的眼前，仍是女人和孩子，

他们扭曲了脸哭声震天。

那声音一波大似一波，

一声悲似一声，他觉得脑袋仿佛要炸开，

一声大叫，他扶住身边一根柱子。

若兰女见王子扑上前来，

又是欢喜又是心痛。

她是王子的未婚妻，

丰满的身体柔软水润，

可王子并没看她一眼，

他的目光转向狂欢的百姓。

为庆祝军队的胜利归来，

众臣民架起了火坛祭拜天神。

那长生天本是国家的怙主，

保佑着风调雨顺百战百胜。

祭司朝火焰中撒着五谷，

向至高无上的神明献上恭敬。

一座座绳梯竖在旷野，
一柄柄利刃绑成刀梯，
有神汉上刀山敬献供物，
以表达虔诚不惧生死。
一个个火堆正在燃烧，
火光冲天成一道风景，
搅散了火籽铺成了火毡，
豪迈的勇士们赤脚通行。
还有那一个个癫狂的百姓，
把手指粗的钢钎穿入腮中。
他们狂跳着舞蹈欢庆胜利，
惊天的锣鼓声鬼怕神惊。

王子发怒了，他冲上前去，
向百姓发出怪异的嘶吼——
"这胜利有何庆贺的理由，
杀敌一千自损八百，
你们的亲人已沙场送命，
有多少母亲哭声未息。
你们没理由拜天起舞，
此刻更应该痛哭失声。"
说罢发出了凄厉的哀号，
撕下庆典的布幔投入火中。

若兰女见王子神志不清，
流着泪上前惊叫一声，
她担心这言语会激怒国王，

为王子带来更大的灾殃。
要知道很多事不可硬碰，
需要那善巧来曲意缓冲。
她是个情商很高的女人，
善于处理棘手的局面。
她说："王子您为何如此失态，
是否那战场的厮杀太过惨烈，
惊动了您尊贵的元神？"

欢喜郎叫一声："若兰吾爱，
你不要怕我神志不清，
我此刻比众人更加清醒，
算得上众人皆睡我独醒，
算得上众人皆浊我独清。
我本是你的欢喜郎书生，
但命运要逼我当个屠夫。
看父王眼中充满了刀光，
他逼着我要当杀人魔君。
我看到国君的宝座下面，
垫着无数血淋淋的头颅。
若兰你离我越远越好，
不要沾上残忍的血腥。

"自打我从战场上归来，
常梦见那些死去的兄弟。
那一个个生龙活虎的战士，
平时在沙场上道弟称兄，
如今他们个个都埋入黄土，

在梦中都在向我索命。
他们都成了一个个恶鬼，
青面獠牙满面血污，
哭声好似悠长的狼嚎，
一道道泪中溢着血腥。
最后化成了一团杀气，
杀气中孕育出一个魔君。
此刻那魔王要附上我体，
搅得我六神无主神志不清。"

若兰女流着泪安慰王子：
"你不用害怕梦中的幻影，
多想想我们当年的时光，
那时节骑着竹马绕青梅，
多想想你手挥竹鞭骑白马，
多想想你诵读经书摇银铃，
多想想我们比翼双飞出城门，
多想想我贴心贴肺最知心，
多想想一起穿靴玩溪水，
多想想骑着山羊追牧人，
多想想山顶之上看晚霞，
多想想苍穹之下绘彩云。
我喜欢看你诵经的模样，
那种虔诚和专注最是迷人。
我真想化作一件披风，
给你沁入心脾的柔情。

"明知你不喜深宫锁情心，

我也想千里草原游野魂。
我俩策马奔腾，
用尽一生彼此深爱。
只是你如今已登储君位，
一身系江山大业不由己。
那皇宫的牢狱锁住了自由，
国家的重担压住了少年心。
虽然你天性善良童心在，
也不想刀头舐血当英雄，
要知道弱肉强食无净土，
要知道草原虽大难容身。
谁都想英雄大业早成就，
不承想骑虎难下退无门，
若上了命运战车随惯性，
定然会螳臂挡车碎自身。
你明知那些拿刀的人，
必定会招来复仇的刀斧，
可是命运绑紧了你的身心，
眼睁睁带着你冲向悬崖。
我的欢喜郎啊，
你的痛苦我都懂。
无论是仁君还是魔王，
怎样的你都是我的爱人。"

在爱人温柔的抚慰下，
欢喜郎渐渐平静了下来。
他摇摇头又闭上眼，
发出一声无奈的长叹：

"我不爱江山爱美人，
命运虽给了我江山坐，
却好似压在头上一昆仑。
我眼中的皇权如粪土，
我只想与爱人厮守一生。
我只想清风朗月骑骏马，
我只想花前月下陪美人。
我只想欢歌笑语吟诗赋，
我只想柳浪之中绘丹青。
到如今厉鬼撕破心中梦，
奈何我一个废人不成形。
一声声撕心裂肺的哭号，
追杀我单薄孤寂的灵魂。
我无处可躲啊我的若兰，
巨大的悲痛把我变成废人。"

若兰女流泪安慰说：
"殿下不必太沉重，
小树不能经风雨，
长成大树便凌云，
眼前虽然难如愿，
有我为你安惊魂。"

第 32 曲　父王的心

"逆子！""逆子！"
老国王气极败坏，
他一下下跺着脚，脚下土地直打哆嗦，
震出了将军额头豆大的汗珠：
"国王息怒，国王息怒。
太子虽说在祭天火坛前胡言，
可也是疼惜伤亡的士兵。"

话音未落，又招来国王的一声狮吼：
"打仗哪有不死人的？"
国王怒火冲天，暴跳如雷，
"想当初为大业征战半世，
到如今已是白发如霜。
征战的刀伤已成顽疾，
眼已花牙摇动脚力衰减，
原指望儿子能继承父业，
骑骏马扬宝刀血战沙场，
让欢喜国能够绵延不息，
让众百姓安乐世代永存。
不料想弱子难遂父愿，
整日或诵经或月下花前，
谈玄说空不成体统，
上战场丢尽祖宗脸面。

岁月已逝如滚滚逝水，
头上白发如百草覆霜。
烽火未熄心生凉意，
好梦初醒凉风入窗，
那边疆的烽火尚未熄灭，
那统一的大业还很遥远。

"这一生，刀箭喧哗半世征战，
绝不是为了自己的荣华，
也不为打家劫舍强取豪夺，
我只想扫平六合一统天下。
如今霸业未成身已衰老，
面对岁月的无常徒唤奈何。
我曾经读透的那本兵书，
谁能接下来替我宣讲？
我胸中治国安邦的妙计，
谁能替我付诸实践？
手抚着伤疤问一问苍天，
谁能解我心头的忧伤？
时光仍似流逝的河水，
眨眼便白了英雄的须发。
眼前的弱子难撑天下，
那一根灌木当不了栋梁。"

忽听得儿子在祭会上发疯，
不由得老父气断肝肠，
恨不得抽出倚天宝剑，
斩了这孽畜别丢人现眼。

问苍天莫非我天命将尽，
炼王儿补乾坤可有时光？
看远山青莽莽恰似墓葬，
不由得仰天一声长叹。
恨不得舞起那屠龙宝刀，
为泄愤砍断那昆仑神山。

诸大臣熙攘着前来迎驾，
众百姓也是欢呼喧天。
都说这场大战威震百里，
全凭了大王的洪福齐天。
再看那四下里张灯结彩，
街道变成鲜花的海洋。
美丽的少女翩翩起舞，
庆功的帐篷城锣鼓喧天，
男女老少前呼后拥，
都想看一看英明的君王。

见此状国王强压怒气，
拉过了王子诉说衷肠：
"儿啊你看这大好河山，
哪一处不是父王血染？
自古说老子英雄儿好汉，
你也当弃了柔弱生刚强。
宝剑需要多磨砺，
好男儿需要人生的苦难。
欢喜国江山巍巍，河水潺潺，
无一寸土地不是拿鲜血喂养。

它们是真正的沃土和良田，
它们中的每一粒尘土，每一棵树，
都是一部厚重的书，
书写着碧血丹心的雄浑苍茫。

"你奶奶做苦役累死于敌营，
你爷爷为抗争战死在沙场。
众族人一个个沦为奴隶，
好女子被掳掠远走他乡。
父王幼年便成为孤儿，
日夜逃亡于草原之上。
饿食山果渴饮山泉，
受尽了人间的苦难。
更可怕的是强梁压迫，
一次次羞辱度日如年。

"幸好你太爷爷不甘屈辱，
逼着我练武艺累月经年。
吃得了苦中苦终成正果，
双龙鞭打遍圣河两岸。
七八岁我就在马背上讨命，
十多岁我就纵横沙场。
靠义气团结了受苦百姓，
一场场大战扩张了地盘。
打败了诸多的土司和藩王，
才有了今天的社稷江山。
如今老父已到了黄昏，
已接近英雄最怕的暮年。

且不说自家的荣华富贵，
只说说百姓的生计安康，
你也要生出血性担大业，
再不要像以前儿女情长。
若不是为父的望子成龙，
怎逼你上战场磨炼锋芒？
你看看父王已白发如雪，
再看看父王的遍体刀伤。
父王我心力交瘁大限不远，
只盼你生起血性成为栋梁！"

老国王说得言辞恳切，语重心长——
"为父也懂柔善之说。
可这兵荒乱世，如何独善？
恶狼群中容不得绵羊，
蛮汉中何曾有秀才的尊严？
各个邻国虎视眈眈，
仿佛流着涎液的豺狼。
一旦我们柔弱可欺，
刀斧立刻砍到头上。
弱者只能受欺凌，
强者才有话语权。
你瞧那慈眉善目的菩萨，
也需要护法持刀立剑。
你希望世人倾听你的声音，
先要让他们惧怕你的力量。
罢罢罢，不多言，
命你从今之后去练剑。"

国王叫过了铁血将军，
发出匪夷所思的命令：
"精挑勇士七十二个，
日夜陪王子去练剑。
另安三十六面战鼓，
命人擂鼓以助威风。
多备以狗兽逼其宰杀，
以血色之火烧毁他柔弱之良善。
在那练剑场四面安了火炉，
让诸多工匠日夜锻剑。
用那铸剑的铿锵之力，
锻出王子的帝王之胆。
待得他生起血性练成剑法，
再回宫廷我为他设宴。"

"末将遵旨！"
老国王声音还没落，
将军就一口允诺，
其音斩钉截铁，掷地有声。
他超强的执行力，彰显着他的素质，
但心中却不由得暗暗叫苦。
他知道王子本性懦弱，
很难产生彻底的改变。
如果他只是个普通士兵，
自己还能放开手脚调教，
但他偏偏是国家的储君，
打不得骂不得左右为难。

事到如今先承担再说，
走一步看一步听天由命。
再说王子听到国王的命令，
先软了腿脚长叹一声。
想到那战鼓如同闷雷，
想到那撞击就像霹雳。
想到那炉火好似酷刑，
想到那训练场就是炼狱。
他三魂顿时吓丢了两魂，
但王令难违，不容商量，
只好失魂落魄地跟了将军，
前往那练兵场承受"酷刑"。

看着他们走远，老国王长叹一气。
忽然，又听得咔嚓一声，
一道闪电将天空分成了两半，
紧接着，豆大的冰雹自天而降，
暴雨、劲风、飞沙、狂石统统上场，
它们一起灭了祭天的火坛。

所有人都惊呆了，
紧接着，人群骚动了。
老国王一生戎马，
什么风浪不曾经过，
按老祖宗的说法，
眼前这阵候，
分明是欲召他上天呀。
他的心一阵狂跳！

他想起了年初国师的预言，
毕生杀业太重折了阳寿，
他天命将尽了。还说，
今年命相冲犯太岁，
必将被太岁所冲。
想到此，他忽然悲从中来，
多想向苍天再借五百年啊，
哦，不，五十年，或者十年。
给他十年，他定能将顽铁炼成宝剑，
让幼苗长成楠木，
让弱子飞龙在天，登高鸣远。